미인은 과속하지 않는다

이춘해
소설집

미인은

과속하지
않는다

다차원북스

차례

독특한 질감의 '이춘해표' 소설들

이춘해 소설집에 「미인은 과속하지 않는다」가 나온다. 두 남녀의 사랑을 다룬 매우 매력적인 소설이다. 사랑 이야기이되 현실에서는 그 사랑이 이루어지지 않는다. 우리가 주목해야 할 것은 바로 이 점이다.

사랑을 다룬 소설에서 독자가 바라는 것은 행복한 결말일지도 모른다. 현실에서 불가능한 꿈을 우리는 종종 소설에서 경험하고자 한다. 그럴 바에야 행복한 결말일수록 좋다. 그러나 소설에서는 슬프거나 안타까운 결말도 나쁘지 않다. 사람은 무언가를 이루거나 소유해야만 행복한 것은 아니다. 상실과 실의 혹은 고통을 추체험하는 것도 아이러니컬한 만족 혹은 카타르시스가 될 수 있기 때문이다. 행복한 결말이든 슬픈 결말이든 그것이 소설의 결말인 한 두 경우 모두 문학적 효용을 갖는 까닭이다.

이춘해의 「미인은 과속하지 않는다」에는 이러한 일반론적 문학 효용을 뛰어넘는 숨은 구조가 있다. 다 읽고 난 뒤의 여운이 행복이라든가 슬픔 따위로 분명하게 나뉘지 않을뿐더러, 무언가가 해소되었다는 느낌도 아니기 때문이다. 오히려 무언가가 뭉근하게 남는데, 군이 말하자면 그것은 '먹먹함' 같은 것이다.

왕가위의 영화 〈화양연화〉에서 볼 수 있는 결말의 먹먹함. 그것은 기쁨과 슬픔 혹은 억압과 해소의 이분법적 감각세계에서 탈주한 낯선 범주의 사유에서 기인한다. 이루어져서 기쁘거나 안 이루어져서 아프다고 감각적으로 토로하기 전에, 이루어진다는 것이 무엇이고 안 이루어진다는 것이 무엇이냐는 질문을 촉발시킨다. 그러한 질문은 곧바로 기쁘다는 것과 아프다는 것에 대한 근본적 사유로 우리를 이끈다.

만나고자 하나 끝내 만나지 못하는 것이 사랑하는 사람일 뿐일까. 역사는 사실을 만나고자 하나 만나지 못하고, 자아는 주체를 만나고자 하나 만나지 못하며, 믿음은 구원을 만나고자 하나 만나지 못하고, 언어는 그 지시 대상을 만나고자 하나 끝내 만나지 못한다. 만나는 듯하나 정작은 미끄러지고 말며, 그렇게 영원히 미끄러지고 마는 것이 모든 존재의 숙명인 것 같다. 숙명은 기쁨과 슬픔에 앞선다. 이런 깨달음에 다다르면 깨달음조차 환희가 아니라 먹먹함으로 어두워지며, 그것은 양조휘가 은밀히 속삭였던 앙코르와트 돌구멍의 깊은 어둠만이 제대로 조응해 낼 수 있는 성질의 것이다. 시니피앙과 시니피에의 괴리는 '과속'을 한다 해서 결코 만나지지 않는 것이므로.

「미인은 과속하지 않는다」에서 보이는 이러한 사유는 작가 이춘해의 마티에르이기도 하다. 화자가 상류사회에 속한 인물이든 서민사회에 속한 인물이든 이춘해의 소설에서는 공히 핍진(逼眞)한 인물의 전형으로 오롯이 살아나지 않던가. 작가 이춘해 속에 두 개의 사회적 자아가 공존하기 때문이라기보다는 이춘해의 마티에르가 두 사회 '사이'에서 빛을 발하는 것이기 때문일 것이다. 그것은 1+1의 빛깔이 아니라 1×1의 빛깔이기에 작가 이춘해 안에서 둘이 아닌 하나의 모습으로 결합한다.

"멋진 경찰은 미인을 알아보는군요. 아무나 미인을 알아보는 건 아니거든요. 당신은 아주 친절하군요."라는 말에서 "벨 더런 꼴을 다 보겠네. 지나 나나 벨 볼일 없는 처지에 뭔 유세여 유세는…… 옘병할 놈의 영감탱이!"라는 말로 느닷없이 껑충 뛸 수 있는 작가가 이춘해다.

이처럼 여러 소설에 등장하는 다양한 대화와 수사가 곧 이춘해라는 말이다. 짐짓 우아한 손짓을 해보이다가도 갑자기 천진한 웃음을 쏟아내어 조금 전의 우아함을 한순간에 지워버리는 소탈한 인간이 이춘해다. 한껏 오만한 여성의 눈빛이다가도 가만히 그 안을 들여다보면 장난꾸러기 사내 녀석이 열 명이나 산다. 세상의 위와 아래, 좌와 우를 폭넓게 아우르면서도 그의 감성은 매우 소박하고 친근하며 마침내는 우리를 가만히 흔든다.

　끝내 만나거나 이루어질 수는 없지만, 그것이 삶을 포기하는 이유가 되기는커녕, 오히려 살아야만 하는 이유가 되는 이치를 그의 모든 소설에서 작가 자신의 독특한 질감과 더불어 잘 드러내고 있다.

- 소설가 구효서

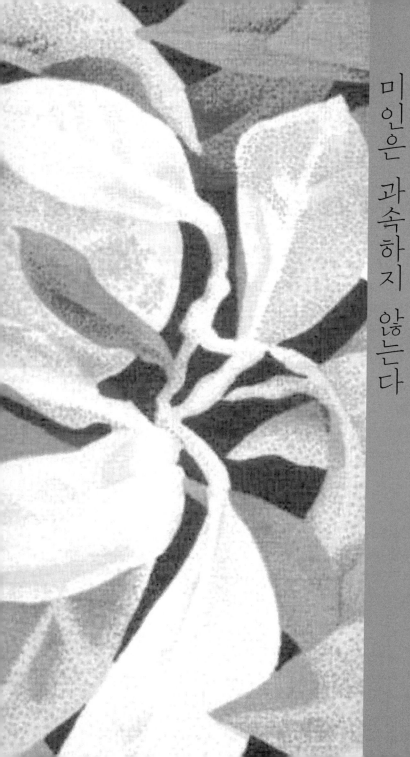

미인은 과속하지 않는다

별장은 반도 끝부분 현무암 절벽 위에 있다. 세 개의 섬으로 둘러싸인 스페인풍 하얀 건물이다. 하얀 벽과 까만 절벽, 파란 바다와 빨간 지붕, 보색 대비가 매우 강렬하다. 바다에서 본 별장은 깎아지른 절벽에 위치하지만 평평한 대지에 자리하고 있다. 천 평이 넘는 정원엔 구멍이 송송 뚫린 현무암 덩어리가 널려 있고 세이지, 라벤더, 사막의 장미 등 많은 열대식물들이 군락을 이룬다. 별장 주인의 곰상스러운 솜씨가 돋보이는 정원이다. 별장에서 내려다본 바다에 요요히 떠 있는 요트가 평화스럽다.

해변으로 통하는 나무 계단은 폭이 좁고 경사가 완만하다. 남자의 하인, 나, 남자 순으로 계단을 내려간다. 현무암 절벽과 세 사람이 어우러져 찰나의 예술이 된다. 남자의 빨간 알로하 셔츠와 흥겹게 나풀거리는 나의 노란 꽃무늬 원피스, 남자 하인이 입은 하얀 티셔츠와 손에 든 청색 아이스박스……. 절벽 틈바구니에 드문드문 서 있는 나무들도 신이 난 모양이다. 부겐베리아는 종잇장 같은 입술을 비비대며 헤죽거리고 플루메리아는 관능적인 향기를 뿜어내며 새롱거린다. 모든 것들이 라르고 템포로 하늘거리는 고즈넉한 오후다.

세 사람뿐인 그곳에 삼색 인종을 다 갖춘 것도 흥미롭다. 색깔의 세계에 들어온 인간 전시품인 듯하여 혼자 샐쭉 웃는다. 계단을 내려와 나무 통로에 들어선다. 나무 통로는 절벽 아래 숲을 사이에 두고 섬 전체를 에워싸고 있다. 숲에서 새어나온 바람이 청아하다. 툭탁, 툭탁, 발자국 소리도 명랑하다. 가끔 통로를 점령한 넝쿨이 발자국 소리를 흐트러지게 하지만 이내 리듬을 되찾는다. 맹그로브 숲에서 자맥질을 하던 왜가리들이 발자국 소리에 숨을 죽인다.

선착장은 맹그로브 숲 옆에 자리하고 있다. 하얀 보트 한 대가 나무 기둥에 매달려 살갑게 환호한다. 살랑대는 잔물결에 유들유들 입질하는 품새다. 남자가 보트 안으로 훌쩍 뛰어들어간다. 보트와 선착장 사이가 벌어진다. 나는 뒤뚱거리는 보트와 남자를 번갈아 쳐다보며 언제쯤 발을 떼는 게 안전할까, 가늠해 본다. 남자가 손가락을 까닥거리며 말한다.

"뭐가 문제죠? 걱정하지 마시고 그냥 뛰어오르세요."

나는 겸연쩍게 웃어 보이고 보트에 오른다. 남자의 하인이 박하사탕 같은 이빨을 드러내며 씩 웃는다. 남자가 보트에 시동을 건다. 바다는 얼음가루 같은 거품을 게워내며 순식간에 몸을 가른다. 왜가리 떼가 화들짝 놀란다. 급히 날개를 펴고 뜀박질을 하더니 땅을 박차고 올라간다. 이내 뽀송뽀송한 솜털 구름을 향해 날아간다. 몇 조각의 구름이 있다손 쳐도 하늘과 바다는 지나치게 영롱하다. 보트만 움직이고 있을 뿐 하늘과 바다는 여전히 같은 풍경인데 나는 오직 하늘과 바다를 쳐다보는 것에 정신을 판다. 남자의 하인이 아이스박스에서 구아바 주스를 꺼내주며 말한다.

"구아바 주스 여기 있어. 시원할 때 마셔."

소리맵시가 남편을 닮은, 유창한 한국말이다. 남편이 옆에 있는 게 아닌가, 잠시 착각한다.

'녀석이 언제 한국말을 배웠지?'

나는 구아바 향기를 들이마시며 다소 과장스럽게 음! 한다. 남자가 눈을 싱긋한다. 나도 싱긋 웃어 보이고 주스를 한 모금 마신다. 남자의 하인이 큰 소리로 외친다.

"저길 보세요! 실버피시가 나타났어요."

말소리가 탈탈거리며 빠르게 뒤로 물러선다.

"실버피시?"

나는 혼잣말을 내뱉으며 고개를 돌린다. 은갈치 모양을 한 물고기가 현란한 빛을 뿜어내며 경쾌한 속도로 몰려온다. 온몸이 순식간에 돋기가 솟아오른다.

"와우!"

"미세스 오! 당신이 누리는 엄청난 행운을 아십니까? 평생 아프리카를 지켜온 사람도 볼 수 없는 장면을 보는 거 말입니다. 실버피시 이동 기간에는 엄격히 통제를 하거든요. 유엔 보호구역이니까요."

말을 하는 동안에도 실버피시 행렬은 계속된다. 마치 비발디 신포니아(Sinfonia)를 알아듣기라도 한 듯 경쾌한 알레그로 템포에 맞춰 살짝살짝 수면을 스치며 날아간다. 한 떼의 실버피시가 사라지고 나면 또 다른 실버피시가 뒤를 잇는다. 나는 자리에서 일어나 내 능력으로 표현할 수 있는 감탄사를 다 쏟아낸다.

남자가 웃으면서 말한다.

"당신은 정말 행복해 보여요. 그렇죠?"

"그보다 더 강렬한 표현은 없을까요?"

모두 크게 웃는다. 남자의 하인이 카메라를 가리키며 말한다.

"뽀또, 뽀또."

흑인 특유의 발음이다. 나는 급하게 사진기를 꺼낸다. 사진을 찍으면서 간간이 민우를 생각한다.

'옆에 있으면 참 좋겠다. 이곳에서 삼 년이나 근무했다면서 왜 실버피시에 대해 한마디도 하지 않았을까, 극대감을 더하기 위해 서?'

얼마나 시간이 지났을까! 카메라 렌즈가 철컥, 소리를 내며 닫힌다. 나는 실망한 눈빛으로 카메라를 내리고 가방 속에서 배터리를 찾는다. 남자가 호탕하게 웃는다.

"대단한 열정이십니다. 내년에도 오셔야겠네요."

"초청한다는 말로 받아들여도 되나요?"

"물론이죠. 이제 시간이 얼마 남지 않았습니다. 어두워지면 실버피시가 거의 이동을 하지 않거든요. 맑은 날에는 해가 떨어진 뒤에도 곧잘 나타나곤 하는데 분위기가 전혀 달라요. 실버피시가 밤에 잘 다니는 곳으로 이동하겠습니다. 그곳에는 실버피시 말고도 색다른 볼거리가 있으니까요."

"그게 뭔데요?"

"미리 알아 버리면 재미없잖아요. 직접 확인해 보시지요."

보트가 움직이기 시작한다. 나는 잠시 눈을 감는다. 얼마 후 눈을 떠보니 시야가 어둑어둑하다. 숨을 누그러뜨리고 주위를 둘러

본다. 순간 시신경이 마비된 기분이다. 매우 충격적이고 기이한 섬이 펼쳐진 때문이다. 희귀한 나무들로 가득 찬 기다란 섬이다. 휘황찬란한 노을을 등에 업은 채. 나무뿌리들이 온통 일어나 물구나무서기를 한다면 그런 모양일 것이다. 그게 바로 바오밥나무라는 걸 깨닫는 데는 많은 시간이 걸린 것 같지 않다.

바오밥나무는 몇 년 전 고양꽃박람회에서 처음 봤었다. 마땅히 감회에 젖었어야 할 그 순간 헛헛한 심정으로 웃고 말았다. 고고하게 뉴스 화면을 장식했던 바오밥나무는 모형이었고 어른 키보다 작은 바오밥나무 두 그루가 볼품없이 서 있었다. 그런데 찬란한 노을을 받으며 섬 하나를 가득 메운 바오밥나무라니……

'아! 평화스러워! 음악도 어쩜 이렇게 잘 어울릴까! 라르고! 배경이 바뀌면 음악까지 바꿔주는 센스…….'

나는 감탄을 쏟아내며 카메라를 들어 올린다. 서너 장쯤 찍었을 것이다. 보트 앞쪽에서 익숙한 소리가 들려온다. 나는 전사가 총알을 장전하듯 민첩하게 몸을 돌린다. 전사와 다른 점이 있다면 매우 평화스럽고 야릇한 전율이 흘렀다는 것이다. 왠지 숨을 쉬지 말아야 할 것 같다. 명도와 채도가 각기 다른 다양한 푸른 빛깔과 흐린 조명 아래서나 볼 수 있는 옐로우 다이아몬드 빛깔로 뒤섞인 물체가 빠른 속도로 움직이고 있는 게 아닌가! 스피커에서 흘러나온 프레스토 템포에 맞춰……. 바다 은하수라는 표현이 적절할 것 같다.

"은하계를 바다에 옮겨 놓은 것 같아요."

"아, 정말 그러네요. 은하계! 너무 멋진 표현이에요."

"우리만 보기에는 너무 아까워요."

민우를 생각하며 한 말이다. 나는 실버피시에 초점을 맞추고 셔터에 손가락을 올린다.

"오른쪽을 보세요. 더 큰 실버피시 떼가 몰려오고 있어요."

남자의 하인이 어깻죽지를 툭툭 치며 말한다. 순간 렌즈 안에 들어와 있던 사물이 휘청거리며 빠져나간다. 애석하다 못해 화가 날 지경이다.

"에이, 바보야! 눈은 어디에 쓰는 거니?"

그때 유람선 한 대가 큰 물살을 가르며 다가온다. 보트가 물 위로 껑충 뛰어오른다. 치맛자락으로 얼른 카메라를 덮는다. 다시 불평을 쏟아낸다.

"앗! 도대체 왜 이러는 거야, 가장 중요한 순간에⋯⋯."

남편이 이불을 젖히고 어깨를 두드리는 것으로 아프리카에서의 환상은 끝이 난다. 거실에 켜 놓은 오디오에서 비발디 신포니아가 흐르고 있다. 플루트와 현을 위한 협주곡은 이미 지나갔을 것이다.

"에이, 알람 맞춰 놨단 말이야. 현실에서는 경험할 수 없는 것인데⋯⋯."

"꼭 깨워달라고 신신당부해 놓고 구박하기는⋯⋯. 몇 번 말해도 안 일어나니까 어쩔 수 없이 흔들어 깨운 거야. 그런데 꿈꾸면서 영어 쓰는 거 오랜만에 들어 보네. 뭐가 그렇게 좋아서 행복해 죽겠다는 건데? 백마 탄 기사라도 만났나? 당신은 자면서도 눈 뜨고 있나 봐. 눈은 어디에 쓰냐고 괴성을 지른 걸 보니. 오십 넘은 여자가 아직도 귀여운 구석이 있단 말이야. 하하하하."

다 늙은 여자가 웬 재롱이 잔치냐는 말투다. 남편은 문갑 위에 놓아둔 구아바 주스를 보고 또 한마디 한다.

"아니, 시원할 때 마시라니까 아직도 안 마셨어? 그 먼데서 사온 걸 그렇게 푸대접하면 앞으로는 안 사올 거야. 고마운 줄 알아, 나처럼 잘 챙겨주는 남편 있는 줄 알아? 나 퇴직하면 아프리카에서 사는 거 어때? 당신 좋아하는 구아바 주스랑 열대 과일 실컷 먹을 수 있잖아."

나는 거칠게 탁상시계를 내리치고 몸을 엎는다. 매트리스가 잠시 출렁거린다. 두 손을 포개 베개를 만들고 손등에 한쪽 볼을 얹는다. 좀 전에 꾼 꿈을 음미해 본다.

'참 신기하다. 어쩜 그렇게 구체적이고 환상적인 꿈을 꿀 수 있을까?'

나는 곧 '아! 그렇구나.' 한다. 어젯밤, 오래된 사진을 정리하면서 올 여름에는 꼭 사우스 아프리카에 다녀올 거라고 했었다. 옆에 있던 남편이 거들었다. 민우에게 현지인을 소개 받으면 특별한 곳을 여행할 수 있을 거라고. 그러니까 별장, 요트, 열대식물은 의식 속에 잠재된 것들이었고 남편이 틀어 놓은 비발디를 들으며 꿈을 꿨다는 얘기가 된다.

'그런데 한 번도 생각해 본 적 없는 바오밥나무와 실버피시는? 스페인어는 겨우 인사말 정도가 고작인데 남자와 하인이 하는 말을 어떻게 알아듣고 영어로 대답을 했을까? 하긴, 죽은 사람이나 식물들까지도 말을 할 수 있는 게 꿈이니까.'

참 신기하고 기분 좋은 꿈이다. 꿈이 인간에게 주워진 특권이라는 것에 감사한다. 구아바 향이 달콤하게 코끝으로 스며든다.

나는 주스 컵을 들고 서재로 들어간다. 통유리 속에 빨려 들어온 정원이 싱그럽다. 백목련의 화사한 꽃잎에도 한쪽으로 기울어진 굵은 소나무에도 햇볕은 넉넉하다. 작은 새 두 마리가 소나무 사이에서 사랑놀이를 하는 듯 수컷이 다가가면 암컷이 휙휙 자리를 옮겨 다닌다. 암컷의 하는 양이 영락없는 교태다. 실실 웃음이 비어져 나온다. 한동안 새들을 바라보다 산속으로 날아간 걸 확인하고 창문을 연다. 향긋한 솔바람이 문턱을 넘어온다.

'바람이고 싶다, 아니 저 새들처럼 자유로운 공간을 누리고 싶다. 아침 먹고 정원에 나가 봐야지.'

늘 바쁜 일상에 쫓기는 생활이라지만 잠깐잠깐 쉼을 얻을 수 있는 것으로 위안을 삼는다.

책상 위에 어젯밤에 중단한 강의 자료가 늘어져 있다. 강의록을 쏘아본다. 눈은 곧 강의록 옆에 있는 탑플라이트 골프 볼로 옮겨간다. 미소가 피어오른다. 골프 볼을 들어 올린다. 언제나처럼 호두알을 굴리듯 만지작거린다. 그가 유독 보고 싶다. 골프 볼에 입을 맞춘다. 볼을 내려놓고 노트북을 연다.

〈윤중로 벚꽃 절정〉

'또 이놈의 벚꽃!'

자판을 두들기는 손가락이 조금 난폭하다. 어젯밤 TV 화면을 가득 메운 윤중로 벚꽃을 떠올리며 검색창에 실버피시를 입력한다. 화면이 열리는 동안 정원을 바라본다. 비나 쫙쫙 내렸으면 좋으련만 하늘은 여전히 맑음이다. 다시 노트북으로 눈을 돌린 것은 검색결과가 화면을 채운 다음이다.

〈실버피시 – 좀목 좀과에 속하는 길이 11~13mm의 곤충〉

화면을 바라보는 시선이 곱지 않다.

'실버피시라는 물고기가 지구상 어딘가에 존재하지 않을까?'

다른 검색 결과를 읽어 내려간다.

〈은빛 금붕어〉

'금붕어면 금붕어고 은붕어면 은붕어지, 은색과 금색은 전혀 다른데 은빛 금붕어라니……. 이미지 사진 하나쯤 있지 않을까?'

다른 검색결과를 클릭해 보지만 별다른 정보는 없다. 은갈치는 자주 접하는 것이라서 꿈을 꿀 수 있다지만 실버피시라는 이름은 어떻게 튀어나온 것일까? 나는 곧 한국이 아닌 곳에서 은빛 물고기를 보면 실버피시라는 이름이 떠오를 수 있겠다는 결론을 내린다. 입을 앙다물고 바오밥나무를 입력한다. 닉네임이 〈모론다바(Morondava)〉로 되어 있는 사진작가 블로그가 열린다.

〈환상의 노을 속 바오밥나무〉

노을 속 바오밥? 우연이라 하기에는 너무 신기하다. 고무된 마음으로 제목을 클릭한다. 슈베르트 미완성 교향곡이 흘러나온다. 머릿속에 잔상이 남아 있는 바오밥나무와 첼로의 감미로운 선율! 교묘한 조화다.

'정말 꿈에서 본 것과 똑같은 모습일까?'

잠시 후 어머나! 소리가 터져 나온다. 꿈에서 본 것처럼 촘촘한 바오밥 숲은 아니지만 나무 하나하나 모양이 너무 흡사했다.

'꽃박람회에서 본 바오밥나무는 초라하기 짝이 없었는데 꿈에서는 어쩜 그렇게 환상적이었을까?'

검색을 마치고 이메일을 연다. 네 개의 메일이 들어와 있다. 그 중 민우가 보내온 게 둘이다. 전에 없는 일이어서 나는 매우 흥분

한다. 곧 얼굴이 일그러진다. 까닭을 알 수 없는 글이 씌어 있었
던 게다.

'장관님께서 운명하셨습니다.'

그가 장난을 할 리는 없다. 다른 사람이 그의 아이디를 이용하
여 들어올 리도 없다.

'해킹을 당했거나 누군가의 협박을 받은 건 아닐까?'

서로 안부를 주고받는 게 고작이지만 공직자인 그에게는 문제
가 될 수 있는 일이다. 가슴이 금방 발동기가 되어 버린다. 문 쪽
을 힐끔 쳐다본다. 이어 다음 문장을 읽는다.

'컴퓨터를 켜 놓으신 채……. 지나친 염려일지 모르겠으나 유
족들이 알게 되면 언짢을 것 같아서 글을 올립니다. 저에 대한 염
려는 하지 않으셔도 됩니다. 다시 연락드리겠습니다. 김종수 드
림.'

나는 여전히 벌렁거리는 가슴을 끌어안고 또 다른 메일을 클릭
한다.

'마다가스카르에 대해 얘기한 적이 있나요? 오늘은 그곳이 몹
시 그립군요. 아주 오래 전 남아공 대사로 재직할 때 처음 방문한
곳이지요. 가끔 그곳에 대한 그리움이 달아오르곤 합니다. 해외
근무를 할 때는 휴가 때마다 그곳에 가곤 했는데 한국에 들어온
이래 가보지 못 했습니다. 가끔은 제 직업이 족쇄 같다는 생각을
합니다. 어느 정도 변했다고는 하지만 주위 시선을 의식할 때가
많으니까요. 한국 근무가 끝나면 곧장 마다가스카르로 날아가곤
하지요. 그때마다 얼마나 많은 아이들이 불어나 있는지 모릅니

다. 한 번도 본 적이 없는 아이들까지 제 품으로 뛰어들곤 하죠.

아이들이 제 몸에 주렁주렁 매달려 있을 때 저는 가장 행복합니다. 저를 기다리고 있는 그곳 사람들을 차마 잊을 수가 없는데, 그곳에서 봉사하는 일을 소명으로 생각하는데, 남은 생애를 욕심 없이 보내고 싶은데, 가장 잘 이해해줘야 할 사람이 반대하고 있어서 마음이 무겁습니다. 그러나 그곳에 학교 세우는 일은 포기하지 않을 것입니다. 공무원 신분으로는 오해를 일으킬 것 같아서 숨을 죽이고 있지만 임기가 끝나면 그 일을 시행할 생각입니다. 재산의 일부를 털어 펀드를 만들고 함께할 사람들을 모을 것입니다. 그땐 미세스 오도 동참해 주실 거죠?

참, 마다가스카르를 옮겨놓은 듯한 카페가 서울에도 있습니다. 카페 주인은 유명한 사진작가죠. 남아공에 있을 때 다큐를 찍으면서 알게 되어 친형제처럼 지내고 있답니다. 그는 단지 여행을 하고 사진을 담는 것이 목적이었지만 그곳 사람들에게 감명을 받아 매년 그곳을 오가며 봉사를 한답니다. 마음이 통하는 아주 좋은 사람이지요. 그곳 모론다바에서 한 번 뵙고 싶습니다. 거기에는 보기만 해도 가슴이 벅차오르는 바오밥나무가 있습니다. 제가 바오밥나무를 좋아하게 된 것은 이유가 있습니다. 가장 사랑하는 사람을 닮은 때문입니다. 당당한 그 모습이 말입니다. 미세스 오! 오늘은 유독~'

끝맺음이 없는 글이다. 나는 끝내 울음을 터트린다. 그가 끝맺지 못한, 하고 싶었던 말은 뭘까? 예전에 단 한 번도 생각해 본 적 없는 바오밥나무를 꿈에서 보게 된 날, 그 또한 한 번도 꺼내

본 적 없는 바오밥나무를 언급하고 세상을 떠나다니…….

"어떡하면 좋아…….."

실성한 사람처럼 내뱉는다. 말은 곧 컴퓨터 화면을 때리고 힘없이 사라진다. 손가락도 겁을 먹은 모양이다. 커서가 다른 곳으로 튀어간다. 누군가 컴퓨터를 작동하고 있는 것만 같다. 두 눈이 벌써 온 방을 헤집고 다닌다. 남편이 서재를 향해 저벅저벅 걸어오는 것도 같다. 나는 전원 코드를 잡아채고 자리에서 벌떡 일어난다. 헐떡거리는 숨을 절제하기 어렵다. 벽에 몸을 기댄다. 한참을 그렇게 서 있다가 엉금엉금 걸어가 문고리를 잡는다. 사지만 흐느적거릴 뿐 손이 돌아가지 않는다. 문고리를 잡은 채 눈을 감는다. 시간이 한참 지났을 것이다. 간신히 문을 열고 느릿느릿 거실로 나온다. 소파에서 신문을 읽던 남편이 비명처럼 말한다.

"어, 이게 무슨 날벼락이야?"

"그러게요."

남편이 나를 올려다본다. 알지도 못 하면서 무슨 뚱딴지같은 소리야, 하는 표정이다. 그가 다시 신문에 눈을 박는다. 곧 혼잣말처럼 중얼거린다.

"어제까지도 멀쩡하게 통화했는데…….."

거의 20년 전, 우리나라 대통령이 국빈 자격으로 백악관을 방문하던 날, 몇몇 외교관 가족도 함께 초대를 받았다. 내가 민우를 의식했을 땐 조지 부시의 환영인사에 이어 우리나라 대통령의 답례가 끝난 뒤였다. 스코틀랜드 병정 차림의 전통 군악대 행렬이 이어지고 있었다. 치마를 입은 군악대는 그 자체만으로도 흥미로운 것이었다. 나는 멀어져 가는 군악대를 보기 위해 몸을 돌렸다. 등 뒤에서 뭘 그렇게 열심히 보고 계시냐는 소리가 들려왔다. 나는 되도록 침착하게 돌아섰다.

"오랜만에 뵙게 되네요."

"정말 그러네요."

속마음은 벌써 호들갑을 떨었다. 그러나 짧게 대답하고 웃는 것으로 대신했다.

"이런 예우는 외교 역사상 한 번도 없었어요. 미세스 오를 위해서 준비한 거 아세요?"

"그럼요. 참사관님께서 특별히 요청하셨다는 것두요. 부시 대통령께 고맙다는 말씀 전해 주세요."

"하하하, 이거 극비사항인데…… 미세스 오가 더 영부인 같습니다."

바바라 부시의 면 소재 투피스가 몹시 촌스럽다고 생각하던 참이었다. 나는 한껏 미소를 지으며 말했다.

"바바라 부시보다는 좀 낫죠?"

"바바라 부시뿐이겠습니까. 우리나라 영부인께서도 눈을 흘기시던데요."

우리는 제법 큰 소리로 웃었다. 마침 양국 대통령 내외도 무슨 말인가를 하며 웃고 있어서 주변 분위기는 매우 자연스러웠다. 웃음소리는 금방 군악대 연주 소리에 묻혀버렸다.

이틀 후 우리는 내쇼날 공항에서 다시 만났다. 대통령과 환송객이 악수를 나누는 자리였다. 나는 대통령의 손을 잡으며 감히 농담을 건넸다.

"이 손, 씻지 않을 겁니다."

"허허허, 그러십시오."

대통령은 내 손을 잡은 채 너털웃음을 쏟아냈다. 한국 대사를 비롯한 수행원들도 폭소를 터트렸다. 수행원들 틈에서 웃고 있는 그의 눈빛이 은근했다.

'대통령까지도 웃게 만든 당당한 여자, 그런 당신이 좋아!'

그의 눈빛은 나만이 알고 있는 은어였다.

그해 가을, 나는 거의 매일 골프장을 들락거렸다. 그날도 W골프장을 향해 차를 몰았다. 골프장이 가까워지면서 도로는 고즈넉했다. 들판에는 길고 가느다란 잡초들이 거대한 융단이 되어 출렁거리고 성처럼 커다란 전원주택 스프링클러에서는 휘청휘청 물줄기를 뿜어냈다.

'저런 집을 보면 이 나라 사람들도 안데르센 동화 같은 걸 떠올릴까? 서울에서는 이런 평화스러운 풍경도, 골프를 할 여유도 없겠구나.'

경제적으로 여유가 있다손 치더라도 공무원 가족이 골프를 한다는 것은 상상할 수 없었다. 나는 윈도우를 내리고 추억 쌓기에 들어갔다.

'지금 빨아올리고 있는 이 풀 냄새마저도 시간이 지나면 아득한 추억이 되겠지. 촌닭 출세했다!'

나는 피식 웃었다. 갑자기 웽웽, 소리가 들려왔다. 비상등을 번쩍거리며 달려오는 경찰차가 나를 쫓고 있다는 것을 알게 된 것은 속도계를 들여다본 다음이었다. 나는 도마 위 생선을 내리치듯 브레이크를 밟았다. 차가 끼이익, 덜커덩, 하면서 속도를 늦추기 시작했다. '끼이익'이 먼저였는지 '덜커덩'이 먼저였는지 사실은 잘 모르겠다. 분명한 것은 이제 막 마라톤 경기를 끝낸 것처럼 가슴이 팔딱거렸다.

갓길에 차를 세웠다. 그리고 후면경을 통해 경찰의 동정을 살폈다. 잠시 뒤 꽁지머리를 한 남자 머리가 앞문 위로 솟아올랐다.

'아무리 자유스러운 나라라지만 경찰까지 꽁지머리라니, 혹시 강도는 아닐까?'

슬그머니 걱정이 되었다. 그때 카키색 바지와 검정 구두를 신은 경찰의 다리가 문 밑으로 내려왔다. 곧 구두가 땅에 닿으며 차가 휘청, 했다. 이어 거대한 몸뚱이가 드러났다. 그가 발을 움직일 때마다 뱃살은 출렁거리고 살덩이에 눌려 있는 권총은 비명을 질렀다. 그가 가까이 다가올수록 그의 숨소리는 거북스러워졌다. 나는 그가 숨 쉬는 것을 도와줘야 할 의무라도 있는 것 같았다. 배에 잔뜩 힘을 주고 호흡을 맞추고 있었다. 곧 공명 있는 목소리가 들려왔다.

"제한 속도보다 15마일이나 초과했다는 걸 알고 계십니까?"

"죄송합니다. 제한 속도가 바뀐 걸 의식하지 못했습니다."

"운전면허증 좀 보여주시죠."

나는 공손하게 인사를 하며 외교관 가족에게 주어진 운전면허증을 내밀었다. 그는 이미 봐주기로 작정한 듯했다. 눈을 찡긋하면서 어깻죽지를 한 번 올렸다 내리고는 건성으로 운전면허증을 쳐다봤다. 그는 곧 면허증을 돌려주며 말했다.

"외교관이라서 봐 드리는 겁니다. 앞으로는 속도를 잘 지켜 주세요. 미인은 과속하는 게 아니에요."

폭포 같은 웃음이 쏟아져 나왔다. 곧 졸아들었던 가슴이 풀어지며 농담까지 할 수 있는 여유가 생겼다.

"멋진 경찰은 미인을 알아보시네요. 아무나 미인을 알아보는 건 아니거든요. 이 시간 이후 속도위반으로 만날 일은 없을 것입니다. 정말 고마워요. 당신은 아주 친절하군요."

서툰 영어가 재미있는 모양이었다. 그는 아주 크게 웃었다. 웃음소리가 숲 속으로 퍼져나갔다. 그가 성악을 했다면 파바로티만큼 성공했을지 모른다는 생각이 들었다. 나도 그를 따라 웃었다. 그때 한국 대사관 소속 머큐리 승용차가 경찰차 뒤에서 스르르 빠져나왔다. 민우의 승용차라는 것을 예상하지 못한 것은 평일 근무 시간인 때문이었다.

평일 낮, 골프장은 언제나처럼 한가했다. 넓은 주차장엔 드문드문 차가 서 있었고 필드에도 사람이 많지 않았다. 막 트렁크 문을 열려는 찰나 차분한 바리톤 음성이 들려왔다. 그의 목소리가 들려올 때마다 그랬듯이 침착하게 돌아섰다. 민우가 은근하게 웃고 있었다.

"대사관 가족들하고 오셨어요?"

"아뇨, 혼자 왔어요."

"혼자요?"

"종종 혼자 다녀요. 여러 명이 움직이려면 원하는 시간에 부킹하기도 어렵고 서로 시간 맞추는 것도 번거롭고……. 틈나는 대로 와서 한 바퀴 돌고 가는 게 편해요. 평일에는 시니어들이 많으니까 언제든 팀이 짜지거든요."

"그동안 선수 되셨다면서요? 홀인원까지 하셨다는 거 오 서기관한데 들었어요. 그 친구, 와이프 자랑을 너무 많이 하는 것 같아요."

"볼이 실수를 했겠죠. ……평일인데 어떻게 나오셨어요?"

"이번 행사 때 밤샘을 많이 한 덕에 특별휴가를 받았어요."

"고생 많이 하셨다는 얘기 들었어요. 미세스 정은 안 보이네요."

"애 데리고 한국 나갔는데 모르고 계셨어요?"

"아! 맞다. 애 학교 때문에 나간다고 했었지."

"특례입학이라고는 하지만 경쟁이 워낙 심해서 걱정이에요."

"여기서 보내시지 그래요. 일부러 유학도 보내는데."

"내년이면 임기가 끝나는데 놓고 가면 구설수에 오를 것 같아서요. 대학교도 아니고 고등학교는 아직 그렇잖아요. 외교관들 핸디캡이랄까……."

그는 내 그린피까지 계산하고 스코어 카드를 꺼내 들었다. 하이라이트는 4번 홀에서 일어났다. 여자는 155야드, 남자는 175야드 거리의 파 쓰리 홀이었다. 그린 앞에는 3미터 폭의 개울이 있고 그린의 경사도 심했다. 나는 5번 아이언을 이용해 그린에 볼을 올렸다. 의자에 앉아 있던 젊은이들과 민우가 굿 샷, 했다.

민우는 6번 아이언을 꺼내들었다. 그는 다른 홀에서보다 훨씬 신중해 보였다. 골프채를 수평으로 하여 방향을 잡아보고 연습 스윙을 세 번이나 했다. 이어 긴 호흡을 하고 침착하게 임팩트를 했다. 볼은 홀에서 5야드쯤 벗어난 지점에 떨어졌다. 그는 팔로우-쓰루 동작을 그대로 유지한 채 볼을 쳐다보고 서 있었다. 차례를 기다리던 사람들이 자리에서 일어났다. 그들은 어, 오, 같은 짧은 소리를 내면서 굴러가는 볼에 눈을 맞췄다. 볼이 홀컵으로 쏙 들어갔다. 사람들은 와우, 판타스틱(Fantastic), 언빌리버블(Unbelievable), 감탄을 쏟아냈다. 민우도 손을 번쩍 올리고 함성을 질렀다. 생애 세 번째 홀인원이라고 했다. 그는 보기와 파를 반복하다가 싱글 스코어로 라운딩을 마쳤다. 클럽 하우스에서 그가 말했다.

"골프가 좋은 운동이긴 한데 한국에서는 아직 사치스러운 것 같아요. 그린피도 비싸고, 캐디도 써야 되고, 그늘집이다 뭐다 낭비가 심하잖아요."

"한국 그린피 비교하면서 돈 벌었다고 말하는 사람들 많아요. 쓰면서도 벌었다고 큰소리치는 건 한국 사람뿐일 걸요."

"맞아요. 한국에서도 대중적인 운동으로 자리를 잡아야 하는데 작은 나라에서 골프장만 만들 수도 없고, 경제적으로 여유가 없으면 엄두조차 못 내는 운동이니······."

잠시 후 그는 탑플라이트 볼 두 세트를 사와 내게 내밀었다. 나는 조금 겸연쩍어하며 그를 바라봤다.

"오늘 홀인원 한 기념이루요. 한국 같으면 이 정도로 되겠어요?"

"아, 예! 이러지 않으셔도 되는데······. 잘 쓰겠습니다."

"오늘 좋은 시간 보냈습니다."

"저두요."

"운전 조심하세요."

"참사관님두요."

인사를 하고 차에 올랐다. 다시 눈인사를 하고 브레이크에서 발을 떼려는데 그가 말했다.

"내일도 오시는 거죠? 그런데 과속은 하지 마세요. 미인은 과속하지 않는다고 했잖아요. 그 꽁지머리 경찰이, 하하하. 우연이었어요. 꽁지머리를 하고 있는 게 왠지 경찰 같지 않아서 차를 세웠던 거예요."

나는 얼굴을 붉히며 크게 웃었다. 남편에겐 느낄 수 없는 감정이 뭉클뭉클 솟아올랐다. 남편의 부족한 면을 다른 사람에게서 발견하면 남편의 열 가지 장점보다 남편에게 없는 한 가지가 더 좋아 보이는 건 나만의 특성일는지 모르겠다. 남편은 헌신적이고 자상했지만 결혼생활 십이 년이 되도록 내가 좋아하는 것과 싫어하는 것을 구별하지 못했다. 그런데 민우는 겨우 한 번 우리 집을 방문했는데 내 취향을 알아버릴 만큼 감성이 통했다. 어떤 종류의 그릇과 가구를 좋아하는지, 어떤 스타일의 옷을 좋아하는지……. 저녁을 먹으러 갈 때도 남편은 그전에 먹은 음식과 상관없이 평소 내가 좋아하는 것을 먹는 게 나를 위하는 것으로 생각했지만 그는 점심때 뭘 먹었는지 확인하는 센스가 있었다.

남다른 의지력도 나를 매혹시켰다. 그는 해가 바뀔 때마다 목표를 세우고 실천하는 사람이었다. 5개 국어를 유창하게 구사했고 베토벤을 연주할 정도의 피아노 실력을 갖추고 있었다. 협상 테이블에서는 능력가로 정평이 나 있었고 권위를 부리지 않아도 권위를 인정받았다. 외교관들 사이에서 가장 닮고 싶은 사람으로 그를 꼽았다.

CIA본부 앞에서 그가 비상등을 깜박거렸다. 작별인사였다. 나는 저녁을 준비하면서도 노래를 흥얼거렸다. 남편이 오늘 핸디캡이 잘 나왔나 보네, 했다. 나는 민우와 우연히 만나게 된 것까지도 말하지 않았다. 두 번의 골프를 한 지 며칠이 지났다. 그에게 전화가 걸려왔다. 그 속에 담긴 의미를 모르지 않았다. 이후 그의 전화를 기다리는 버릇이 생겼다. 귀국 한 달 전, 그로부터 골프 초대를 받았다. 남편도 골프 일정이 잡혀 있는 날이었다. 남편의 스케줄을 알고 있었던 것이다. 전화를 끊기 전 그가 말했다.

"티오프 시간보다 한 시간 빨리 오시는 거 어때요? 참, 미인은 과속하지 않는다는 거 잘 아시죠?"

웃음소리가 뒤섞이고 전화선이 출렁거렸다. 남편에게는 워싱턴-서울 우먼스 클럽 낸시와 골프를 하게 되었다고 거짓말을 했다. 남편은 낸시를 알지 못했다. 골프를 하러 가던 날, 평소보다 일찍 일어나 김밥을 쌌다. 남편이 오늘 김밥은 입에 넣기 아깝겠는데, 했다.

나는 신이 나게 벨트 웨이를 달렸다.

'포토맥 밀' 근방에서 약간 정체되었다. 근처에 두 대의 차가 나대지에 떨어져 있었다. 몇몇 사람들이 심하게 구겨진 검정색 승용차 문을 열기 위해 무진 애를 쓰고 있었다. 경찰이 보이지 않는 걸로 보아 사고가 난 지 얼마 되지 않았다는 것을 알 수 있었다.

약속시간 5분 전, 골프장에 도착했다. 잠시 주차장에서 그를 기다리다가 드라이브 코스로 갔다. 요즘 잘 맞지 않는 3번 아이언을 꺼내 들었다. 볼은 쭉쭉 잘 뻗어나갔다.

'이런 때 좀 봐 줄 일이지.'

나는 속으로 말하고 웃었다. 그러나 약속 시간 10분을 넘기고부터 볼이 흐트러지기 시작했다. 불안함을 느끼면 느낄수록 볼은 잘 맞지 않았다. 스윙이 한 번 끝날 때마다 주차장을 쳐다봤다. 티오프 시간이 되었는데도 그는 나타나지 않았다. 클럽 하우스로 뛰어 들어갔다. 캐시어에게 사정을 말하고 경찰서에 전화를 했다. 전화를 받은 경찰은 지나치게 친절했다. 사고를 알려주는 것에도 그렇게 친절하다면 사고를 축하하는 것처럼 들릴 것같았다. 나는 긴장된 목소리로 포토맥 근처에서 일어난 사고차량 번호를 의뢰했다. 잠시 후 사고차량 번호가 또박또박 들려왔다. DWD300. 더 이상은 물을 수가 없었다. 가까스로 클럽 하우스를 빠져나와 잔디밭에 주저앉았다. 몸 안에서 뭔가 횅하니 빠져나간 것 같았다.

순간적으로 내가 어떻게 해서 그곳에 와 있는지, 골프장 이름이 뭔지, 무슨 요일인지 생각나지 않았다. 사람이 많은 걸로 보아 평일 같지는 않았다. 휴일에 남편하고만 골프를 했던 나는 주변을 두리번거리며 남편을 찾았다. 기분도 평소 골프를 하러 왔던 때와는 달랐다. 내가 울고 있는 걸 의식하면서도 왜 우는지알지 못했다. 멍하니 앉아서 눈물만 훔쳐냈다. 모든 것을 알아차리기까지 꽤 많은 시간이 흘렀다. 어깨가 늘어진 채 차를 향해걸어 나왔다. 골프화를 벗는 것도 골프 세트를 트렁크에 넣는 것도 힘이 들었다. 낌새를 알아차린 노신사가 도와주었다. 트렁크를 닫고 힘겹게 걸음을 옮겼다. 자동차 문을 열려고 하는데 키가보이지 않았다. 골프백 속에 키가 들어있는 걸 잊어버린 것이다. 집에 도착해서도 몸이 원하는 대로 움직여주지 않았다. 모든 것을 차에 놓아두고 거실로 들어왔다. 아이들이 품안으로 뛰어들었다. 아이들을 토닥거리며 소리 내어 울었다. 아이들이 어리둥절해했다.

"교통사고를 당할 뻔했는데 무사히 돌아와서 니들 보니까 좋아서 그러는 거야."

아이들을 껴안아주고 부엌으로 들어갔다. 냉장고에 있는 것들을 꺼내 요리를 하기 시작했다. 구절판 반죽을 해서 냉장고에 넣고 당근, 죽순 등을 썰기 시작했다. 조금 전의 기억들도 송송 썰고 싶었다. 네 시간 가량 요리하는 것으로 시간을 보냈다. 차 안에 있는 김밥은 이미 부패했을 터였다. 남편은 열 시 조금 지나서 들어왔다. 주차장 셔터가 열리고, 차가 들어오고, 문을 열고 닫는 소리가 들려 왔다. 나는 꼼짝도 하지 않고 소파에 앉아 있었다.

"왜 그렇게 앉아 있어, 몸이 안 좋아?"

"그냥 기운이 없어서……."

"오늘 골프는 어땠어?"

"늘 하던 대로죠. 이제 골프 그만둘래요. 한국에서는 하지도 못할 텐데……."

"한국에서 못하니까 여기서 해야지. 그런데 운전 잘하고 다녀."

나는 벌써 숨을 죽였다.

"정 참사관이 교통사고를 당했대. 다행히도 뇌 손상은 없다는데 정상 생활이 어려울 수도 있대……. 혼자 골프장에 가다 사고를 당했다는데 외무성 직원들하고 약속을 한 건지……."

"사고는 왜…난 거래요?"

"마약 한 녀석들이 들이받았다던데."

"……."

한국에서 그의 아내가 돌아왔지만 얼굴을 내밀 수가 없었다.

보름 뒤, 그가 많이 회복되었다는 것과 정상생활이 가능할 거라는 소식이 들려왔다. 그로부터 또 보름 뒤에 우리 가족은 귀국했다. 한국에서도 그곳 사람들의 모임은 지속되었지만 나가지 않았다. 그렇다고 그에 대한 기억까지 끊을 수는 없었다. 늘 그가 그립고 미안했다. 그가 준 탑플라이트 볼을 손에 쥐고 굴리면서 그리움을 달랬다.

민우가 건강한 모습으로 귀국했다는 것은 남편이 전해 주었다. 숨을 죽이고 있던 감정들이 고개를 쳐들었다. 뉴스 시간에 그가 모습을 드러내면서부터는 걷잡을 수 없이 허둥댔다. 그를 가슴에서 떠나보낸 날이 하루도 없었으니까. 남편은 예전처럼 그의 가족과 자주 만나자고 했지만 나는 늘 핑계를 댔다. 만나기 싫어서가 아니었다. 사고에 대한 불안감이 괴물처럼 점령한 때문이었다. 그의 아내 앞에서 태연하게 앉아 있을 자신도 없었다. 호두알의 기능을 상실한, 닳을 대로 닳은 골프 볼을 주물럭거리는 것으로 그리움을 달랬다. 언젠가 남편이 볼을 집어 들었을 때 순간적으로 잡아채며 속을 드러낸 것에 놀란 적도 있었다. 민우와 다시 소통을 하게 된 것은 5년 전이었다. 기업체 강의록을 모아 출간한 내 책을 보고 그가 소식을 전해왔다.

'그날 약속을 지키지 못해서 죄송합니다. 모든 상황은 잘 알고 계시겠지만 두고두고 안타까웠습니다. 그 약속은 아직도 유효한

거죠? 한 번 뵙고 싶습니다.'

　잔잔한 떨림이 그에 대한 사랑을 대신했다. 오랫동안 기대해온 것이 이루어졌을 때 행복감을 어떻게 표현해야 될까. 일곱 난쟁이가 고깔을 쓰고 덩실덩실 춤이라도 춰주는 것 같았다. 그러나 매일 소식을 주고받으면서도 만나자는 요구에는 응하지 않았다. 불운이 닥칠 것 같은 예감 때문이다. 마지막 전화번호를 돌리지 못하고 전화기를 놓을 때가 많았다. 외무 청사가 건너다보이는 커피숍에서 건물만 쳐다보기도 했다. 눈을 뜨고 감을 때 그가 곁에 있으면 좋겠다는 생각도 많이 했었다. 그는 해외 출장 중에도 매일 안부를 물었고 나는 매일 아침 메일을 확인하는 것으로 하루를 열었다.

　남편이 현관을 빠져나간 걸 확인하고 컴퓨터를 켠다. 민우의 부하직원으로부터 이메일이 들어와 있다.

　'많이 놀라셨지요? 제가 결례를 범한 것도 같습니다. 퇴근 시간이 지났는데 기척이 없어서 들어가 봤더니 이미 숨을 거두셨더군요. 쓰시다 만 글을 클릭하고 몇 자 올렸습니다. 두 분께는 소중한 만남일 수 있겠지만, 유가족에겐 좀 언짢은 일 같아서요. 노여움 같은 건 없으실 줄 믿습니다. 김종수 드림.'

　삶과 죽음의 경계가 아무리 가깝다 하더라도 그의 죽음은 낯설고 허망하다. 하필 내게 글을 쓰면서 세상을 떠나다니, 내가 재앙을 몰고 온 건 아닐까? 바오밥나무가 꽉 들어찬 해변에서 실버피시를 바라보며 그와 함께 하기를 소망한 게 불과 몇 시간 전인데……. 매일 아침 그의 글을 읽을 때마다 파랑새가 날아다니고 물고기가 헤엄쳐 다니곤 했는데……. 지금은 전쟁의 잔상이 어지러운 폐허에 홀로 서 있는 것 같다. 매일 아침 감미롭게 가슴을 적셔주던 음악과 언어도 화면 속에서 피를 토한다. 찬찬히 그의 홈페이지에 올라온 글을 읽기 시작한다.

＊선배님의 사랑은 크고 넓었습니다. 그 많은 사람들이 애곡을 하는 것도 그런 이유 아니겠습니까? 선배님은 떠나셨지만 다정하게 들려주신 그 목소리는 여전히 맑은 영혼으로 남아 있을 것입니다. 힘든 업무에 시달릴 때 청량음료처럼 상큼하게, 예상하지 못한 일로 좌절할 때 아버지처럼 따뜻하게 위로해 주시던 선배님! 선배님은 정녕 공직자의 귀감이었습니다. 외교에도 사랑이 함께한다는 것을 가르쳐 주신 자애로운 분이었습니다. 청빈한 공직자의 자세를 가르쳐 주신 선비같은 분이었습니다. 선배님을 보면 즐거웠습니다. 선배님, 사랑합니다. 편히 쉬십시오.

—DIPLOMAT

또 다른 포스트를 연다. 민우가 마지막 메일에서 언급한, 오늘 아침 바오밥나무를 검색하면서 알게 된 사진작가의 글이다. 모론다바에서 민우와 함께 찍은 사진 밑에 다음과 같이 씌어 있다.

＊형은 여기 꿋꿋이 서 계시는데 떠나시다니요. 작별 인사도 없이 홀연히 떠나가시면 제겐 너무 큰 비극이잖아요. 마다가스카르에서 노년을 보내기로 한 약속은 어떻게 하시구요?

형을 사랑하는 그 아이들이 기다리고 있다는 거 진정 잊으셨습니까?

소식을 듣고 달려온 지인들의 망연자실한 모습을 보고 계신지요? 형을 좋아하는 사람들이 이렇게 많은데 그 많은 사람들을 남겨 놓고 혼자 훌쩍 떠나가시다니요. 어려운 일을 만날 때마다 '어떻게 매번 맑은 물줄기만 만나지겠는가. 그게 바로 인생 아닌가. 더 많이 가지려 애쓰지 말고 크게 웃어 보라.'고 위로해 주시던 형!

막 숨을 거두신 뒤 형수님께서 하신 말씀은 지금도 가슴이 저려옵니다.

"그토록 사랑하던 후배가 왔잖아. 왜 이러고 있는 거야. 눈 좀 떠 봐."

마지막 잡아드린 손목은 부드러웠습니다. 저의 고민과 아픔을 어루만져 주시고 어깨를 두드리며 용기를 주시던 그 마음을 마지막 가시는 손목에서도 느낄 수 있었습니다. 형, 지금 계신 그곳이 낯설지 않으신지요? 형이 가신 그 길은 나 또한 가야 할 길이기에 그리 아득하게 느껴지지 않으나 살갑고 호방하신 형의 모습을 이생에서 보고 들을 수 없어 맥이 풀립니다. 눈에 보이지 않는 인연까지도 포용해 주시던 형! 힘든 세상 떠나 평안을 누릴 수 있게 된 것으로 위안을 삼겠습니다. 그 넉넉한 웃음, 그 소탈한 모습, 사람을 좋아하고 사랑하는 그 마음, 영원히 사랑할 것입니다. 부디 영면하소서!

−모론다바

눈에 눈물이 그렇게 많이 들어 있다는 것은 처음 알았다. 하루 종일 한 끼도 먹지 않았다는 것을 깨달은 것은 남편이 빈소에서 돌아온 다음이다. 쓰러지듯 자리에 눕는다. 남편이 말한다.

"아직도 몸이 안 좋아? 미세스 정이 내일은 좀 와 줬으면 하던데."

"……."

아직 어둠이 걷히지 않은 이른 새벽, 남편이 운전하는 차를 타고 영결식장으로 향한다. 보통 때 같으면 남편의 운전습관에 대해 몇 번쯤 잔소리를 했을 것이다. 멍하니 앉아 있다 창밖을 보니 영안실 차단기 앞에 도착해 있다. 나는 주차장에 들어가지 않고 미리 차에서 내린다. 몸이 공벌레처럼 오그라드는 건 음산한 날씨 때문이 아니다.

형광등 불빛 아래 피어 있는 명자나무 꽃이 먼지 낀 조화처럼 우중충하다. 무슨 정신에서인지 손을 뻗어 꽃잎을 만져본다. 손끝에서 느껴지는 생화의 촉촉한 감촉, 어디선가 미끄러져 들어온 은은한 꽃향기, 봄의 문턱을 넘어와 꿈틀거리는 자연의 이치가 원망스럽다. 나는 코트 자락을 움켜쥔 채 멍하니 서 있다. 남편이 차에서 내리는 소리를 듣고 발걸음을 옮기기 시작한다. 발자국 소리는 적막의 깊이만큼 위로 올라간다. 나는 구두굽이 바닥에 닿지 않도록 조심조심 걸음을 뗀다. 그러나 뒤에서 들려오는 여자의 발자국 소리는 어찌할 도리가 없다. 또각거리는 발자국 소리를 오늘처럼 원망해 본 적이 있었던가! 괜히 왔다고 후회한다. 차라리 어둠 속에 몸을 묻고 절규를 하는 게 나았을 것을……. 심란한 마음을 반영하듯 그림자가 여러 방향으로 흐트러진다. 알매하고 우울한 그림자를 밟으며 걸음을 옮겨 간다.

'그렇게 빨리 떠날 사람이었다면 한 번쯤 만났어야 했어, 어차피 불운한 운명일 수밖에 없는 사람이었다면…….'

기어져 나오는 눈물을 거둬들이기 위해 머리를 들어 올린다. 어디선가 명랑한 웃음소리가 들려온다.

'도대체 왜 그러는 거야.'

이틀 전 꿈에서 그랬던 것처럼 자칫 악다구니를 쓸 뻔했다. 나는 가슴이 찢어지는 고통을 견디고 있는데 세상은 너무 행복하게 돌아가는 것 같다. 억울한 일을 당한 것처럼 사지를 떤다.

'그의 영전에서 죽음을 애도하는 사람들도 시간이 지나면 아무 일도 없었던 것처럼 일상으로 돌아가겠지. 서로의 삶은 확연히 다른 거니까.'

핑계거리를 만난 눈물이 주르륵 흘러내린다. 차가운 바람이 젖은 볼을 핥고 지나간다. 겨우내 나뭇가지를 붙잡고 실랑이했을, 바스스한 단풍잎 하나가 휭 소리를 내며 날아와 발 앞에 떨어진다. 불과 이틀 전, 그가 떠난 것을 몰랐던 그날 아침까지만 해도 긍정적으로 여겨졌던 모든 게 땅바닥을 뒹굴고 있는 낙엽처럼 하잘것없어 보인다. 걸음을 멈추고 맹하니 낙엽을 쳐다본다. 낙엽은 곧 흐느낌 소리를 토해내며 스르르 굴러간다.

관이 놓일 곳을 중심으로 고위 공직자들이 죽 늘어선다. 나는 사람들이 몰려 있는 곳을 피해 리무진 옆에 선다. 그때 건물 안쪽에서 여러 사람이 한꺼번에 움직이는 발자국 소리가 들려온다. 헐떡거리는 가슴을 끌어안고 고개를 돌린다. 영정사진을 든 그의 아들이 모습을 드러낸다. 아들의 눈은 퉁퉁 붓고 슬픔에 차 있는데 정작 사진 속 그는 웃고 있다. 관념상 영정사진으로는 적합하지 않을 만큼 활짝! 더군다나 바오밥나무를 배경으로 한 사진이라니……. 마다가스카르에 대한 소망을 이루지 못한 그가 안타까웠던 것일까? 영혼이라도 위로하려는 아내의 마지막 배려일지 모른다. 그의 숭고한 사랑을 격려해 주지 못한 자신을 원망하고 후회하면서…….

까만 천으로 덮인 관이 그의 동료들 손에 들려 있다. 그의 아내를 힐끔 쳐다본다. 묵묵히 걸음을 옮기는 그녀가 돌덩이처럼 무거워 보인다. 곧 제단에 관이 안치되는가 싶더니 모든 과정을 생략하고 묵념으로 대신한다는 말이 흘러나온다.

관이 리무진 안으로 들어간다. 나도 몰래 관이 있는 방향으로 손을 내민다. 스스로 놀라 흠칫 눈치를 살핀다. 그의 아내와 두 아들이 조문객들에게 고개 숙여 인사를 한다. 그녀가 지나갈 길목에 내가 서 있다는 것을 그때야 깨닫는다.

'자리를 옮겨야지. 눈에 띄지 않게…….'

순간 그녀의 눈과 맞닥뜨린다. 눈빛이 무서운 속도로 내 눈을 겨냥하여 들어온다. 피하고 싶은데, 피해야 하는데……. 한 걸음 두 걸음, 그녀는 점점 더 가까이 다가온다.

'오지 말았어야 했어. 오는 게 아니었어.'

속눈썹이 바르르 떨린다. 모든 의식까지 휘청거린다. 점점 가까이 다가오는 눈빛을 바라보며 꼼짝없이 그 자리에 서 있다. 모든 사람들이 나를 쳐다보는 것 같다. 비수를 던져오는 것도 같다. 식은땀이 주르륵 흘러내린다. 눈도 마음도 육체도 퍼렇게 질린다. 어느 틈에 다가온 그녀, 내 귀에 대고 조용히 말한다.

"미세스 오가 꼭 있어야 할 것 같았어…….."

지나치게 차분한 목소리가 오히려 지악스럽다.

'그 사람이 왜 죽었는지 알아? 교통사고 후유증이었어.'

그렇게 말하고 싶었던 것일까? 휘청휘청, 가까스로 서너 걸음 옮겨가 벽에 등을 기댄다.

"오빠, 그렇게 가면 어떻게 해. 엄마도 생각해야지."

비명에 가까운 여자 울음소리다. 나는 그만 아! 소리를 내며 주저앉는다. 반대편에 서 있던 남편이 언제 달려왔는지 모르겠다. 그가 나를 부축하며 다급하게 말한다.

"당신 왜 그래? 많이 아픈 거야? 빨리 응급실로 가자."

나는 아주 느릿느릿 고개를 흔든다.

민우가 떠난 지 열흘이 지났다. 그동안 아무것도 하지 못했다. 아무것도 할 수가 없다. 아니, 할 필요가 없는 것만 같다. 하루 일과 중 그와 안부 글을 주고받은 건 고작 십여 분에 불과했는데 생활 전체가 사라져 버린 것 같다. 괴물처럼 주저앉은 상실감이 좀처럼 물러설 기미를 보이지 않는다. 하루 종일 책상에 앉아 그와 주고받은 메일을 음미하며 읽고 또 읽는다. 탑플라이트 볼을 들여다보고, 또 들여다보고, 손에 꼭 쥐어본다. 찢어질 듯 가슴이 저려오는 건 나 혼자만의 사랑일까?

'그가 완성하지 못한 글은 어떤 내용일까? 바오밥나무가 사랑하는 사람을 닮았다는 것으로 사랑을 고백하려 했던 것일까?'

강의록에 강의 내용은 쓰지 않고 '오늘은 유독, 오늘은 유독' 반복하여 쓴다. 그의 흔적을 찾을 수 있는 곳이면 어디든 가고 싶다.

'마다가스카르에 가면 그의 숨결을 느낄 수 있을까? 보기만 해도 감격이 넘친다던, 그 바오밥나무를 보면 그의 흔적을 느낄 수 있을까?'

나는 다시 바오밥나무를 반복하여 쓴다. 가보고 싶다, 그곳 모론다바, 바오밥나무가 있는 모론다바에. 그러나 아직은 갈 수가 없다. 모론다바까지는 갈 자신이 없다.

회복되지 않은 몸을 이끌고 모론다바 카페를 찾는다. 북카페인 듯 여기저기 책들이 널려 있다. 한때 누군가의 추억을 담았을, 많은 카메라들이 콘크리트에 박힌 채 얼굴을 내밀고 있다. 카메라를 쳐다보며 축복이라 여겼던 그 꿈을 생각한다. 실버피시와 바오밥나무를 보며 행복해 했던 그 꿈……. 1970년대 어디에서나 볼 수 있었던, 한 시절을 풍미하고 있는 빨간색 공중전화 부스가 가슴을 울렁거리게 한다. 전화를 하면 청년 민우가 달려 나올 것 같다. 사진으로만 보았던 젊은 청년 민우가! 모론다바라고 씌어 있는 전화 부스 손잡이를 잡는다. 풍경소리가 들려오지 않았다면 문을 열었을 것이다.

전화 부스에서 손을 떼고 바오밥나무로 시선을 돌린다. 왜 이렇게 눈물이 흘러나오는지 모르겠다. 단순히 그가 좋아하는 나무라서 그러는 것일까? 몸이 후들거린다. 아직은 휴식이 필요한데 카페를 빠져나가고 싶지는 않다.

'자리에 앉아서 봐야지.'

몸이 말을 듣지 않는다. 중풍환자처럼 더디게 몸을 돌린다. 나는 곧 깜짝 놀란다. 블로그에서 본 그 사진작가가 서 있는 것이었다. 너무 큰 비밀을 들켜 버린 듯 멍하니 그를 바라본다. 그의 눈에 비친 내 눈빛이 어땠는지 모르겠다.

"민우 형을 잘 아시지요?"

나는 여전히 깊은 침묵을 지킨다. 그가 나를 부축하여 자리에 앉힌다.

"형은 가끔 무슨 말인가를 하려다 그만두곤 하셨어요. 돌아가시던 날에야 입을 떼시더군요. '마다가스카르에 다녀온 지가 언제지? 오늘따라 바오밥이 몹시 그리운 건 그 사람 때문인지도 몰라. 그림자만이라도 보고 싶은 사람이 자네에게도 있나? 눈을 감고도 체취를 느낄 수 있는 그런 사람. ……아무에게도 말하지 않은 사람이 있어. 오늘은 유독 그 사람이 보고 싶어. 바오밥 같은 여자지. 작지만 아주 큰 여자! 당당하고 열정적인 여자!' 전화루요. 보고 싶으면 그냥 만나면 되는 거 아니냐고 했죠. 만나고 싶어도 만날 수 없는 사람이 있고 사랑하지만 사랑한다고 말할 수 없는 사람이 있다고 하시더군요. 한 여자와 한 남자의 울타리 안에서만 살아야 하는, 감정에 충실할 수 없는 현실이 밉고 원망스럽다고……. 그런 형에게 오히려 인간적인 면을 느꼈습니다. 형처럼 철저한 사람도 로맨스를 꿈꾸냐며 웃어넘겼는데 그게 마지막 대화가 되고 말았네요. 여사님의 신분이나 생김새에 대해서는 들은 적도 없는데 형의 여자라는 걸 금방 알 수 있었습니다. 장례식장에서부터 이미……."

나는 말없이 고개를 떨군다. 흘러내리는 눈물을 그대로 둔 채그가 끝맺지 못한 마지막 문장을 완성해 본다.

'미세스 오, 오늘은 유독 당신이 보고 싶습니다.'

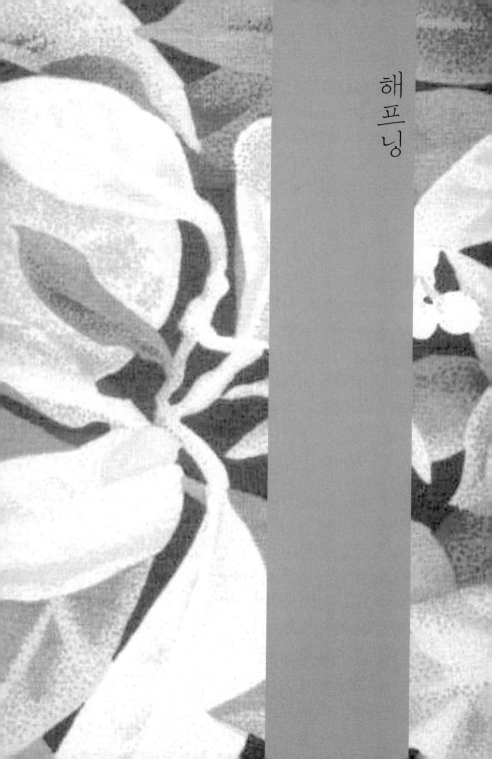

해
프
닝

"뜬금없이 뭔 약혼식을 한다고 그란지 모르겠네 걍. 아무 짝에도 쓸데없는 것을 뭣하러 한다고 그래싸까잉. 그라나저라나 뭣을 입어야 쓰까. 사둔네가 그럭저럭 살먼 아무것이나 입어도 숭 될 것이 없는디 부자라고 해싼께 꺽정시러 죽겠네 참말로."

춘심은 벌써 세 번이나 옷장을 뒤적거려 보았다. 열 번을 뒤진들 입을 만한 게 나올 리 만무했다. 춘심은 옷장 속에 손을 넣은 채 중얼거렸다.

"짜잔한 것이라도 하나 사 입어야 쓸랑가? 당최 입을 것이 없은께 원!"

곧 고개를 흔들었다. 결혼식이 임박한데 옷을 사는 건 낭비였다. 한숨 소리가 방 안을 가득 메웠다. 세상 근심을 다 걸머진 것 같았다. 갑자기 춘심의 얼굴이 환하게 피어올랐다. 손바닥을 치면서 옳제, 했다. 친정 조카 결혼식 때 동생댁 형자가 입은 옷이 생각난 것이다. 키가 크고 살집이 없는 형자와는 체격이 비슷했다. 신랑 쪽은 푸른색을 입는 관례에도 잘 맞아 떨어졌다.

형자는 내로라하는 집에서 가사 도우미를 하고 있었다. 입주만 안 했을 뿐 주인집 살림을 도맡아 하고 있었다. 그런 이유 때문인지 시가(媤家) 행사가 있을 때마다 이런저런 핑계를 대기 일쑤였다. 손윗동서가 집안 행사에 무심하다는 말 한마디 했다가 되레 쓴소리를 들었다. 손에 물기 마를 날 없이 허덕거리고 사는데 보태주지는 못할망정 일자리마저 끊을 거냐며 쌍불을 켜는 것이었다. 그런 그녀가 약혼식에 올 일은 없었다. 한복을 입고 나타날 일은 더군다나 없었다.

'어째 그 생각을 못 했쓰까!'

춘심은 전화기를 들었다. 그러나 금방 멈칫해졌다. 결혼한 지 삼십 년 만에 새 옷 한 번 입어봤다며 옷을 싹싹 털고 좋아하던 형자가 떠올랐다. 형자도 그녀처럼 옷을 해 입은 적이 없었다. 여유가 있어도 하지 않는 것이 춘심하고 달랐다. 일 나가는 집에서 늘 얻어 입는 눈치였는데 주인 여자는 형자를 위해 옷을 사는 것 같았다. 일 년만 입으면 싫증을 낸다는 것이었다. 덕분에 형자가 호사를 누렸다. 형자가 유일하게 시가에 오는 건 시부모 기일뿐이었는데 그때마다 옷 자랑을 해댔다. 이것은 뭐다, 저것은 뭐다, 제법 혀까지 굴려가며 명품 브랜드를 줄줄 뱉어냈다. 춘심은 열 번을 들어도 모르는 소리였다. 윤기가 잘잘 흐르고 보들보들한 게 뭔가 다르다는 생각은 들었다.

'못 빌려준다고 하면 낯 뜨거서 으짜까, 워낙 몽통한(막힌) 사람이라……. 거저 주라는 것도 아니고 하루 쪼깐 빌려 입자는 것인디 설마 매몰차게는 안 하겄제. 내가 즈그 서방 학교 댕길 때 어찌께 했는디…….'

춘심은 혼자 가상 시나리오를 쓰고 있었다. 대문 열리는 소리가 났다. 춘심이 고개를 내밀었다. 행상을 마친 주인아주머니가 들어섰다. 빠글빠글한 파마머리가 고무대야 밑에서 납작하게 일그러져 있었다. 검정 몸뻬 주머니에서는 천 원짜리 한 장이 고개를 쭈뼛 내밀었다. 아주머니는 아이고 다리야, 하면서 고무대야를 내려놓았다. 샛노란 참외 예닐곱 개가 한쪽으로 쏠려 있었다. 껍질이 매끈매끈하고 단내가 많이 났다. 그리 싱싱한 상태는 아니었다. 노점상에서 과일이나 몇 개 사가려 했던 춘심이 잘됐다는 듯 뛰쳐나왔다.

"오메, 우리 성님이 쫌맞게 들어오셨네. 그 참외 나한테 떨이하면 쓰겄소."

"아이고마, 얼라들 줄라했드만 임자가 따로 있다카이. 한 개에 천 원썩 팔던 긴데 오천 원만 내라마."

아주머니는 실속을 다 챙기면서 인심을 쓰는 척했다. 아주머니는 곧 엄지손가락에 침을 뱉어 비닐봉지를 열었다. 속으로 오져 죽는 눈치였다. 실실 웃으면서 참외를 담는 손이 숫제 춤을 췄다. 춘심은 비닐봉지를 들고 내리막길을 걸어갔다. 가로등이 흐릿한 불빛을 쏘고 있었다. 일과를 마친 사람들이 각자 집으로 찾아들고 있었다.

용석은 중산층 아파트에 살고 있었다. 삼 천 세대가 넘는 대단지였다. 춘심은 눈앞에 보이는 동생집을 흐뭇하게 올려다봤다. 검정색 그랜저 승용차가 열기를 뿜어내며 그녀를 앞질러 갔다. 웬만하면 자가용 한 대쯤 갖고 있다지만 다른 세상 같았다. 춘심은 빙그레 웃으면서 속으로 말했다.

'우리 건우도 장개가면 저런 자가용 타고 댕기겠제. 아들 덕에 나도 금방 자가용 타게 생겼네.'

그랜저는 곧 주차장에 멈춰 섰다. 훤칠한 남자가 차에서 내렸다. 그는 뚜벅뚜벅 걸어가 보조석 문을 열고 서류가방을 꺼내 들었다. 유치원생쯤 되어 보이는 남자아이가 친구들을 뒤로 하고 달려갔다. 아이는 아빠, 하면서 남자 품으로 미끄러져 들어갔다. 남자는 아이를 번쩍 들어 올려 그 자리에서 한 바퀴 돌았다. 아이가 발을 휘저으면서 좋아했다. 남자와 아이는 손을 잡고 걸어갔다. 부자가 묻고, 대답하고, 웃고 하는 게 보기에 좋았다.

'우리 건우도 저만 했는디 벌써 장개를 간다고…….'

비실비실 웃음이 나왔다. 춘심은 남자 뒤에 바짝 붙어 발걸음을 옮겨 갔다. 경비 아저씨가 남자에게 인사를 꾸벅 했다. 잘 통과한다 싶었다. 그때 경비 아저씨가 소리쳤다.

"이봐요. 어디 가요?"

"707호 가요."

춘심은 못마땅한 듯 얼굴을 찌푸리며 말했다. 그리고는 눈을 흘기면서 가던 길을 재촉했다. 경비 아저씨가 조금 무시하는 투로 말했다.

"그냥 가면 어떻게 해요. 방명록에 서명하고 가요."

"어이쑤라, 벨쩍시런 꼴을 다 보겠네. 동상집 잔 가는 디 뭘 도둑질이나 하러 온 것같이 그래 쌌네. 적고 싶으면 당신 이름이나 적으쇼. 나는 대통령보다 더 바쁜 사람인께!"

춘심은 몸을 뒤로 돌리고 말했다. 순간 발이 휘청했다. 뒤에 있는 계단을 살피지 못한 것이다. 춘심은 참외봉지를 움켜쥐며 혼잣말을 했다.

"오메 참말로, 깐딱했으면 비싼 참외 깨질 뻔했네. 묵고 싶어도 돈 아까서 못 사 묵어 봤구만……."

한 손은 벌써 난관을 잡고 있었다. 춘심은 씩씩 불면서 엘리베이터 안으로 들어섰다. 좀처럼 화가 가라앉지 않았다. 신경질적으로 7층 버튼을 누르면서 또 구시렁거렸다.

"벨 더런 꼴을 다 보겠네, 지나 나나 벨 볼일 없는 처지에 뭔 유세여 유세……. 하이고, 문지기 쪼깐 함시러 저 유세를 떠는디 감투 하나 쓰면 얼매나 권세를 부릴랑고. 옘병할 놈의 영감탱이!"

엘리베이터는 금방 7층에 멈춰 섰다. 춘심은 긴장이 되기 시작했다. 옷매무새를 훑어보고 조신하게 벨을 눌렀다. 용석이 문을 열어 주었다. 새삼 용석의 쉰 머리카락을 보고 그가 환갑이 되었다는 것을 깨달았다.

"워따, 오랜만이시. 동상도 인자 많이 늙어부렀네잉!"

춘심은 실실 웃으면서 현관을 들어섰다. 벽돌색 타일 바닥에 신발 두 켤레가 반듯하게 놓여 있었다. 벽 한 면에는 전신 거울이 붙어 있었다. 거울 속 그녀가 몹시 초라해 보였다. 춘심은 새집이 돼야 부렀네, 하면서 신을 벗고 거실로 들어갔다. 내심 동생댁 형자가 반겨주기를 바랐다. 형자는 고개도 돌리지 않았다. 형식적으로 오셨어요, 하고는 설거지를 계속했다.

'가진 것 없다고 깔보기는…….'

용석이 소파를 가리키며 앉으라고 말했다.

'꼽꼽한 동상댁이 뭔 일로 비싼 의자를 샀을까?'

용석이 속마음을 읽은 모양이었다.

"메느리가 시집올 때 해왔습디다. 멀거니 서 있지 말고 앉으시란 말이요. 동생집 와서 손님같이 그라지 마시고,"

소파 옆 바로크 풍 엔드 테이블에 금속 조각이 놓여 있었다. 작품에 대해서는 아는 게 없지만 왠지 비쌀 것 같았다. 춘심은 소파에 앉으면서 속으로 말했다.

'메느리 한나 잘 얻은께 살림살이가 달라져부렀구만. 우리 건우가 갤혼하면 나도 신세가 늘어질 것이여. 옷 빌리러 올 일도 없을 것이고. 건우 처갓집이랑 이 집 사둔네는 비교도 안 되제!'

앞으로 잘살 생각을 하니 웃음이 비어져 나왔다. 지난번 조카 결혼식 때 찍은, 사진 속 동생네 가족도 웃고 있었다. 춘심은 사진을 쳐다보기도 하고 엔드 테이블을 힐끔거리기도 하면서 말할 기회를 엿보고 있었다.

"발걸음을 안 하시는 양반이 어짠 일이시요?"

"미안하네. 묵고 살기 힘들다 본께 동상집에도 한 번 못 와보고. 동상댁한테 뭣 쪼깐 부탁할 것이 있어서 왔네마는……."

형자는 부엌에서 나올 생각이 없는 것 같았다. 용석이 형자를 불렀다.

"어이! 매씨가 볼일이 있으시단디 이리 잔 와 보소."

"뭣 일인디라우?"

형자가 볼멘소리로 대꾸하고 수건에 손을 쓱쓱 문지르면서 나왔다.

"염치없는 부탁 한나 하러 왔네. 건우가 뜬금없이 약혼식을 한다고 안 그런가."

형자는 돈을 빌리러 왔으려니 생각했다. 그녀는 입을 쭉 내밀었다.

'없는 것들이 약혼식은 뭣 놈의 약혼식이여. 정 하고 싶으면 놈 성가시게 안 하고 간소하게 해야제, 돈까지 빌려감서 약혼식을 할라고 그래 싸까.'

형자는 속으로 생각하면서 대뜸 한마디 했다.

"우리도 아들 여운다고 있는 대로 다 털어서 써불어논께 빌려 줄 돈이라고는 없어라우. 있는 사람한테 부탁을 해야제."

"이 사람아, 돈은 뭔 돈을 빌리러 왔겠는가, 걍 헹펜대로 해야제. 그란 것이 아니고 옷을 쟌 빌려 입었으면 해서……."

"우리 양반 옷 말이요? 씨누이 양반하고는 체격이 원체 다른디 입을 수 있으까라우?"

"그것이 아니고 장원이 갤혼할 때 자네가 입었던 한복 말이네."

형자의 반응은 무서울 만큼 차가웠다. 미간을 찌푸리고 쏘아붙였다.

"워따, 성님도 빌려줄 것을 빌려주라고 하쇼, 원. 이날 펭생 옷이라고는 못해 입다가 아들 덕에 한복 하나 얻어 입었드만 그것을 다 빌려주라고 그라요? 다른 것은 몰라도 그것은 안 되야라우. 빌려 입을 것이 따로 있제."

"아따, 이 사람아! 내가 구워를 묵겄는가, 삶아를 묵겄는가? 조심시럽게 입고 갔다 줄 것인게 한 번만 빌려주소, 빌려 입을 일이 또 있겄는가? 이런 사정 하는 것도 오늘로 마지막이네. 우리 건우가 딸만 둘 있는 부잣집으로 장개를 가게 됐은께 그 집 것이 다 건우 것 아니겄는가!"

"부자 메느리 얻게 됐으면 메느리한테 해주라고 하시제 뭣

땜시 내 것을 입을라고 그래 쌌소? 사랑 땜도 못해 본 옷이구만……."

"아무리 염치가 없어도 그렇제 약혼식 때부터 예단 해오라고 하겠는가? 자네 같으먼 그런 말이 나오겄어? 내가 우리 건우 장개갈 때 자네 옷 한 벌은 존 것으로 해오라고 할 것인께 한 번만 빌려주소. 참말로 미안하네."

춘심은 비굴해 보일 만큼 사정조로 말했다. 옆에서 지켜보던 용석이 형자를 나무랐다.

"이 사람이 원, 그것이 천 냥을 하는가 만 냥을 하는가? 형제간이나 된께 빌려주라고 하는 것인디 꼭 놈 보대끼 하고 있네. 긴소리 하지 말고 포딱 일어나서 갖고 와."

형자는 투덜투덜하면서 방으로 들어갔다. 입은 벌써 돼지주둥이처럼 나와 있었다. 곧 한복을 들고 나왔지만 못마땅한 기색이 역력했다. 흠 생기지 않게 잘 입으라는 당부를 수도 없이 해댔다.

"내 몽뚱아리보다 더 애끼는 옷인구만. 하나님 모시대끼 한 옷인께 참말로 조심해서 입으쇼잉. 친정엄니 팔순 때 입어야 된께 곧장 갖고 와야 써라우. 다음 달이 팔순이란 말이요. 내 말 잊으불지 말고 맹심하쇼잉!"

"내가 시 살 묵은 애긴가? 조심시럽게 입고 갖다 줄 것인께 꺽정도 하지 마소."

춘심은 상자에 곱게 넣어져 있는 한복을 들고 동생집을 나왔다. 그러나 몇 발자국 떼기도 전에 눈물이 나왔다. 그 옷이 아니면 안 된다는 생각뿐 자존심은 생각할 겨를이 없었는데 서러움이 밀려왔다. 변변한 옷 한 벌 없는 것은 견딜 수 있었다. 그러나 잠깐 빌려 입자는데 야속하게 군 동생댁이 괘씸하기 짝이 없었다. 중학교 진학까지 포기하고 동생 뒷바라지해 준 은덕은 갚지 못할 지언정 속조차 몰라주는 게 화가 났다. 덕을 보자고 한 일은 아니었다. 동생이라도 잘살아서 오누이간 우애를 지키고 살았으면 하는 바람이었다.

'올케라고 하나 있는 것이 욕심만 목구멍까지 차 갖고……'

생각할수록 억울했다. 생각 같아서는 동생에게 준 학비를 돌려받고 싶었다. 욕이 줄줄 터져 나왔다.

"썩을 년! 밥 숟구락 쪼깐 뜨고 산께 하늘 높을 줄 모르고 지랄이여. 지가 돈에 환장해서 일 댕기제 누가 돈 벌어오라고 쫓아냈어? 내가 펭생 익케 살 줄 알고? 우리 건우만 갤혼하면 나도 호강하고 살 것인디. 머리 꺼만 짐승은 거두지 말라드만 틀린 말이 절대 아니여! 나도 비싸고 좋은 옷만 해 입고 살 것인께 두고 봐라. 썩어 자빠질 년 같으니라고!"

약혼식 날, 미장원 여자가 춘심에게 메이컵을 해주었다. 춘심이 종종 그녀 일을 도와준 때문이었다. 춘심은 짜장면 사주는 재미로 도와줬을 뿐인데 그녀에겐 여간 고마운 게 아니었다. 침대에서 일어난 춘심은 깜짝 놀랐다. 얼굴이 낯설 만큼 예쁘게 변해 있었다. 속눈썹까지 붙이고 있는 게 바비인형 같았다. 흐뭇함은 말로 표현하기 어려웠다. 미장원 여자가 헤어드라이어를 들어 올렸다. 머리카락은 아직 살 속으로 파고들 것처럼 꼬부라져 있었다. 여자는 팔에 힘을 넣어 머리를 펴기 시작했다. 한 달 전, 짱짱하게 몰라주쇼, 했던 춘심을 생각하니 웃음이 나왔다. 십여 분이 지나도록 여자는 머리를 펴는 것에만 몰두하고 있었다. 춘심은 조바심이 났다.

'뭔 쌩머리를 해줄라고 그런다냐, 처녀맨치로.'

춘심이 조급함을 참지 못하고 물었다.

"에마리오(이봐요)! 올린 머리 하는 것 아니요?"

"아주머니도 참, 어련히 알아서 해드릴까!"

여자가 큰 소리로 웃었다. 여자는 여기저기 가느다란 핀을 꽂아가며 스타일을 만들어 가기 시작했다. 춘심은 시시각각 변하는 머리 모양이 너무 신기했다. 앞머리를 손질할 때는 거울을 보려고 자꾸 고개를 돌려댔다. 여자에게 가만히 있으라는 지적을 세 번이나 받았다. 지적을 받아도 춘심은 기분이 좋았다. 잠시 뒤 여자가 말했다.

"자, 이제 실컷 보세요."

춘심은 눈만 크게 뜨고 말을 하지 못했다.

"세상에! 내가 봐도 너무 이쁘다. 이런 맛에 미장원 한다니까."

춘심은 방실방실 웃으면서 미장원을 나섰다.

'이런 때 동네 사람들이 다 나와서 나 잔 봐줬으면 좋겠네.'

가로수까지도 그녀에게 찬사를 보내는 것 같았다. 옆집 사는 성경이 엄마가 저쪽에서 걸어왔다. 춘심은 그녀에게 다가가 손을 덥석 잡았다.

"성경이 엄마!"

성경 엄마는 생판 모르는 여자가 왜 이러나, 하는 눈빛이었다. 누군데 아는 체를 하지? 하는 표정으로 위아래를 훑어봤다. 춘심이 호들갑을 떨었다.

"워따 참말로, 옆집 사람도 몰라 보요? 나여 나, 건우 모친."

"어머머, 세상에! 영화배우가 따로 없네요. 너무 예쁘세요."

"오메, 그래라우?"

"정말 다른 사람 같아요. 이렇게 예쁜 분인 줄 몰랐어요."

"아따, 쇠말뚝도 끼메 놓으면 이쁘다고 안 그랍디요. 오늘 우리 건우가 약혼식을 한단 말이요. 아주 부잣집으로 장개간다요. 메느리 직장도 겁나게는 좋아라우. 헤헤헤헤."

춘심은 신바람이 나서 자랑을 하기 시작했다. 그때 구멍가게 아주머니가 그쪽으로 걸어오고 있었다. 춘심이 아주머니를 불러세웠다. 그리고는 숨이 가쁠 정도로 바쁘게 자랑을 늘어놓았다.

춘심이 방실거리며 문지방을 넘어섰다. 종식이 담배를 입에 문 채 와이셔츠를 입고 있었다. 방 안은 이미 담배연기에 절어 있었다. 냄새에도 색깔이 있다면 우중충한 잿빛이었다. 방바닥에는 옷가지들이 뱀 허물처럼 늘어져 있었다. 보통 때 같으면 '내가 무신 종인가?' 하면서 몰래 옷을 걷어찼을 것이다. 그런데 첩을 들여와도 용서가 될 것 같았다. 깨진 바가지 물 새어 나오듯 웃음이 줄줄 쏟아져 나왔다. 춘심은 옷장을 열었다. 누가 쫓아오기라도 한 것 같았다. 허겁지겁 고쟁이와 속치마를 걸치고 한복을 입기 시작했다. 며칠 전 형자와 실랑이를 한 것은 다 잊어버린 모양이었다. 상반신만 보이는 작은 거울 앞에서 치마가 잘 입어졌는지 훑어보고 저고리를 걸쳤다. 저고리는 맞춤처럼 품이 딱 맞았다. 얼굴색도 치마만 입었을 때완 비교가 되지 않을 만큼 화사하게 살아났다.

"이랑게 옷이 날개라고 했겄제. 좋은 옷 입고 잘 끼미고 살면 이쁘단 소리 잔 들을 것인디 웬수 놈의 돈이 없은께 짜잔한 년 다 되야부렀제. 짜잔한 년 잡아오라 하먼 돈 없는 년 잡아 온다드만 옛날 사람들은 어째 극케도 맞는 말만 했으까잉. 옷 쪼깐 잘 입은께 익케도 사람이 달라 보인디! 오메 참말로, 내가 봐도 이쁜 그! 미장원에나 댕김시로 단장하고 사는 여자들은 뭣이 성가시까…….”

“이놈의 넥타이는 누가 만들었는지 모르겠어.”

종식은 벌써 넥타이를 세 번째 풀고 있는 중이었다. 고개를 처박고 있는 그의 키가 유독 작아 보였다. 춘심이 옆구리를 툭 치면서 말했다.

“에마리오, 건우 아부지! 이것 잔 보쇼. 비싼 옷 입은께 때깔이 틀려불지라잉. 내가 배우를 했으면 엄앵란만 못했겠소, 최은희만 못했겠소. 참말로 내가 겁나게는 이쁜 얼굴인디……. 당신은 땡 잡은 줄 아쇼잉. 안 그라요?”

“이쁘기는 뭣이 이뻐, 김태희가 이쁘제. 저리 비켜! 나도 거울 잔 봐야 쓰겄어.”

깡마르고 시커먼 얼굴이 심술궂게 구겨졌다. 춘심은 삼백육십 도로 눈알을 굴렸다.

‘저 놈의 인간은 예펜네 한 번 쳐다보먼 시상이 뒤집힐 것이여. 봐주라고 한 내가 잘못이제.’

춘심은 방실방실 웃으면서 쪼르르 주인 방으로 건너갔다. 주인 여자에게까지 푼수를 떨기 시작했다. 결혼하기 전에는 남자들이 다 자기만 쳐다봤다는 둥, 돈만 있으면 얼마든지 예뻐질 수 있다는 둥. 양복을 다 입은 종식이 빨리 나오라고 고래고래 소리를 질렀다. 문지방을 넘어오는 춘심의 몸짓이 새털처럼 가벼웠다. 웃음이 도무지 멈춰지지 않았다. 춘심은 애교스럽게 눈을 흘겼다.

"누가 들으면 귀머거리하고 산 중 알겠네. 소락대기 안 질러도 다 듣고 있는디."

목소리에는 제법 교태까지 섞여 있었다. 춘심은 땅바닥으로부터 멀찌감치 치마를 치켜들었다. 사뿐사뿐 언덕길을 내려가는 춘심의 모습이 보기에도 흥이 겨웠다. 누런 인견 고쟁이가 날 보란 듯 출렁거렸다. 지나가는 사람들이 힐끔힐끔 쳐다봤다. 이 사람 저 사람 쳐다보는 게 춘심은 싫지 않았다. 평소 멀다고 느꼈던 버스 정류장도 멀지 않았다. 기분 같아서는 약혼식장까지 걸어가고 싶었다. 앞서 가는 종식도 목을 추켜세우고 당당하게 걸어갔다. 어느 틈에 대로가 나타났다. 버스를 타자, 택시를 타자, 승강이가 벌어졌다. 종식이 혀를 톡 차면서 우겼다.

"촌시런 예펜네! 명색이 아들 약혼식날인디 폼 잡고 가야제. 돈도 쓸 줄 알아야 잘 들어오는 것이여. 부잣집 메느리 얻어서 어디다 쓸라고 그래? 쩨쩨하게 굴지 말어, 오던 복도 달아난께!"

"그라먼 택시비는 이녁이 내쇼잉"

춘심은 뾰로통한 얼굴로 택시에 올랐다. 그러나 곧 기분이 좋아졌다.

"돈이 좋기는 좋소잉. 택시 탄께 익케도 펜한 것을……."

"돈이 사람을 맹그는 것이여."

"인자부터(이제부터) 택시만 타고 댕기게 해주쇼잉!"

택시는 곧 호텔 정문에 멈춰 섰다. 벨보이가 다가와 문을 열어주었다. 그리고는 꾸벅 인사를 했다. 춘심은 미안하고 황송했다.

옷고름을 만졌다가 치맛자락을 잡았다가, 어쩔 줄 몰라 했다.

'오메, 참말로 돈이 좋기는 좋구마잉. 돈만 있으면 호랭이 산 눈섭도 빼온다드만 옷만 쪼깐 잘 입어도 적케 친절한 것을……. 그랑께 모다들 돈 벌라고 눈에 불을 키겄제.'

종식은 목을 빳빳이 세우고 거드름을 피우면서 벨보이가 열어 주는 문으로 들어섰다. 호텔 로비는 벽과 바닥이 대리석으로 되어 있었다. 조금만 방심하면 미끄러질 것 같았다. 춘심은 몸에 바짝 힘을 주었다. 치마가 바닥에 끌릴세라 종아리까지 들어 올렸다. 얼음판을 걷듯 무릎을 구부리고 조심조심 걸었다. 중간중간 감탄을 쏟아냈다.

"시상에, 먼지 한 톨 없구마잉! 날아댕기는 새도 미끄러지겄네. 뭔 영화 본 것 같소잉!"

종식도 신기하기는 마찬가지였다. 다만 눈치껏 훑어보며 표현을 자제할 뿐이었다. 춘심에게 촌티 내지 말라는 훈계도 잊지 않았다. 안내하는 여자가 다가와 어디를 가느냐고 물었다. 종식이 거만하게 말했다.

"박건우 세무사 약혼식장이요."

"네, 모셔드리겠습니다."

여자는 킥, 웃음이 튀어나오려는 걸 가까스로 참으며 말했다. 여자가 앞서가며 표시나지 않게 웃었다. 식장 앞에 시집간 딸 순영이 한복을 차려입고 서 있었다.

약혼식장은 호텔 연회장 중에서 가장 작은 방이었다. 경은네가 초대인원을 대폭 줄인 것이다. 건우 쪽에서 참석할 인원이 많지 않은 때문이었다. 두 집 식구를 다 모아 스무 명 정도였다. 식장 테이블에는 파스텔 톤의 길고 낮은 사방형 꽃꽂이와 크고 작은 촛대 여남은 개가 불을 밝히고 있었다. 봉황 두 마리가 마주하고 있는 얼음조각 속에 꽃 장식을 한 두 사람의 사진이 들어 있었다. 춘심은 걸음을 멈추고 얼음조각을 쳐다봤다. 안내하는 여자가 시간이 되면 자리에 앉아주라고 부탁했다.

약혼식이 시작되자 종식은 지나치게 무게를 잡았다. 사회자 입에서 건우 이름이 나오면 몸을 으쓱하는 것으로 아들에 대한 자랑스러움을 드러냈다. 기죽지 않으려고 가식을 부리는 것도, 간간이 헛기침을 하여 관심을 끄는 것도 크게 나무랄 일은 아니었다. 그러나 축하주로 나온 샴페인을 한 잔 마시고부터 본성이 드러났다. 오만상을 찌푸리면서 탁 소리가 나게 술잔을 내려놓았다.

"이것이 술이여, 사이다여?"

건우가 아버지, 하면서 자제해 주라는 눈빛을 보내왔다. 종식은 도끼눈을 뜨고 말했다.

"자식들 혼사까지 약속한 사인디 숨기고 자시고 할 것이 뭣이 있어!"

종식은 곧 가식적으로 웃으면서 승수에게 말했다.

"뭣이라고 뭣이라고 해도 한국 사람한테는 소주나 막걸리가 최고여라우. 안 그라요?"

"그렇지요."

승수가 인사치레로 대답했다. 사돈영감 대답에 종식은 어깨가 으쓱해졌다. 대단한 일이라도 해낸 것 같았다. 그는 의기양양하게 웨이터를 불렀다.

"어이, 뽀이!"

건우는 몹시 당황스러웠다. 웨이터에게 미안하다는 표시를 해 보였다. 웨이터는 염려와는 달리 우스워 죽겠다는 표정이었다. 실실 웃으면서 종식에게 다가갔다. 종식은 갖은 인상을 쓰면서 말했다.

"술이먼 술이고 물이먼 물이제 술도 아니고 물도 아닌 것을 갖다 주먼 어찌게 되겠소? 이런 맹탕은 가져가고 소주나 너덧 병 갖고 오쇼."

"죄송합니다 저희 호텔에서는 소주를 판매하지 않습니다."

"아니, 이 양반이! 이북에서 왔다냐, 쏘련에서 왔다냐. 대한민국 천지가 슈퍼마켓인디 핑하니 나가서 사 오면 될 것이제 무신 놈의 토를 달어, 달기를. 손님이 왕인디!"

한참 실랑이를 하다가 건우가 중재에 나섰다. 결국 독한 위스키로 대신했다. 스코틀랜드에서 생산된 로얄 살루트 21년산이었다. 종식은 술잔을 들 때까지만 해도 양놈들 술이 좋아 봤자 소주만하겠어, 하더니만 위스키를 한 잔 마시고는 기분이 몹시 좋아졌다. 당연히 미국산이려니 생각하고 잘난 척을 시작했다.

"아따, 술 맛 좋~다. 이렇게 입에 쩍쩍 달라붙는 술은 펭생 처음이네 참말로. 미국 놈들은 술도 기가 맥히게 잘 만들어 불구마잉. 하기사 달나라까지 갔다온 나란디 요까짓 술 하나 못 만들라고……. 소주하고는 댈 것이 아니네, 댈 것이 아니여. 아! 참! 좋다, 좋아."

종식이 좋아하는 것을 본 승수는 안심이 되었다.

"사돈영감 입맛에 맞으시다니 다행입니다."

"내가 아들 잘 둔 덕에 요렇게 존 술도 마셔 보요. 사둔영감도 한잔 드세야지라우."

종식은 자신이 마신 잔을 거꾸로 들어 머리에 탈탈 털었다. 그리고는 술잔을 든 손을 다른 손으로 받치면서 승수에게 건넸다. 건우는 고슴도치를 깔고 있는 기분이었다. 그런 행위에 이골이 난 춘심도 심사가 몹시 불편했다. 춘심이 종식을 살짝 건드렸다.

"에마리오, 건우 아부지. 사둔양반 에러운디…….."

종식이 위협적으로 춘심을 노려봤다. 춘심은 얼른 고개를 돌렸다. 종식은 다시 승수에게 헛웃음을 지어 보였다. 곧 술을 따라주면서 단번에 쭉 마시라고 권했다. 승수는 술을 좋아하지 않았다. 다만 사돈영감에게 잘 보여야 딸아이 신상이 편할 것 같았다. 그는 눈치를 살피면서 잔을 받았다. 그러나 술을 넘기자마자 온몸이 달아올랐다. 머리가 빙빙 돌고 눈에서는 아지랑이가 피어올랐다. 어렵사리 두 잔까지 받아 마시더니 세 잔째 권하자 손사래를 쳤다.

"아니, 술 두 잔에 나가떨어지면 남자가 아니지라우. 자고로 주색을 알아야 진정한 사나이제. 사둔영감은 그것도 모르신 모양이네."

"죄송합니다. 혈압이 많이 안 좋아서 치료를 받고 있습니다."

"요렇케 비싼 술을 냉게 놓고 가면 호텔 사람들만 좋은 일 시킬 것 아니요. 더군다나 비싸기할차 하담시로……. 혼자라도 다 마셔야 쓰겠소. 나중에 서운하단 말은 하시지 마쇼잉. 내가 술을 지고 가락 하면 못 지고 가는디 담고 가는 것은 따라올 사람이 없을 것이요. 있으면 나와 보라고 하쇼.”

종식은 술을 마실 때마다 눈을 질끈 감았다. 카, 소리까지 내면서 연거푸 세 잔을 마셨다. 그는 승수의 아내 성애에게도 술을 권했다. 성애가 조신하게 말했다.

“죄송합니다. 저야말로 술이라고는 못 마십니다, 사돈영감님!”

“아따, 이런 날 안 마시면 언제 마실라고 그라요? 여자도 한 잔썩은 마실 줄 알아야 써라우.”

“체질적으로 받지를 않아서요. 죄송합니다.”

“그라면 한 잔 따라주기라도 하쇼. 장모가 따라도 술은 여자가 따라야 맛이라고 안 그랍디요. 주색, 그것은 바로 술하고 여자하고는 잘 어울린다는 말이 아니겠소.”

성애는 불쾌하기 짝이 없었다. 특히 시동생 가족에게 자존심이 상했다. 시동생 딸은 학벌이 좋지 않은 데도 일등 신랑감을 만났는데 딸보다 못한 사위를 얻으면서 우스운 꼴을 보는 게 화가 났다. 경은이 졸업 전에 회계사 시험에 합격한 반면 건우는 최근에야 세무사 시험에 합격한 직장 초년생이었다. 어쩔 수 없이 약혼식을 하고는 있지만 마음 같아서는 경은의 마음을 돌이키고 싶었다. 많은 사람들을 부르지 않은 걸 그나마 다행스럽게 생각했다. 성애는 민망함을 감출 수가 없었다. 말없이 승수를 쳐다봤다. 승수가 눈을 찡긋해 보였다. 사돈영감 말에 따르라는 뜻이었다. 성애는 마음에 없는 웃음까지 지으면서 술을 따랐다. 속으로는 욕을 했다.

‘살쾡이 같은 인간이 사돈도 몰라보고……. 내가 무슨 기생이야?’

종식은 한층 기분이 좋아졌다. 성애를 추켜세운다는 게 숫제 술집 여자 취급을 했다.

"아따, 우리 사둔마님 술 따르는 실력이 보통이 아니요잉. 부족하지도, 넘치지도 않게 따르는 것이 어디서 많이 해본 솜씨구만! 77번 미스 킴?"

경은이 건우 허벅지를 쿡 찔렀다. 건우가 종식에게 다가가서 말했다.

"아부지, 이제 그만 드세요."

"아니, 이런 버르장머리 없는 놈 같으니라고. 부모 없는 자식은 세상에 없는 법이여. 니가 지금 이 자리에 있는 것도 부모덕인지 몰라? 부모 없이 땅속에서 솟아올랐어?"

곧 술병을 내리칠 것 같았다. 건우는 더 이상 말을 못하고 자리로 돌아갔다. 종식은 온갖 주접을 떨며 양주 한 병을 금방 비워냈다. 그는 또 어이, 뽀이! 하면서 웨이터를 불렀다. 빈 양주병을 들어 올리면서 말했다.

"이것하고 똑 같은 것으로 한 뱅 더 갖고 와야 쓰겄소. 다른 것은 절대 안 된께 빈뱅을 들고 가서 잘 맞춰보고 실수 없이 갖고 와야 쓰요잉! 발부닥이 안 보이게 핑하니 댕개오쇼!"

두 번째 양주가 올라오자 종식은 아예 병나발을 불었다. 단숨에 반병을 마시더니 자리에서 일어났다. 요렇게 좋은 날 노래나 한자리 부르겠다는 것이었다. 가족들 속이 타들어갔다. 그쯤 되면 결박을 하지 않고는 방법이 없었다. 섣불리 말렸다가는 테이블을 뒤집어엎을 것이었다. 그대로 두자니 사돈에게 도리가 아닌 것 같고 끌어내자니 거친 욕설이 쏟아질 것 같아 걱정스러웠다.

모두 눈치만 살피고 있었다. 건우가 외삼촌 용석에게 '어떻게 하면 좋을까요?' 하는 눈빛을 보냈다. 용석도 난감해했다. 종식은 벌써 술잔을 들고 비틀비틀 걸어갔다.

춘심은 주먹을 꽉 쥐었다.

'어째야 쓰끄나! 저러다가 아들 혼사까지 망치겠네.'

춘심이 걱정스럽게 건우와 경은을 바라봤다. 그들도 안절부절 못하고 있었다. 춘심은 더 불안해졌다. 점심 먹은 게 잘못되었는지 배까지 뒤틀렸다. 속이 매스껍고 구토가 일어날 것 같았다. 그러나 참는 데까지 참아 볼 작정이었다. 남편이 주사를 부리는 것도 민망해 죽겠는데 설치는 것처럼 보이고 싶지 않았다. 춘심은 냅킨으로 입을 틀어막았다. 다른 손으로는 배를 움켜쥐었다. 자신도 모르게 끙! 소리가 새어 나왔다. 소리는 건우에게까지 들려왔다. 그러나 아버지에 대한 불안감쯤으로 생각했다. 건우는 눈을 찡긋해 보였다. 마음을 놓으라는 표시였다. 건우는 작은아버지와 외삼촌에게 어떻게든 말려보라는 눈짓을 보냈다. 벌써 혀 꼬부라진 소리가 마이크를 통해 들려왔다.

"존경하는 사둔영감을 비롯하여 이 자리에 모여주신 일가친척 여러분! 나로 말할 것 같으면 신랑의 아부지 되는 박종식올시다. 공사다망한 가운데 우리 아들 놈 약혼식에 참석하여 주신 것을 무한한 영광으로 생각하면서 한 말씀 올리겠습니다. 갤혼이란 것이 일룬지 대사라고 했는디~."

되는 소리, 안 되는 소리, 오 분도 넘게 지껄였다. 그리고는 건우를 쳐다봤다. 할 만큼 했다고 생각이 들었는지 건우를 자랑하기 시작했다. 어릴 때부터 일등을 빼앗긴 적이 없다, 부모를 거

스른 적이 없는 효자다, 이날까지 한 번도 손을 내민 적이 없다, 문중에 세무사 아들을 둔 사람은 나밖에 없다, 경은이는 세상에 하나밖에 없는 신랑을 만난 줄 알아라, 그런 얘기들이었다. 목에 핏발을 세우고 연설을 해대는 게 무성영화 해설자 내지는 시골 장터를 떠돌아다니는 약장수 같았다. 한참을 떠들고 나서 사돈영 감과 건배를 하겠다고 나섰다. 종식이 승수에게 손짓을 보내며 말했다.

"에마리오, 사둔영감!"

춘심의 뱃속이 부글부글 끓어올랐다. 긴장을 하면 할수록 배 는 더 뒤틀렸다. 금방 위, 아래로 기어 나올 것 같았다. 얼굴은 이미 땀방울로 범벅이 되어 있었다. 춘심은 인상을 찌푸리며 몸 을 이리저리 꼬아댔다. 보는 사람까지 불안했다. 건우가 붕어 입 을 하고 어디 아프냐고 물었다. 춘심은 고개를 흔들었다. 그러나 곧 윽, 소리가 새어 나왔다. 춘심은 어쩔 수 없이 식장을 빠져나 왔다. 곧 프론트 데스크를 향해 벤소, 벤소, 했다. 죽을힘을 다해 벤소를 외치고 있었지만 아무도 알아듣지 못했다. 벤소라는 의미 를 몰라서는 아니었다. 냅킨으로 입을 막고 있어서 소리를 분별 하기 어려웠다. 엘리베이터 앞에 서 있던 남자 직원이 주변을 둘 러봤다. 특별한 일이 벌어진 것 같지 않았다. 그는 다시 춘심에 게 고개를 돌렸다. 곧 화장실을 찾고 있다는 것을 알았다. 남자 는 춘심에게 손짓을 하면서 앞서 달려갔다. 종식의 목소리가 뒤 에서 왕왕거렸다.

춘심은 화장실 문을 열자마자 치마부터 걷어 올렸다. 손을 씻 고 있던 젊은 여자가 해괴망측하다는 듯 쳐다봤다. 춘심은 사람을 의식할 경황이 아니었다. 너무 바쁜 나머지 걸어가면서 속옷을 내렸다. 허연 엉덩이가 드러났다. 어떤 행위예술도 그보다 더 적나라할 수 없었다. 여자는 돈 주고도 못 볼 것을 봤다는 듯 몸까지 돌리고 쳐다봤다. 한 가지도 놓치기 싫다는 듯, 혼자 보기 아깝다는 듯, 키득키득 소리까지 내며 웃어댔다. 웃음소리는 춘심의 귀에도 들려왔다. 그러나 별 도리가 없었다. 춘심을 속으로 욕을 했다.

'급한디 어쩔 것이여! 썩을 년!'

춘심은 잽싸게 부스 문을 열고 들어가 변기에 엉덩이를 들이댔다. 그러나 속이 시원하다는 것을 느낄 새도 없이 일이 터졌다. 입에서도 이물질이 쏟아져 나오는 것이었다. 바닥으로 얼른 입을 돌렸지만 일부가 치마에 흩어졌다. 춘심은 너무 놀랐다.

"오메, 으째야 쓰까잉. 잘 입고 돌려준다고 했는디, 동상댁 성질에 얼매나 폴딱폴딱 뛸끄나. 참말로 큰일 났네, 비싸기할차 하다든디……."

춘심은 두루마리 휴지를 말아 토사물을 털어냈다. 화장실 벽과 바닥으로 흩어져 나갔다. 마음이 몹시 심란했다. 춘심은 빠지직, 소리를 들으면서 벽에 붙어 있는 토사물을 닦아냈다.

'참말로 종우까지 없었으면 어쩔 뻔했다냐. 그나저나 이 일을 어짜면 좋으까.'

대강 정리를 끝내고 물 내릴 곳을 찾았다. 아무리 훑어보아도 물을 내릴 만한 게 보이지 않았다. 변기 옆에 살짝 튀어나온 것을 눌러보았다. 반응이 없었다. 너무 약하게 눌러서 그런 것 같았다. 다시 힘껏 눌러보았다. 여전히 꿈쩍도 하지 않았다. 수도 없이 두리번거리고 이것저것 만져보았다. 아무리 찾아도 더 이상 누를 것이 보이지 않았다. 벽에 납작하게 붙어 있는 플래시 버튼을 끝내 찾아내지 못한 것이다. 춘심은 한참 동안 변기 속을 쳐다보고 서 있었다. 별 대책이 떠오르지 않았다.

'시설 좋기로 소문났다드만 겉만 번지르하제 짜잔한 우리 집 벤소만도 못하네 참말로. 똥도 안 내려가는 벤소가 뭣이 좋다고……. 당최나 여그서 약혼식 할 일이 아니네.'

기분이 몹시 떨떠름했다. 춘심은 불만스럽게 뒤를 돌아보며 화장실을 나왔다.

춘심이 약혼식장 가까이 다가갔을 때 종식은 〈나그네 설움〉 2절 끝부분을 부르고 있었다. 그것이 두 번째 곡이라는 것은 말하지 않아도 잘 알았다. 그는 늘 〈타향살이〉, 〈나그네 설움〉을 차례로 부르곤 했다. 춘심이 식장 문을 열려는 찰나 식장에서 나온 순영과 마주쳤다. 순영은 종식의 하는 꼴을 더 이상 남편에게 보이고 싶지 않아 자리를 뜨는 중이었다.

"창피해 죽겠어. 앉을 자리 설 자리도 모르는 양반이 무슨 며느리를 본다고……."

발길을 옮기려던 선영은 시큰한 냄새가 나는 것을 느꼈다.

"무슨 냄새야? 엄마한테서 나는 거 아냐? 이리 좀 와 봐요."

춘심의 치맛자락에 노르스름한 것이 붙어 있었다. 순영은 기겁을 했다.

"세상에, 어디서 이런 걸 묻혀 가지고 다니는 거야. 내가 못 살아 정말. 엄마까지 합동 망신당할 일 있어?"

춘심은 너무 놀랐다. 치맛자락이 변기에 빠진 것을 까마득하게 몰랐던 것이다. 순영은 춘심을 끌고 호텔을 빠져나왔다.

종식은 인사불성이 되어 있었다. 마이크를 들고 성애가 있는 곳을 향해 걸어갔다. 그리고는 김마담, 했다. 곧 성애 손을 잡을 기세였다. 어느 틈에 건우가 다가와 그의 손을 낚아채고는 종훈과 용석에게 눈치를 보냈다. 종식은 낌새를 눈치 채지 못했다. 건우에게 마이크를 건네면서 말했다.

"와따, 우리 잘생긴 아들이 한 곡조 뽑을 모양이시. 너는 우리 집 대표 선순께 잘 불러야 쓴다잉."

종식은 뒤를 돌아보며 음흉한 눈초리로 말했다.

"김마담, 오랜만에 만났는디 떡방애 한 판은 찧어야제."

용석과 종훈이 종식을 끌어당겼다.

"다른 방으로 가십시다. 거기에 좋은 술 많이 준비해 놨답디다."

종식은 기분이 좋아 죽을 지경이었다. 그러나 성애와 경은은 어찌할 바를 몰라했다. 하객들도 민망함을 감추려고 애를 쓰는 눈치였다.

마당에 들어선 춘심은 다급하게 옷을 벗었다. 다른 옷으로 갈아입을 틈도 없었다. 세숫대야에 가루비누를 풀고 얼룩진 곳을 살살 문지르기 시작했다. 퍼런 거품이 일어나며 물도 금방 퍼렇게 변했다. 몸에서 식은땀이 흘러내리고 심장은 방아를 찧어댔다. 춘심은 이제나저제나 하면서 헹궈 봤다. 헹굴 때마다 퍼런 물이 빠져나왔다. 애간장이 타들어갔다. 치마가 마르면 달라질 것도 같았다. 치마를 탈탈 털어 빨랫줄에 널었다. 그리고는 수도 없이 왔다 갔다 하면서 지켜봤다. 그런데 시간이 흐를수록 비누

칠한 곳이 점점 옅어지는 것이었다.

"오메, 어째야 쓰까! 사람 환장할 일이네, 참말로. 이 일을 어짜면 좋으까?"

춘심은 치마를 걷어들고 세탁소로 향했다. 골목길은 한산했다. 세탁소에는 늙수그레한 남자가 다림질을 하고 있었다. 춘심은 이 년 동안 세탁소 출입을 하지 않았다는 것을 깨달았다. 춘심은 가쁜 숨을 몰아쉬면서 치마가 탈색하게 된 과정을 설명했다. 남자는 춘심의 말에 별 관심이 없어 보였다. 건성으로 들으면서 힐끔힐끔 젖가슴만 훑어보는 것이었다.

'늙은 놈이 으멍시럽기는……. 나이도 묵을 만큼 묵은 것 같구만 눈구멍은 있어 갖고 이쁜 여자는 보인 것이네.'

잠시 뒤 춘심은 속치마 바람으로 서 있는 자신을 발견했다. 춘심은 들고 있던 치마로 얼른 가슴을 가렸다. 춘심이 안절부절못하고 있는데 한 번 탈색이 되면 재생이 어렵다는 말이 들려왔다.

춘심은 억장이 무너졌다. 보통 사람 한 달 월급보다 비싼 옷을 변상할 길은 없었다. 춘심은 치마를 망토처럼 어깨에 두르고 터벅터벅 골목길을 걷기 시작했다. 그림자마저 축 늘어져버렸다. 어째야 쓰까, 어째야 쓰까를 연발하면서 마당에 들어섰다. 언제 들어왔는지 종식이 마룻바닥에 엎드려서 미국 술은 언제 나오는 거냐고 소리를 질러대고 있었다.

'저 놈의 인간이 언제 기어들어 왔다냐?'

춘심은 한숨을 뱉어내며 얼빠진 사람처럼 걸어가 빨랫줄에 치마를 널었다. 치마는 금방 헤픈 속을 드러냈다. 오장육부를 더듬을 속셈인지 팔랑팔랑 춤을 춰댔다. 그때 까치 두 마리가 감나무에 날아들었다. 까치는 종식의 주사를 거들기라도 하는 듯 시끄럽게 울어댔다. 춘심은 신고 있던 고무신을 벗어 들었다. 곧장 까치를 향해 고무신을 집어던지면서 욕을 퍼부었다.

"안 그래도 복장 터져 죽겠는디 뭔 존 일 났다고 너까지 와서 지랄 염병을 해쌌냐, 이 오살 놈의 까치야! 쩌리 안 갈래?"

까치는 사정거리를 벗어나 있었다. 고무신은 나뭇가지를 치고 툭, 소리를 내며 바닥으로 떨어졌다. 춘심은 가슴 밑바닥에서부터 끓어오르는 화를 견딜 수가 없었다. 들어줄 사람도 없는데 계속 중얼거렸다.

"생전 안 오던 까치까지 기어와서 씨불알을 털고 자빠졌네, 참말로."

춘심은 곧 뭔가 생각이 난 듯했다. 감나무 밑에 떨어진 고무신을 집어 들고 마루를 향해 핑핑 달려왔다. 곧 종식의 등을 냅다 내리쳤다.

"그놈의 술타령은 언제까지 할 것이여? 사둔네보다 에러운 것은 시상에도 없는 법인디 사둔네한테까지 술주정을 한 인간이 조선 천지에 어딨다요? 77번 미스 킴? 그라면 나는 88번이여? 에이라, 이 썩을 놈의 인간아!"

춘심은 그동안 쌓인 억하심정을 고무신짝에 눌러 담았다. 숨을 헐떡거리면서 연신 내리치는 것이었다. 이게 생시야? 하는 눈초리로 종식이 쳐다봤다.

"쳐다보면 으짤 것인디? 쳐다보면 술이 나와, 술뱅에서 이효리가 나와? 말이 나왔은께 말인디 내가 서방 잘 만나서 호강하고 살았으면 이효리만 못했겄어?"

"저 놈의 예펜네가 뒤질라고 환장을 했다냐?"

종식이 혀 꼬부라진 소리로 악을 썼다. 그러나 몸을 가눌 형편
은 아니었다. 슬쩍 손만 대도 다시 엎어지곤 했다. 그가 뒤집으
려고 하면 춘심은 손으로 툭툭 밀어대면서 고무신을 휘둘렀다.
내일이면 지금 일어나고 있는 일을 기억조차 못한다는 것을 춘심
을 너무 잘 알았다.

"뒤지기는 누가 뒤져? 내가 성질대로 다하고 살았으면 다리 몽
뎅이 한나는 너끈히 분질러 불고도 남았을 것인디 서방 빙신 맨
들었단 소리 안 들을라고 참고 살았는 중 아쇼!"

"죽일 놈의 예펜네!"

"죽일 놈의 예펜네? 죽일 놈은 당신이제, 내가 아니여!"

종식이 죽일 놈의 예펜네 소리를 할 때마다 춘심은 누가 죽일
놈이냐며 고무신을 내리쳤다. 적어도 오늘 이전까지 남편에게 막
말을 한 적이 없었다. 폭력을 휘두른 적은 더더구나 없었다. 폭
력도 쓰다 보니 재미가 있었다.

'내가 이 재밌는 것을 어째 여태까지 몰랐으까?'

"에라, 이 빌어먹을 인간아!"

춘심은 장단까지 맞춰가며 철썩철썩 방아를 찧어댔다. 설령 갈
비뼈가 부러져도 모르는 일이라고 잡아떼면 그만이었다.

다음 날 아침 종식이 등을 어루만지면서 말했다.

"나도 인자 늙어부렀는 것이네, 등짝이 뻑적지근한 것이 겁나
게 쳐 맞은 것 같어. 어디서 넘어졌으까? 그란디 어젯밤 꿈에 당
신이 신발짝으로 나를 엄청 쥐어 패드랑께, 예편네가 겁도 없이.

꿈에서도 눈구멍은 있어 갖고 이효리보다 이뻤다든가 어쨌다든가 해감시로. 허! 지가 이효리맨치로 섹시하간디?"

춘심은 고소해서 죽을 지경이었다.

"넘어를 졌는지 엎어를 졌는지 내가 어찌께 알겄소, 이녁 몸은 이녁이 알아서 해야제. 꿈에서라도 서방 한번 패봤으면 좋겄네! 이효리가 얼매나 좋았으면 꿈에서까장 나타났으까? 이효리, 암만 이뻐도 당신 밥해 줄 여자는 아닌께 옆에 있는 마누라나 잘 단속하쇼. 나 이쁜 것은 어저께 당신도 봤을 것 아니요."

춘심은 색이 바랜 치마에 수를 놓으면서 말했다. 한 땀 한 땀 수를 놓을 때마다 색 바랜 치마는 작품이 되어 갔다. 춘심은 얼굴에 미소를 띄우면서 혼잣말을 했다.

"내가 어째 이 생각을 못했으까? 참말로 돈으로도 살 수 없는 옷이 되야부렀네. 세상 천지에 이런 한복이 있겄어? 내가 머리 한나는 겁나게 좋은 여자여!"

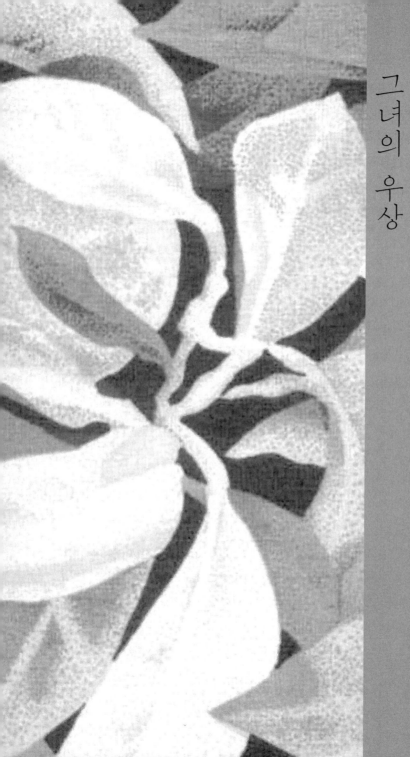

그
녀
의

우
상

유리창을 넘어온 햇살이 부드럽게 맴돌았다. 작은 먼지 입자들이 둥둥 떠다녔다. 쑥.대.밭.이.될.줄.알.아. 아침에 다녀간 사채업자 말을 떠올리며 선영은 먼지가 떠다니고 있는 곳에 손가락을 밀어넣었다. 먼지는 풍랑이라도 만난 듯 휘청거렸다. 그녀의 심경을 대변하는 것 같았다. 자조 섞인 씁쓸함이 얼굴에 그려졌다. 전화벨이 울렸다. 선영은 반사적으로 전화기를 들었다. 그러나 곧 후회했다. 그녀는 운둔 중이었다.

"현창우, 기억하니?"

오랜만에 들어본 이름이었다.

'마지막 소식을 들은 게 언제였더라?'

대학 이학년 때였으니까 이십오 년이 흘러 있었다. 그런 학굘 아무나 다니니? 창우가 유명대학에 들어갔다는 말을 들었을 때 뱉은 말이었다. 멸시가 가득 담겨 있었다. 후배는 결백을 증명해 보이지 않으면 안 될 억울한 일을 당한 것 같았다. 그 옛적 하숙생을 보호해 줘야 할 의무라도 있는 것처럼 소리를 높였다.

〈거짓말해서 나올 게 뭐 있다고 거짓말을 하겠어요. 머리가 나빠서 공부 못했던 게 아니라니까요. 우리 엄마가 늘 그러셨어요. 한 가지에 집중하면 뭔가 할 애라고. 재주가 얼마나 뛰어났는지 모르죠? 서울에 올라가자마자 과학 작품 경연대회에서 일등을 했대요. 담임선생님이 가능성을 알고 공부를 시켰는데 성적이 쑥쑥 올라갔다지 뭐예요. 있잖아요, 선생 잘 만나서 인생이 달라진 그런 애들…….〉

선영은 조용히 정아 말을 기다리고 있었다.
"…….."
"중학교 때 너 쫓아다녔던 스토커 있잖아. 우리 남편이랑 MBA 동기라는 거 어제 알았어. 내 고향이 여수라고 하니까 얘기가 시작된 거야. 여수에서 잠깐 학교에 다녔는데 그때 좋아한 여학생이 있었다면서 니 말이 나왔어. 그 당시에 엄청난 화제였잖아. 가끔 너 생각이 난다더라."
먼지를 뒤집어쓰고 있던 기억 하나가 빗장을 열고 튀어나왔다.

선영이 학교에서 돌아왔을 땐 저녁식사가 한창 진행 중이었다. 선영은 엄마, 배고파! 하면서 마당으로 뛰어들었다. 눈은 아직 문턱을 넘어서는 발에 머물러 있었다. 평소 같으면 '우리 딸 숨 넘어 가겠네.' 했을 엄마 목소리가 들리지 않았다.
'이 시간에 어디 가실 분이 아닌데?'
고개를 든 선영은 금방 자라목이 되어 버렸다. 교자상에 앉아 식사를 하던 모두의 시선이 그녀에게 쏠려 있었다. 머리가 여러 개 달린 괴물들이 독수리처럼 강렬한 눈빛으로 쏘아보는 것 같았다. 선영의 얼굴은 화롯불이 되어 버렸다. 그런 중에도 손님에게 공손히 인사를 했다. 손님으로 앉아 있는 사람이 민국이란 것은 눈치로 알아차렸다. 가까운 시일 안에 민국을 초대한다는 말을 들은 적이 있었다. 재호는 몹시 민망해했다. '저런, 방정맞은 것!' 하는 눈빛으로 선영을 올려다보았다. 그는 조금 비굴한 어조로 말했다.

"둘째 여식입니다. 아직 철이 없어서……."

"별말씀을 다 하십니다. 먹고 돌아서면 배고플 나이 아닙니까? 아이가 아주 영리하게 생겼습니다."

재호는 금세 기분이 좋아졌다. 기회를 놓치지 않으려는 듯 자랑을 늘어놓았다.

"학교에서는 제법 똑똑한 모양입니다. 여기에서 제일 좋은 학교에 다니는데 줄곧 일등이라지 뭡니까."

재호는 공부를 잘하는 것과 똑똑한 것을 구별하지 못한 것 같았다. 재호 말고도 종종 그렇게 말하는 사람들이 있었다. 그러나 선영은 이름만 불러도 얼굴이 빨개지는, 숫기라곤 없는 아이였다. 통솔력이 강하다거나, 발표력이 좋다거나, 사회성이 뛰어나다거나, 하는 표현은 생활기록부 어디에도 없었다. 학업성적이 우수하고 성실하다는 문구만 부적처럼 따라다녔다.

선영은 조심스럽게 밥상 앞으로 다가갔다. 밥상에는 특별한 날에나 볼 수 있는 음식들이 거나하게 놓여 있었다. 구절판, 갈비찜, 낙지, 홍어, 탕수육, 그리고 보리굴비와 여러 가지 나물……. 선영은 손님의 눈치를 살피며 슬그머니 침을 삼켰다.

민국 옆에 그를 빼닮은, 건장한 청년이 앉아 있었다. 양반다리를 했는데도 몸이 밥상으로부터 멀찍이 떨어져 있었다. 보통사람보다 키가 한 뼘쯤 길어 보였다. 선영은 고개를 숙이고 조신하게 자세를 낮췄다. 창우와 눈이 마주친 것은 그때였다. 그가 입에 넣으려던 음식을 입술에 문 채 올려다보았다. 덩치만 컸을 뿐 솜털이 보송보송한 또래 아이였다. 부끄러움이 한층 더 심해졌다. 선영은 큰절을 올린 색시가 자리에 앉듯 치맛자락을 잡고 얌전히 자리에 앉았다. 그리고 조심스럽게 밥을 먹기 시작했다. 속에서는 음식을 향해 갈퀴질을 하고 있었지만 맘 놓고 먹을 수가 없었다. 하필이면 가장 좋아하는 탕수육이 창우 앞에 놓여 있었다.

선영은 음식을 집어 나르는 손들을 쳐다보며 저것은 아버지 손, 저것은 아저씨 손, 하면서 식욕을 억제하느라 애를 썼다. 창우의 손은 유독 하얗고 길쭉했다.

'무슨 남자애 손이 저렇게 고울까, 빨갱이들이 말하는 부르주아 손이 저런 것인가? 총살당하기 딱 알맞겠네!'

살포시 웃음이 새어 나왔다. 긴장했던 마음도 조금 풀어졌다.

'이제 한 번쯤 먹어도 되겠지.'

선영은 탕수육을 향해 손을 뻗었다. 조심스럽게 탕수육을 집고 젓가락을 끌어올렸다. 하필이면 그때였을까! 언니가 자세를 바꾸면서 팔꿈치를 치고 지나갔다. 탕수육이 굴비 접시에 툭 떨어졌다. 선영은 몹시 당황스러웠다. 식구들도 서로 얼굴을 쳐다보며 민망해했다. 금방 눈물이 쏟아져 나올 것 같았다. 선영은 창우를 힐끔 쳐다봤다. 그는 국그릇에 시선을 묻고 필요 이상으로 국물만 떠먹고 있었다. 일부러 무심한 척하는 것 같았다.

선영은 눈을 내리깔고 조심스럽게 밥을 먹었다. 그러나 밥그릇을 반도 비우기 전에 모두 식사를 끝내 버렸다. 선영은 야속했다. 눈치를 살피며 슬그머니 숟가락을 놓았다. 곧 과일과 식혜가 나왔지만 부엌으로 빠져나간 탕수육 생각만 간절했다. 부엌에 가서 먹을까, 조금 참았다 먹을까, 마음이 왔다 갔다 했다. 선뜻 일어설 용기가 나지 않았다. 손님이 자리에서 일어섰을 땐 큰절이라도 올리고 싶었다. 초대해 줘서 고맙다는 말도, 와줘서 고맙다는 말도, 몹시 지루했다.

민국과 창우가 대문을 빠져나갔다. 선영은 탈춤이라도 추는 듯 촐싹촐싹 부엌을 향해 달려갔다. 교복 치마가 출렁거렸다. 그때마다 언뜻언뜻 허벅지가 드러났다. 몸이 상 앞에 도달하기도 전에 상체부터 숙였다. 얼른 탕수육 접시를 들어 올렸다. 젓가락을 들 여유도 없이 손가락으로 탕수육 한 덩어리를 집어먹었다.

'음, 맛있다! 먹고 싶어 죽을 뻔했네! 우리 엄마는 정말 요리를 잘한단 말이야. 따뜻할 때가 더 맛있는데…….'

선영은 입안의 것을 삼키기도 전에 또 한입 구겨 넣었다.

"빼앗아 먹을 사람 없으니까 천천히 먹어라. 급하게 먹다가 체하면 어쩔라고……."

엄마가 부엌으로 들어서면서 말했다. 선영은 대꾸 대신 손가락을 빨았다. 이어 또 한 덩어리를 게걸스럽게 집어넣었다. 양쪽 볼이 먹이를 옮기는 햄스터 볼처럼 일그러졌다. 그때 대문 열리는 소리가 났다. 선영은 아작아작 탕수육을 씹으면서 머리를 내밀었다. 창우가 성큼성큼 걸어오고 있었다. 선영은 반사적으로 몸을 돌리며 접시를 내려놓기 위해 허리를 굽혔다. 접시가 성급하게 상 위에 떨어졌다. 소리가 제법 요란했다.

"무슨 애가 그렇게 조심성이 없어?"

등 뒤에서 설거지를 하던 엄마가 꾸중을 했다. 선영은 손으로 입을 가리고 가만히 서 있었다. 난처한 일을 당할 때 입을 가리는 것은 오래된 습관이었다. 밥상에서 실수를 한 것도 부끄러운데 탕수육에 걸신들린 것처럼 보인 게 몹시 민망했다. 선영은 입안의 것을 대강 씹어 삼켰다. 손가락이 끈적거렸다. 창우 눈에 띄지 않게 손가락을 빨고 있었다. 영어 참고서 좀 빌려 주라는 소리가 들려왔다.

'부잣집 아들이 무슨 참고서를……'

꿍꿍이속이 있다는 것을 알 수 있었다. 선영은 손가락을 문 채 창우와 반대쪽으로 고개를 돌리고 걸어 나왔다. 방에 들어오자마자 거울부터 봤다. 입가에 소스가 조금 묻어 있었다. 손으로 입을 문지르고 옷매무새를 다듬었다. 무슨 참고서를 빌려줘야 될지 고민이 되었다. 심각한 표정으로 책꽂이를 훑어봤다. 맨 오른쪽에 꽂혀 있는 『성문 영어』가 눈에 띄었다. 선영은 애교스럽게 미간을 좁히면서 책을 뽑았다. 책을 쓱 펼쳐보고 치맛자락으로 표지를 문질렀다. 다시 한 번 거울을 보고 밖으로 나왔다. 그리고는 고개를 푹 숙인 채 책을 내밀었다.

책을 받아든 창우가 안녕! 하며 돌아섰다. 앞도 뒤도 없이 안녕, 하는 게 너무 멋져 보였다. 그가 참고서를 돌려주러 온 것은 이틀 뒤였다. 그가 두 살 어린, 일 년 후배라는 걸 알게 되었다. 그에 대한 호기심이 금방 사라져 버렸다. 창우는 자주 놀러왔다. 그러나 선영은 그에게 관심을 갖지 않았다. 이성 친구 규제가 심한 그곳 소도시 정서에 너무 잘 길들여져 있었던 것이다. 창우는

〈별이 빛나는 밤에〉를 통해 팝송을 보내오는 것으로 관심을 드러냈다. 다음 날 학교가 발칵 뒤집혔다.

"너 창우라는 남자애 알아? 어젯밤에 너한테 팝송 보냈던데, 들었어?"

선영은 멀거니 친구를 쳐다보고 서 있었다.

"그럴 줄 알았다. 공부벌레가 죽어라고 공부만 했겠지. 너 그 남자애랑 사귀는 거야?"

"얌전한 줄 알았더니 제법이네, 남 안 하는 연애도 하고. 어느 학교 다녀?"

친구들은 그녀를 에워싸고 입방아를 찧어댔다. 선영은 아무 말도 하지 못했다. 마치 '연애박사' 오명이라도 뒤집어쓴 것 같았다. 조회시간에는 담임선생님까지 합세를 했다.

"선영이 인기가 그렇게 좋아? 남자애도 너처럼 공부 잘하니? 잘생겼어?"

어느 날은 창우 학교에서 벌어진 웃지 못할 얘기가 들려왔다. 영어시간, 창우가 딴전을 피운 모양이었다. 눈치를 챈 선생님이 창우를 크게 불렀다.

"현창우!"

"네!"

이름만 불렀을 뿐인데 창우가 벌떡 일어섰다.

"썬셋(Sunset) 스펠이 뭐야?"

"Sunyoung!"

"선영? 이 자식이! 여학생 이름이지?"

"네!"

"어느 학교야?"

"Y여중입니다."

교실은 순식간에 도깨비 시장으로 변했다. 지휘봉이 창우 머리를 내리쳤음을 물론이었다. 선영은 하루 종일 강박관념에 시달렸다. 창우가 상황을 뒤집어서 떠벌리고 다닐 것 같은 걱정이 앞섰던 것이다. 남자 혼자 좋아하는 것마저 여자 품행을 문제 삼는 세상이었다. 집에 돌아온 선영은 책가방을 내던지고 징징거렸다.

창우의 증상은 점점 심해졌다. 모든 소지품에 그와 선영의 이름을 나란히 적어놓은 것이다. 상태가 심각하다는 것을 담임선생님이 알게 되었다. 담임선생님이 민국을 불렀다. 민국은 아들에게 야단을 치는 법이 없었다. 아들을 이해하려고 노력하는, 친구 같은 아빠였다. 엄마와 떨어져 살고 있는 창우가 그저 불쌍했다. 민국이 선영을 찾아왔다. 그는 사정을 했다. 창우에게 친구가 되어주라는 것이었다. 선영은 결혼이라도 강요당한 것 같았다. 선영은 정색을 하고 말했다.

"나이도 두 살이나 어린데 어떻게 친구가 될 수 있어요?"

민국은 사람 좋은 표정을 하고 말했다. 일곱 살까지는 친구가 될 수 있는 거라고. 어쩜 아버지나 아들이나 한 치도 차이가 없을까, 선영은 생각했다. 그날 이후 창우가 더 싫어졌다. 선영은 늘 대문을 걸어 잠갔다. 창우가 오는 기색이 보이면 세 들어 사는 은선네 방으로 피신했다. 창우는 선영의 책상 앞에 앉아 있다 돌아가곤 했다. 그때마다 뭔가를 하나씩 훔쳐갔다. 지우개, 연필, 인형, 쓰고 버린 연습장……

선영은 펄쩍 뛰었다. 아버지가 민국의 부하직원만 아니었다면 가만히 있지 않았을 것이다. 아버지가 민국에게 밉보이면 안 된다는 것 정도는 알고 있었다. 창우의 구애와 선영의 도피는 일 년 동안 반복되다가 민국이 전보발령을 받으면서 끝이 났다.

창우를 성공한 사업가라고 말했다. 먼지가 뿌옇게 쌓여 있는 문갑 위에 성공이라는 낱말이 그려지고 있었다. 글씨 선을 따라 문갑의 색깔이 드러났다.

"생긴 게 장난 아니더라 키도 되게 크고. 남자들은 나이 들면 품위가 생긴다지만 이목구비를 보니까 원래 인물이 좋은 사람인 것 같애. 다섯 시에 TV 한 번 켜봐."

창우의 변한 모습은 말하지 않아도 알 것 같았다. 그는 민국을 닮았고, 그 옛적 민국은 시대에 어울리지 않을 만큼 단정한 옷차림에 모델 같은 외모를 갖고 있었다. 성공한 사람들이 으레 그렇듯이 TV 속 창우는 유독 아내의 내조를 강조했다. 선영은 묘한 질투를 느꼈다. 마치 그의 아내가 그녀의 자리를 차지하고 있는 것 같았다.

몸이 축 늘어졌다. 선영은 터덜터덜 주방으로 들어갔다. 우형이 라면을 끓이고 있었다. 이 년 동안 자주 보아온 일이지만 유독 궁상맞아 보였다. 조잔하고 못나 보이기까지 했다. 뒤통수에 대고 눈을 흘겼다. 그동안 믿고 의지해온 그가 너무 밉고 싫었다. 스스로 간사하다는 생각이 들 정도였다. 컵을 꺼내려고 싱크대 문을 열려다 이내 쾅 닫아버렸다. 우형이 뒤를 돌아봤다. '내가 뭘 잘못했나?' 하는 표정이었다. 선영은 퉁퉁거리며 다시 방으로 들어왔다.

'나이든 남자와 결혼하는 게 아니었어.'

그녀를 지켜줄 사람은 오직 그뿐이라 믿었던 마음이 어느 틈에 사라져버렸다. 권태와 불만만 존재해온 것 같았다. 가난이 들어오면 사랑이 빠져나간다는 시쳇말을 증명해 보이고 있었다. 선영은 방바닥에 주저앉아 지난 세월을 되새김질했다.

교생실습을 하던 중이었다. 지도교사 현서가 중매를 서겠다고 했다. 상대는 친정조카인데 국내에서 가장 큰 건설회사 부장이라고 했다. 그는 아파트가 들어설 자리에 땅을 사고파는 것으로 이미 거부가 되어 있었다. 현서가 애교스럽게 미간을 찌푸리며 말했다.

"흠이라면 나이가 좀……. 열두 살이나 많아요."

남자의 나이는 선영에게 문제가 되지 않았다. 아버지가 떠난 뒤 그 빈자리를 크게 느끼고 있던 참이었다. 선영은 아직 결혼할 여유가 없다고 말했다.

"그건 벌써 얘기했어요. 갖출 거 다 갖췄는데 뭘 바라겠어요? 인연 찾기가 그렇게 어려운 일인가? 까다로운 성격도 아닌데 결혼 못하는 거 보면……. 여자 집 재력이나 보는 사람 아니니까 걱정하지 마세요. 그냥 다소곳하고 착한 여자가 좋대요. 김선생하고 너무 잘 맞을 것 같애. 처가 식구도 많을수록 좋대요. 부모님이 일찍 돌아가셨거든요."

호텔 커피숍은 공포심을 느낄 만큼 낯설었다. 격에 맞지 않은 사치스러운 분위기, 결혼을 염두에 두고 관찰하고 있을 우형, 모든 것이 불편했다. 메뉴판을 들여다보는 것도 주눅이 들었다. 커피 한 잔 값이 학교식당 밥값보다 비싸다는 걸 알았을 땐 자리에서 일어서고 싶었다. 그러나 우형과 몇 마디 나누고부터 조금 편안해졌다.

'이렇게 좋은 사람이 왜 결혼을 못했을까? 능력까지 갖췄는데…….'

선영이 생각하고 있는데 현서가 자리에서 일어났다. 두 사람은 호텔 레스토랑에서 식사까지 하고 헤어졌다. 그러나 주말에 만나자는 말에는 핑계를 댔다. 현서를 통해 몇 번 연락이 왔다. 선영은 격에 맞지 않은 사람이라며 거절했다. 속마음은 조금 초조했다. 그녀의 심정을 헤아리지 못하고 돌아서면 어떡하나, 다른 여자와 정이 들면 어떡하나, 걱정이 되는 것이었다. 한 번만 더 청을 해오면 못 이기는 척 만나볼 생각이었다.

교생실습 마지막 날이었다. 그동안 사용해온 것들을 챙겨들고 교무실을 나왔다. 참고서적, 컵, 도시락, 슬리퍼 등 쇼핑백 두 개가 무척 버거웠다. 양손에 쇼핑백을 들고 터덜터덜 운동장을 걸어 나왔다. 택시를 탈까, 버스를 탈까, 갈등이 일어났다. 택시를 타자니 돈이 아깝고 버스를 타자니 정류장에서 집까지 거리가 너무 멀었다. 고민을 하면서 교문을 빠져나왔다. 몇 미터 전방에 자가용이 서 있었다.

'이럴 때 자가용 갖고 마중 나올 사람이 있다면 얼마나 좋을까.'

그때 승용차 문 열리는 소리가 들려왔다. 차에서 사람이 나오는 기척도 느껴졌다. 선영은 땅만 쳐다보며 천천히 걸어갔다. 반듯하게 날이 선 바지와 반짝거리는 구두가 눈에 들어왔다. 선영은 코가 벗겨진 자신의 구두를 내려다보았다. 이내 한숨이 새어 나왔다.

'에구, 사는 게 도대체 뭔지……'

속으로 말하며 남자 옆을 스쳐지나가고 있었다. 남자가 누군가를 부르는 것 같았다. 그러나 선영은 골똘한 생각에 빠져 있던 터라 소리를 제대로 듣지 못했다. 두 번째 이름을 불렀을 때 그녀와 같은 이름이라는 것을 알아차렸다. 나하고 같은 이름이 또 있나? 어디서 들어본 목소리 같은데, 하면서 고개를 돌렸다. 순간 그렇잖아도 뵙고 싶었어요, 할 뻔했다. 그러나 조금 얼뜬 표정을 하고 딴전을 피웠다.

"윤 선생님은 좀 전에 나가셨는데……"

우형이 고개를 흔들었다.

"현서가 아니라 선영 씨 만나러 온 거예요."

우형이 꽃다발을 내밀었다. 덥석 꽃다발을 받았다가는 속을 들여다볼 것 같았다. 선영은 '내가 왜?' 하는 표정으로 서 있었다.

"그렇게 서 있기만 하면 민망하잖아요."

우형이 쇼핑백을 빼앗아 들고 꽃다발을 안겨주었다.

선영은 옷을 챙겨 입고 밖으로 나왔다. 오랜만의 외출이었다. 아스팔트 열기가 아직 따갑고 눈이 시렸다. 은색 소나타가 멈춰섰다. 선영은 인형처럼 무표정하게 택시에 올랐다. 기사가 행선지를 물었다. 선영은 삼성동이요, 했다. 그리고는 놀랐다. 애초에는 인사동에 들러 그림 감상이나 할 생각이었다. 차는 잘 미끄러져 나갔다. 그러나 백화점 근처에서 움직임이 거의 없었다. 미터 요금만 타는 가슴만큼 급하게 올라갔다.

백화점 마당에 사은품 부스가 설치되어 있었다. 부스 앞에 줄을 선 사람들 표정이 몹시 밝아 보였다. 생판 모르는 사람에게 다가가 남은 영수증을 얻어내려는 한 여자의 태도는 부럽기까지 했다.

선영은 턱을 치켜 올리고 또각또각 백화점 안으로 들어갔다. 무표정한, 그러나 명품으로 둘러싸인 그녀에게 백화점 직원들은 유독 친절했다. 겉으로 보이는 그녀는 '시시한 국산 따위 사절이야.' 하는 것 같았다. 내면에 죽음 같은 좌절이 흘러내리고 있다는 것을 아는 사람은 없었다. 선영은 이 년 동안 백화점 출입을 하지 않았다는 것을 깨달았다. 사람들은 그녀에게 곁눈질을 보내왔지만 그녀는 혼자만 유행을 거스른 것 같았다. 가슴이 좁아들었다. 좌판에서 분주하게 손을 움직이는 아낙네들이 오늘처럼 부러운 적은 없었다.

선영은 커피숍으로 들어갔다. 주부들이 빠져나간 커피숍은 한가했다. 여대생이 주문을 받으러 왔다. 그녀는 상업적인 미소를 지으면서 주문을 받고 돌아섰다. 선영은 여대생 뒷모습을 멍하니 바라봤다. 궁상맞은 기억 하나가 고개를 내밀었다.

전쟁보다 나을 것이 없었던 대학시절, 남의 집 문전을 기웃거리며 과외지도를 하는 게 오직 일과였다. 그 흔한 미팅도 한 번 한 게 다였다. 그나마 좌절감만 안고 돌아왔다. 파트너가 자가용을 타고 나타났던 것이다. 사 년 뒤에 치를 올림픽 특수를 기대하며 마이 카 시대 돌입을 자축하고 있었지만 자가용은 아직 부의 상징이었다. 학생 신분으로는 더 그랬다. 파트너 입에서 떨어지는 말들도 현실과 너무 멀었다. 골프가 어떻다느니, 스키가 어떻다느니……. 한마디도 끼어들 수가 없었다.

'그런 것들이 현실세계에도 있나 보구나, 그런 사람을 직접 만나다니…….'

몇 번 본 적 있는 영화장면을 떠올리며 신기한 표정으로 그를 바라봤다. 그러나 곧 가슴이 시려왔다. 그가 위아래를 훑어보며 거드름을 피우는 것이었다. 얼마나 주눅이 들었던지 꿰매 신은 양말마저 날 좀 보소! 하고 기어 나올 것 같았다. 발가락도 초라함을 느끼고 움츠러들었다. 그날 밤, 자취방에 돌아와 발을 뻗고 울었다. 곰팡이로 얼룩진, 그러나 감사하고 살았던 그 방이 지긋지긋하게 싫었다.

'스키? 골프? 흥, 돈만 있으면 아무나 할 수 있는 거 아냐? 돈만 있으면 대우 받는 세상이라 이거지? 두고 봐, 나라고 그런 거 하지 말란 법 있어? 돈이 있어야 돼. 그래, 돈이 최고야!'

곧 설원을 질주하는 스키어 사진이 자취방에 붙여졌다. 보란 듯이 그렇게 살아보리라 다짐을 했음은 물론이었다. 훗날 우형과 결혼하여 제일 먼저 산 게 스키 장비와 골프 세트였다. 쳐다만 봐도 그날의 모욕에서 벗어난 기분이었다.

선영은 눈물을 찍어냈다. 백화점 마당에는 좀 전보다 더 많은 사람들이 줄을 서 있었다. 사은품을 받아들고 행복해하는 그들, 그들이 행복해 보인 만큼 그녀는 초라했다. 마음을 나눌 만한 친구가 없는 것도 슬펐다. 생활이 윤택해지면 그전의 일상이 불편하고 힘들어지기 마련이었다. 그녀는 너무 쉽게 가난에서 벗어나

풍요에 잘 적응하며 살아왔었다.

　그녀의 생활이 윤택해지면서 가장 먼저 버린 것은 옛사람들이었다. 그들과 함께 있으면 이데올로기가 다른 사람들 틈에 끼어 있는 것처럼 마음이 불편했다. 잊어버리고 싶은 과거를 떠올리게 하는 것도, 격이 달라진 그녀를 질시하는 것도 싫었다. 이런저런 충고를 하는 것은 더더구나 싫었다. 명품을 즐기고 해외여행이나 하는 사람들이 더 편했다. 그러나 지금은 어느 축에도 낄 수가 없었다. 가난에서 풍요로의 이동은 쉽고 빨랐지만 풍요에서 가난으로의 이동은 너무 괴롭고 힘이 들었다.

　시간이 흐를수록 거리에는 사람들이 늘어났다. 그녀의 형편과 상관없이 세상은 활기차게 돌아가고 있었다. 모든 것들이 그녀에게만 친절을 외면한 것 같았다. 소외감이 점점 더해졌다. 횡단보도 건너 창우 회사 건물이 보였다.

　'사정 얘기를 할 수 있는 처지라면, 남편 취업이라도 부탁할 수 있다면⋯⋯.'

　한 남자가 그녀 앞에 담배꽁초를 휙 던졌다. 뒤에서 여자 목소리가 들려왔다.

　"자기야, 조금만 더 빨리 나와라. 나 배고파 죽는 줄 알았어!"

　얇고 긴 재킷을 입은 여자가 전화로 응석을 부리며 앞질러갔다. 계절이 가을로 접어들었다는 것은 여자 옷차림을 보고 알았다. 배가 고프다며 응석을 부리는 여자 목소리가 선영을 세월 저편에 옮겨 놓았다. 선영이 대학에 다닐 때에도 연인들 사이에 '자기'라는 말이 유행했다. 선영은 꿈에서조차 그런 말을 해보지 못했다. 그럴 만한 대상은커녕 학비라는 무거운 짐만 삼킬 듯이 노려보고 있었다.

자동차 소음이 어지럽게 들려왔다. 선영은 천천히 걸음을 옮겨갔다. 창우 회사가 가까워지면서 발걸음이 더 느려졌다. 선영은 곧 두 손으로 얼굴을 감싸고 종종 걸어갔다. 막연한 기대나마 했다는 것이 부끄러웠다. 누군가 속마음을 알아버린 것처럼 낯이 뜨거웠다. 숨이 차고 기침이 나왔다. 헐떡거리는 숨을 달래며 손수건을 꺼냈다. 연신 이마를 훔쳐냈다. 터벅터벅 집으로 돌아왔다. 현관에 우형의 신발 두 짝이 걸음걸이 보폭만큼 떨어져 있었다. 선영은 미간을 찌푸리며 신발을 툭 찼다. 우형이 부엌에서 나오며 말했다.

"정확하게 들어왔네. 이제 막 저녁밥 차리는 중이야. 배고플 텐데 어서 밥 먹어. 당신 좋아하는 생선도 구웠어."

우형은 오늘따라 앞치마까지 두르고 있었다. 선영은 가슴 밑바닥에서부터 화가 치밀어 올랐다. '당신 여편네는 다른 남잘 품고 있는데 넌 그런 여편네 밥이나 해주는 못난 인간이니?' 생각이 들었다.

"누가 밥해 달래? 왜 그렇게 살아, 바보같이……."

우형이 잘못 들은 게 아닌가 하는 눈초리로 쳐다봤다. 이내 한숨을 푹 쉬었다. 대꾸라도 하면 나을 것 같은데 그는 숨소리마저 죽이고 서 있었다. 그런 그가 한심스럽고 미웠다. 선영은 스스로 당당해진 것에 조금 놀랐다. 그러나 잠시뿐이었다. 나쁜 말도 한번 하고 나면 그다음은 쉬웠다. 선영은 뱉어서는 안 될 말을 내뱉고 말았다.

"도대체 왜 그렇게 사냐구? 당신이라면 지긋지긋해. 당신도 싫구, 구질구질한 생활도 싫어. 서로 제 갈 길로 갔으면 좋겠어."

우형은 멍하니 선영을 쳐다봤다. 어린아이처럼 아끼며 살아온 아내였다. 그런 아내 입에서 나온 말이라는 게 믿어지지 않았다. 섭섭하고 서러웠다. 그런데도 그녀가 밉지 않고 미안한 마음이 더했다. 순한 사람이 얼마나 힘이 들면 저렇게까지 말을 할까, 내가 무능한 탓이지, 저 사람은 지금 위로가 필요해, 생각했다. 우형은 가까스로 입을 열었다.

"여보, 당신 힘든 거 알고 있으니까 조금만 참아줘. 미안해."

"뭐가 미안한데? 경제력 없는 것보다 더 싫은 게 뭔지 알아? 바보 같은 그 모습이야. 왜 그렇게 당당하지 못해?"

말은 그렇게 하고 있지만 당당하게 굴었다면 더 화가 났을 것이다.

"내가 떠나서 당신이 행복할 수 있다면 진작 떠났을 거야. 사랑하는 사람을 두고 어떻게 떠날 수 있어? 지금 당신은 감정에 치우쳐 있어. 안정이 되면 그때 얘기하자, 여보!"

"난 지극히 정상이야. 이렇게 사느니 헤어지는 게 나아! 이젠 당신 그림자도 싫단 말이야."

그가 직장을 놓은 뒤 종종 불평은 이어져 왔지만 그렇게까지 막말을 한 적은 없었다. 우형은 낯설었다. 낯설어서 와락 슬퍼졌다. 그렇잖아도 자존심이 상해서 견딜 수 없는데, 단순히 가장이라는 이유로 울음을 삼키며 살고 있는데…….

"여보!"

우형의 음성이 떨리고 있었다.

"제발 바보같이 굴지 마. 도대체 당신이 남자야?"

마지막 남은 자존심을 송두리째 빼앗아 버린 말이었다. 그 또한 남자이고 싶지 않아서 몸부림을 치는 중이었다. 우형은 한숨을 푹 쉬었다. 다소 격앙된 목소리로 말했다.

"나도 제발 남자 아니었으면 좋겠어. 남자라는 사실이, 한 가정의 가장이란 사실이, 얼마나 버겁고 아픈 줄 알아? 당신이 아니었다면, 우리 지민이가 아니었다면, 난 이미 이 세상 사람이 아니었을 거야. 비굴하게나마 버티고 있는 건 가장이라는 의무를 외면할 수 없어서야. 비록 많은 것을 잃어버렸지만 당신을 사랑하는 마음까지 버릴 수는 없잖아. ……당신, 안정을 좀 취해야겠다. 약은 먹었어?"

"그까짓 약이 무슨 소용이야? 환경이 변하지 않는데 약이 무슨 소용이냐구."

우형의 눈에 눈물이 그렁그렁했다. 간간이 떨어지는 눈물을 훔치며 선영을 쳐다봤다. 선영은 그 모습을 더 이상 보고 싶지 않았다. 남편에 대한 미안함과 자신에 대한 실망감은 눈물이 대신했다. 한눈 한 번 팔아본 적 없는 남편에게 너무 했다는 생각이 들었다. 이십 년을 행복하게 살아왔는데 겨우 이 년을 견디지 못한 자신이 실망스럽고 미웠다. 선영은 눈물을 훔치며 현관문을 열고 나왔다. 우형은 붙잡지 못했다. 붙잡을 용기가 나지 않았다. 뒷모습을 바라보며 자신의 무능함을 질책했다.

아파트 하나를 분양 받으면 또 다른 아파트가 생길 만큼 이익을 남기던 시절이 있었다. 분양사무실 앞에 천막을 치고 순서를 기다릴 정도로 호황을 누리던……. 그런 건설회사 아성이 쉽게 무너질 줄 알았다면 그가 회사를 차리는 일은 하지 않았을 것이다. 무리하게 자금을 끌어들이는 일은 더더구나 하지 않았을 것이다. 평범한 사람들의 일상이 우형에겐 다른 나라 일처럼 보였다. 담장을 넘어오는 웃음소리가, 손을 잡고 걸어가는 평범한 부부의 모습이, 뼛속을 저리게 했다.

'나에게도 저런 때가 있었던가?'

불과 이 년 전 일들이 수십 년 흘러버린 것처럼 아득했다. 자본 들이지 않고 할 만한 일을 찾기가 쉬운 일이 아니었다. 보험설계 사까지도 그에게는 너무 어려운 일이었다. 성공사례를 들어가며 교육을 받을 땐 할 수 있을 것 같은데 막상 사람을 만나면 힘이 빠졌다. 이런저런 핑계를 대는 것은 그나마 견딜 수 있었다. 그러나 전화마저 피할 때는 비참해졌다. 우호적인 줄 알았던 사람들이 그렇게 변한 것에 분노를 느낄 때도 있었다.

'내가 고작 이 정도밖에 되지 않는단 말인가! 그 많던 사람들이……. 그들은 〈나〉라는 인격체를 믿고 따랐던 게 아니라 내가 가진 것들을 이용했을 뿐이야, 오늘은 또 무슨 말로 변명을 할까?'

암담하고 막막했다. 집에 들어갈 수가 없어서 집 근처를 배회 하며 시간을 허비할 때가 많았다. 고민 끝에 생각해 낸 것이 허풍을 떨어 시간을 버는 것이었다. 대기업에서 스카우트 제의가 들어와 협상 중이라는. 그동안 직장을 잡을 수 있지 않을까, 막연한 기대를 했던 것이다. 처음 그 수법을 썼을 때 선영의 얼굴에 활기가 돌았었다. 그러나 두어 번 그런 일을 겪고는 들은 척도 하지 않았다. 위로 받고 싶은 아내에게 냉대를 받으면 비참하다 못해 죽고 싶었다. 사고를 가장한 자살을 생각한 적도 많았다. 가족에게 보상금만 남겨줄 수 있다면 언제든 떠날 수 있을 것 같았다.

땅거미가 내려앉고 있는 도심, 일과를 마친 사람들이 거리로 쏟아져 나왔다. 뭐가 그렇게 좋은 것인지 웃음소리가 유독 크게 들렸다. 시간이 흐를수록 선영은 더 쓸쓸하고 주눅이 들었다. 한숨을 푹푹 쉬며 보행자 신호를 기다리고 서 있었다. 모두들 신호에 따라 일사분란하게 움직였다. 저쪽에서 허름한 여자가 히죽히죽 웃으면서 다가왔다. 선영은 오후 늦게 비가 온다던 일기예보를 기억해 냈다.

'날씨하고 미친 사람은 어떤 연관이 있을까? 저렇게 미쳐버리면 고통에서 벗어날 수 있으려나?'

어느 틈에 다가온 여자가 선영이 살고 있는 아파트를 가리키며 말했다.

"나도 저런 디서 한 번 살아보고 싶어."

선영은 쓸쓸한 심정으로 아파트를 쳐다봤다. 한 달 뒤면 비워줘야 할 곳이었다. 또 한숨이 나왔다. 여자는 순한 눈빛의 선영이 우호적으로 보였던지 묻지도 않은 말을 했다.

"우리 남편은 시를 써유. 그러니까 돈이 없지. 그 집 남편은 돈 잘 벌지유? 잘 버니께 이렇게 좋은 동네에 살겠지. 나, 배가 고파요. 밥 좀 사 줘유. 오늘 한 끼도 못 먹었어유."

선영은 핸드백을 열었다. 만 원짜리 다섯 장과 천 원짜리 여남은 장이 가지런히 놓여 있었다.

'그래, 줘버리자.'

선영은 오만 원을 꺼내 여자에게 내밀었다. 베품을 외면하고 살아온 것에 대한 자책이 아니었다. 가진 자의 여유를 흉내 내고 싶은 허영 같은 것이었다. 이 시간이 지나고 나면 그런 허세마저 부릴 수 없다는 것을 잘 알았다. 여자는 눈을 휘둥그렇게 뜨고 돈을 낚아챘다.

"아이구, 이렇게 많이? 정말 감사해유. 같이 가서 밥 먹어유. 나는 고향이 충청도예유. 우리 엄니가 자식을 열이나 낳았어. 원체 가난해서 국민학교밖에 못 나왔어유. 집이는 많이 배웠지유? 많이 배운 것 같어. 그 집 남편은 돈 잘 벌지유?"

여자는 횡설수설하면서 선영을 껴안으려 했다. 선영은 한 발자국 뒤로 물러섰다. 여자는 안으려는 것을 그만두고 흐뭇한 얼굴로 돈을 세기 시작했다.

"하나, 둘, 셋, 넷, 다섯! 이렇게 큰돈은 처음이에유. 돈 많이 벌지유?"

여자는 히죽히죽 웃으면서 발걸음을 돌렸다. 선영은 다시 한 번 아파트를 올려다봤다. 우형은 지금 식어가는 밥그릇 앞에서 처참한 심정으로 앉아 있을 것이었다.

'내가 왜 그랬을까! 그 사람은 나보다 더 힘이 들 텐데……. 여보! 미안해요.'

신호등이 보행자 신호로 바뀌었다. 선영은 바람이나 쐬고 들어가야지, 생각하며 횡단보도에 발을 내디뎠다. 두어 발자국 옮길 때였다. 승용차 한 대가 끽, 소리를 내며 정지선에 멈춰 섰다. 선영은 고개를 돌렸다. 순간 얼굴이 굳어졌다. 차 안에는 일주일 내로 돈을 갚지 않으면 쑥대밭으로 만들겠다던 사채업자가 타고 있었다. 외모만 비슷했을 뿐인데 착각을 한 것이다. 심리적 압박감으로 인한 착시였다. 사채업자 협박 소리가 귀에서 윙윙댔다.

쑥.대.밭.이.될.줄.알.아! 쑥.대.밭.이.될.줄.알.아!

선영은 철퍼덕 주저앉았다. 곧 차들이 움직이기 시작했으나 사지를 떨며 쪼그리고 있었다. 차들이 이리저리 그녀를 비켜갔다. 사람들은 염려스러운 눈초리로 그녀를 바라봤다. 얼마쯤 지났을까. 선영은 실실 웃으면서 일어났다. 곧 큰 소리로 말했다.

"돈이 뭐야?"

선영은 이미 자신을 절제할 만한 능력이 없었다. 머릿속에 자리하고 있는 말들이 아무런 통제를 받지 않고 술술 터져 나왔다.

"돈이 그렇게 좋은 거냐구? 사람보다 더 중요한 거냐구?"

그것은 어쩜 자신에게 한 말이었다. 그녀의 우상이었던 돈! 돈을 쥐고 있으면 한 시절을 보상 받는 것 같았다. 일찍 아버지를 여읜 설움, 전쟁처럼 흘려보낸 대학생활, 그 모든 것을 보상 받는 기분이었다. 물질의 위력은 세상 사람들이 증명해 보이지 않았던가! 능력 있는 남편을 만나고부터 굽실거리고 아첨하는 사람들이 얼마나 많았던가! 한 중년여자가 선영을 부축하여 인도로 끌어냈다.

선영의 입에서 계속 헛웃음이 터져 나왔다. 그것은 좀처럼 멈출 기미를 보이지 않았다. 곧 웃음과 울음을 분간할 수 없는 소리가 흘러나왔다. 중년여자가 집이 어디냐고 물었다. 선영은 대답 대신 울고 웃기만 반복했다. 한동안 그러다가 야릇한 표정을 지으며 핸드백을 열었다. 그리고는 부축해 준 여자에게 말했다.

"당신, 돈 필요해?"

"이봐요. 어서 정신 차리고 집으로 돌아가요."

"우리 집 알아? 평창동 우리 집을 아냐구, 대지가 오백 평이나 되는 대궐 같은 집!"

"아이구, 어떡하나. 집이 어딘 줄 알면 데려다 주기라도 할 텐데……."

"이대로 두면 안 되겠어요. 어디로 전화를 해야 하나, 119? 일단 거기로 해봐야겠다."

"나 돈 많아. 다 가져, 다 가져 가라구. 나 돈 많단 말이야."

선영은 마지막 남아 있는 천 원짜리 지폐를 뿌려댔다. 지폐가 팔랑거리며 이리저리 흩어졌다. 중년여자는 혀를 끌끌 차면서 자리를 떠났다. 신호등이 다시 보행자 신호로 바뀌었다. 차 안에 있는 사람들도, 거리를 걷는 사람들도, 모두 선영을 쳐다봤다. 선영은 신호대기 중인 벤츠 승용차 앞으로 다가갔다. 상황을 알지 못한 남자가 윈도우를 내렸다. 길을 물으려는 것쯤으로 알았던 것이다. 선영은 남녀 성별도 구별하지 못했다. 차를 타고 있는 모두가 부유한 여자들로 보였다. 선영은 미친 여자의 말투를 그대로 흉내 냈다.

"그 집 남편은 돈 잘 벌지유? 돈 잘 버니께 이렇게 좋은 차 타고 댕기겄지유."

남자는 얼른 윈도우를 올렸다. 선영은 히죽히죽 웃으면서 톡톡 노크를 해보았다. 차가 출발을 할 때는 비행기 트랩에서 손을 흔드는 영부인을 떠올렸다. 선영은 우아하게 손을 흔들었다. 입에서는 끊임없이 말이 터져 나왔다.

사람들은 걸음을 멈추고 선영을 쳐다봤다. 선영은 차도와 인도를 오르내리며 핸드백을 열고 돈 뿌리는 시늉을 했다. 일부 운전자들이 고함을 질렀다. 그럴수록 선영은 더 신이 나 보였다. 아예 고개까지 젖히고 웃어댔다. 차가 지나갈 때마다 천 원짜리 지폐가 휙휙 날아다녔다. 선영은 날아다니는 지폐를 가리키며 말했다.

"다 가져유. 나, 돈 많아유. 나, 돈 많다니께유. 이거 봐유! 이건 이태리제, 이건 프랑스제, 좀 전에 백화점에서 샀다니께유. 평창동 오백 평짜리 집에 산다니께유. 저 아파트도 내꺼구. 하하하."

선영의 손은 옷과 핸드백, 살고 있는 아파트를 번갈아 가리키고 있었다. 입에서는 끊임없이 말이 쏟아져 나왔다. 그녀가 세상을 살아오면서 그렇게 많은 말을 한 적이 없었다.

"내 이름은 선영, Sun Young!"

순간 A4용지를 실은 트럭이 코너를 돌았다. 차가 기우뚱하면서 박스 하나가 열리더니 하얀 종이가 흩어지기 시작했다. 선영은 눈을 번득거리며 차도로 뛰어들었다.

"와, 백지수표다, 다 내 거야. 아무도 건드리지 마, 우리 지민이 학비 보낼 거야."

선영은 미국 동생집에 머물고 있는 딸아이를 생각하며 얼른 종이 한 장을 낚아챘다. 얼굴이 금방 환해졌다. 선영은 또 다른 종이를 집어 들었다. 차들은 경적을 울려대고 사람들은 수군거렸다.

"멀쩡하게 생겼는데 정신이 좀 이상한가 봐. 아까부터 돈, 돈, 하는 게……."

"경제적으로 어려운 일을 당했나 보죠. 부도를 맞았나?"

"그까짓 돈이 뭐라구, 나이 오십도 안 돼 보이는구만."

"그러게 말이에요. 복이 되기도 하고 화가 되기도 하는 게 돈이지. 아이구, 안쓰러워라. 잘살았던 여자 같은데 마음이 아프네. 차림새는 멀쩡해 보이잖아요."

사람들의 수군거림과 상관없이 선영은 부지런히 종이를 주워 모으고 있었다. 그녀의 얼굴은 지금까지 세상을 살아온 여느 때보다 밝아 보였다.

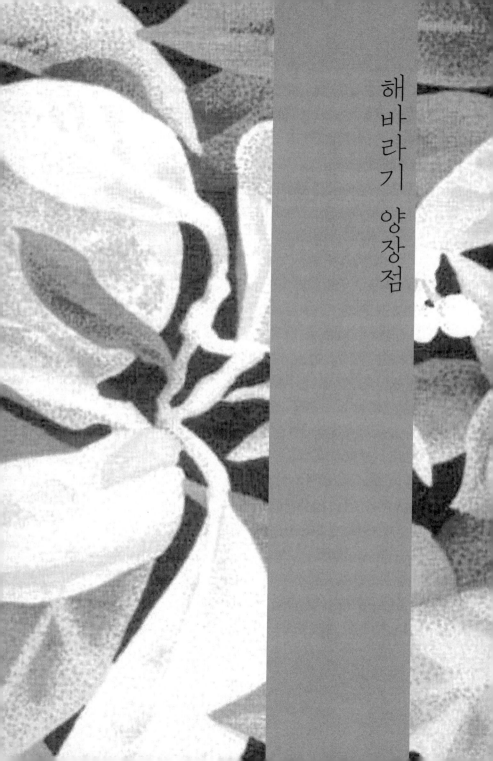

해바라기 양장점

졸업식 프럼(무도회)이 매우 중요한 행사라는 건 알고 있었다. 나는 세상에서 가장 좋은 엄마가 되겠다는 각오로 지우를 따라나섰다. 사 개월 만에 함께한 외출이었다. 연말 신촌 거리는 말 그대로 북새를 이뤘다. 전국의 젊은이들을 몽땅 그곳에 풀어놓은 것 같았다. 젊은 아이들은 왜 유독 북적거리는 곳을 좋아할까? 나도 그런 곳에 섞여 존재감을 확인하던 때가 있었다. 일없이 도심 거리를 돌아다니는 것으로 행복을 느끼던……. 나는 그곳 분위기에 금방 동화되어 갔다. 간간이 내 젊은 날을 떠올리며 미소를 짓기도 했다. 그런 추억이 없다면 너무 많은 아쉬움이 남아 있을 것 같았다.

드레스 숍은 내 상상력이 빈약했다는 것을 증명해 보였다. 그 많은 가게들이 유지가 되기는 되는 것인지 걱정스러웠다. 디자인과 소재도 내가 결혼하던 때와 판이하게 달랐다. 십구 년의 세월이 무심하게 흘러버린 것 같았다.

'요즘 세상에 태어났으면 저런 드레스 한 번 입어보는 건데……. 지우가 결혼할 때는 멋진 걸로 해줘야지.'

나는 촌뜨기처럼 눈을 희번덕거렸다. 너풀너풀한 것보다 적당히 포인트가 있는 심플한 드레스가 좋더라, 아주 백색보다 아이보리색이 좋더라, 하면 나도 나도, 하면서 지우가 장단을 맞췄다. 프럼 드레스 보러 와서 웨딩드레스에 더 관심이 많다며 깔깔거릴 때만 해도 쌩쌩했었다. 그러나 한창 물이 오른 지우를 따라다니는 건 쉬운 일이 아니었다.

지우는 경제개념이 요즈음 아이들 같지 않았다. 하찮은 것까지 꼼꼼하게 따지곤 했다. 열 군데도 넘게 들락거렸을 것이다. 섬유에서 뿜어져 나온 독성이 몸 안에서 활개를 치기 시작했다. 머리가 지끈거리고 눈이 시렸다. 매연 속을 헤집고 다닌 탓인지 목까지 칼칼했다. 몸은 곧 배터리가 소진되어 가는 시곗바늘처럼 깔딱거렸다. 웃으면서 시작한 쇼핑이 어느 틈에 짜증스러워졌다.

'어쩜 지 이모하고 똑같은지 몰라. 하필이면 한 다리 건너 이모를 닮을 게 뭐야.'

내 위 언니, 그러니까 셋째 언니는 옷을 고르는 데 아주 까다로웠다. 세포 관찰이라도 하는 듯 세밀하게 들여다보고 흠 같지 않은 흠까지 곧잘 발견해 냈다. 맞춤옷도 여러 번 뜯어고치게 하는 성미였다.

"아휴, 머리야! 어쩜 저렇게 까다로울까?"

목소리에 짜증이 묻어 있었다. 지우가 부어터진 목소리로 대꾸했다. 중요한 행사에 입을 옷인데 엄마라는 사람이 그만한 배려도 못해 주냐는 투였다.

"괜히 짜증이야."

"너무 심하니까 그렇지. 하루 입고 말 건데 무슨 유난을 그렇게까지 떨어?"

"거저 주는 것도 아닌데 기왕이면 싸고 좋은 걸로 해야지."

"골라주는 것마다 고개 흔들 거면 뭐 하러 골라주래?"

지우는 늘 그랬다. 엄마가 나보다 잘 보니까 엄마가 골라줘, 해놓고는 결정을 하기까지 너무 많은 시간을 소요했다. 나는 숍 의자에 앉아 양쪽 이마를 지압하면서 불평을 이어갔다.

"신촌 바닥 다 뒤져도 니 맘에 든 건 없겠다. 여기저기 돌아다니면서 힘 빼느니 맞춰버리는 게 낫겠어. 벌써 몇 시간째야? 힘들어 죽겠네, 정말!"

"한 번 입고 말 건데 그렇게까지 하는 건 낭비잖아."

"다 거기서 거기지 별거 있겠어?"

실실 웃으면서 우리 모녀를 지켜보던 디자이너가 말했다.

"따님을 건실하게 잘 키우셨네요. 맞춰 입고 되돌려주는 방법도 있으니까 맞추시는 것도 좋은 방법인 것 같아요. 원단 좋은 거 많거든요. 가격은 잘 해드릴게요."

"그게 좋을 것 같애. 빌려 입는 것보다 비싸겠지만 새것으로 입을 수 있잖아."

"몇 군데 둘러보고 정 없으면 그렇게 할게."

맞추게 되면 다시 들르겠다며 숍을 나왔다. 잠시 휴식을 취하고 나니 살 것 같았다. 마음도 한결 너그러워졌다. 오랜만에 만난 딸에게 너무 했다는 생각이 들었다. 김치까지 담가 먹으며 유학생활을 해온 게 고마워서 근사한 추억을 만들어주고 싶었는데 언짢게 해서 미안했다. 보내고 나면 눈물을 질금거리며 후회할 게 빤했다. 나는 지우 머리카락을 쓰다듬으며 정이 담긴 목소리로 말했다.

"지우야, 미안! 엄마가 너무 피곤해서 그랬어. 우리 딸 이쁘게 해주고 싶어하는 거 잘 알잖아. 우리 딸이 너무 알뜰해서 그런 것도 잘 알아. 어떤 복 있는 놈이 우리 딸 데려갈랑가 모르겠네. 쇼핑 끝나고 맛있는 거 먹으러 가자. 북경오리 먹을까?"

"아, 맞다. 이 근처에 베이징 코야 있지? 맛있겠다!"

지우가 팔랑거리며 팔짱을 꼈다. 나는 이미 드레스를 보는 데는 성의가 없어졌다. 지 좋을 대로 하라지, 생각하며 건성으로 쇼윈도를 힐끔거렸다. 세 군데쯤 더 들렀을 것이다. 마지막 가게를 빠져나와 몇 걸음 옮겨 가는데 단아한 드레스가 눈에 띄었다. 골드라고도 브라운이라고도 할 수 없는 에이라인 공단 드레스였다. 가슴 윗선에 브라운 톤의 작은 구슬들로 수가 놓여져 있었다.

"지우야, 이거 봐. 단아하고 고급스럽지 않아? 색깔도 흔한 게 아니고."

"와! 정말 독특하고 예쁘다. 이래서 엄마랑 같이 온 거야."

우리 모녀는 눈을 반짝거리며 숍으로 들어갔다. 스물대여섯 살 되어 보이는 여자가 생글생글 웃으면서 반갑게 맞아주었다. 아주 오래 전, 우리 집에 세 들어 살았던 영자 언니를 보는 것 같았다.

"어머나! 영자 언니!"

나도 모르게 혼잣말을 했다. 나는 곧 겸연쩍은 표정을 지었다.

병원 건물을 개조한 우리 집에는 세 칸의 가게가 딸려 있었다. 그중 하나가 해바라기 양장점이었다. 남편과 사별을 한 양장점 아주머니에게는 여섯 명의 아이들이 있었다. 양장점 식구가 많다는 것을 알게 된 것은 이사를 오고 한 달이 지난 다음이었다. 아주머니가 아이들 수를 속인 것이다. 설움 많은 셋방살이에서 터득한 지혜였다. 계약을 하고도 식구가 많은 걸 알면 해약을 요구하더라는 것이었다. 위약금을 물어주는 것도 아니었다. 주인이 횡포를 부리면 영락없이 당할 수밖에 없었다. 위약금 제도가 버젓이 존재는 하고 있었다. 그러나 소송을 해야 하는 등 절차가 매우 복잡했다.

우리 엄마도 세를 놓을 때 머릿수를 꼭 확인했다. 식구가 많으면 집이 쉽게 망가진다는 것이었다. 공과금 계산도 번거로웠다. 수돗물은 한정된 용기를 사용하기 때문에 어림으로 계산이 가능했지만 전기세가 문제였다. 분전기라는 유익한 물건이 나오기 전 일이었다. 엄마가 정한 마지노선은 우리 남매와 같은 네 명이었다. 엄마가 아이들 수를 물었을 때 아주머니는 네 명이라고 대답했다. 매우 진지하고 천연덕스러웠다. 이미 정보를 파악하고 예행연습까지 해뒀던 것이다. 되바라진 구석이 보이지 않는 아주머니가 거짓말을 했으리라곤 아무도 생각하지 못했다. 나중에 양장점 식구가 일곱이란 걸 알았을 때 엄마는 능구렁이가 따로 없다며 웃었다. 음흉하다는 의미가 아니었다. 아주머니는 말 잘 듣는 몸종처럼 네네, 하고 엄마를 잘 따랐으니까.

양장점 식구가 많다는 것을 한동안 몰랐던 것은 이유가 있었다. 요강이라는 이동식 변소까지 사용해온 치밀함 때문은 아니었다. 아이들이 워낙 유순했다. 살다 보면 여느 집이나 큰소리가 나오기 마련인데 오 년 동안 싸움소리 한 번 없었다. 바디 랭귀지나 글씨를 사용했다면 모를까 그 기록은 확실할 것이다. 양장점 아이들이 유독 유순했던 것처럼 내 기억력이 좋다는 것은 나를 길러온 엄마도 양장점 아주머니도 잘 알고 있다. 아주머니가 아이들을 야단치는 법도 아이들이 엄마에게 불만을 토하는 법도 없었다. 절대로, 정말 절대로다. 사람들은 그렇게 순한 애들은 처음 본다고 말했다.

엄마는 양장점 아이들처럼 순하면 여섯 명이 아니라 육십 명도 키우겠다고 부러워했다. 성격이 급하고 괄괄한 우리 자매들과는 너무 달랐다. 종종 대들기 좋아하는 내 눈에는 다른 행성 사람들 같았다. 한두 명도 아닌 가족 모두가 그랬던 걸 보면 노여움이나 불쾌감 같은 게 애초부터 생성되지 않은, 해독할 수 없는 유전인자를 갖고 있었는지 모른다.

엄마는 우리가 기대에 미치지 못하면 늘 비교를 했는데 그 대상은 훗날 검찰총장이 된 승우 오빠와 양장점 아이들이었다. 성적이 좋지 않을 때는 승우는 일등만 하는데 남 하는 공부도 못한다고 화를 냈다. 오빠가 학년이 올라갈 때마다 '이 년 내내, 삼 년 내내' 숫자만 달라졌을 뿐 내용은 언제나 똑같았다. 서울대 수석 합격을 하고부터 그 정도는 더 심해졌다. 하도 많이 우려먹어서 승우 소리만 나오면 또 그 소리, 하면서 코를 풀었다. 그가 사법고시에 실패하여 청와대에 들어갔을 때도 대통령 다음 서열이나 되는 것처럼 말했다. 다음해에 수석합격을 했을 땐 말할 것도 없었다. 합격 잔치에 참석하여 온몸으로 축하하는 척 가무까지 즐기고는 집에 들어오자마자 닦달을 했다. 승우보다 환경이 부족한 것도, 머리가 나쁜 것도, 부모가 못해 준 것도 없는데 왜 그 모양 그 꼴이냐는 것이었다.

철없는 짓을 하거나 게으름을 피우면 영자 언니 좀 본받으라고 야단을 쳤다. 부모를 먹여 살리는 아이들도 있는데 손가락 육갑도 안 한다는 것이었다. 시집가서 어떻게 살 것인지 걱정스럽다는 말도 수없이 해댔다. 그러니까 승우 오빠는 우리 자매들에게 공부 방망이였고 영자 언니는 일 방망이였다. 엄마가 두 사람을 비교할 때 마음속 반응은 전혀 달랐다. 승우 오빠와 비교할 때는 화부터 났다. 지구촌 그 많은 곳 중에 하필이면 같은 동네에 태어나 죄 없이 야단을 맞는 것 같았다. 그러나 영자 언니를 비교하면 아무렇지도 않았다. 승우 오빠는 그가 너무 우월한 것에 대한 질시가, 영자 언니는 환경이 어려운 것에 대한 안쓰러움이 자리했다.

양장점은 아주머니가 운영했지만 손바느질 같은 작은 일만 아주머니가 했고 재단이나 재봉은 영자 언니가 했다. 영자 언니는 양장점을 열기 전까지 남의 양장점에서 허드렛일을 한 모양이었다. 어린나이에 남의집살이했다는 말을 들으면 마음이 애잔했다. 그때는 방 한 칸짜리 전세를 살았다고 했다. 양장점을 하게 된 것은 우리 집이 처음이라는 얘기가 된다. 가게 보증금이 그전에 살았던 주택보다 비쌌기 때문에 일부는 월세로 대신했다.

처음 양장점을 열었을 때 영자 언니 기술은 그리 좋은 편이 아니었다. 그건 손님들도 잘 알았다. 언니가 워낙 친절하고 고분고분해서 작은 실수 정도는 눈감아주는 눈치였다. 얼마쯤 지나 언니 실력은 눈에 띄게 좋아졌다. 손님들도 제법 늘어났다.

해바라기 양장점은 우리 식구 전용 양장점 같았다. 천만 떠다 주면 삯을 받지 않고 해주었다. 나는 내 옷을 직접 디자인해 입었는데 완성된 옷은 늘 만족스러웠다. 나는 옷을 입고 다니면서 '메이드 바이 선플라워 드레스 숍, 디자인드 바이 리.' 하면서 까불었다. 종종 내 옷과 똑같이 만들어주라는 사람들이 있었다. 나는 모델을 잘 둬서 장사가 잘되는 거라며 특급 모델 미스 리를 잘 대접하라고 넉살을 부렸다.

영자 언니는 눈칫밥을 먹은 사람 같지 않았다. 꾀를 부리거나 거짓말하는 법이 없었다. 외모도 빼어났다. 키가 크고 얼굴 윤곽이 또렷한 데다 생글생글 잘 웃었다. 웃을 때 드러나는 덧니가 아주 매력적이었다. 양장점에는 일본 잡지가 많았는데 잡지 모델보다 못하다는 생각이 들지 않았다. 그러나 어딘가 모르게 수심이 있었다. 걸머져야 할 짐이 버거운 까닭이었다. 사람들은 하루 종일 재봉틀 앞에 앉아 있는 영자 언니를 안쓰러워했다. 오며가며 먹을 것을 갖다 주는 사람도, 중매를 서겠다는 사람도 많았다.

아주머니는 결혼 말만 나오면 과민하게 반응했다. 기술만 있으면 결혼이 필요 없다는 것이었다. 아주머니 결혼생활에 문제가 있었던 것인지 수입이 끊기는 게 걱정스러웠던 것인지 알 수 없었다. 영자 언니가 결혼을 하면 생계가 어려워지는 건 빤한 이치였다. 영숙이를 제외한 모두가 영자 바라기만 하고 있었다.

자식들이 원하는 만큼 교육시키는 것을 부모 도리로 여겼던 엄마는 가끔 아주머니 흉을 봤다. 자식 장래는 생각하지 않고 부려만 먹는다는 것이었다. 물론 대놓고 말한 적은 없었다. 적당한 때 시집보내라고 충고하는 정도였다. 혼기 놓치면 재취자리 선들어 온다며 자극을 주기도 했다. 영자 언니는 중매한다는 말에 별 대꾸가 없었다. 삐긋이 웃는 것으로 싫지 않은 감정을 드러냈다. 스물두세 살 정도를 결혼 적령기로 여겼으니까 영자 언니도 조금 초조했을 것이다. 연인들의 모습을 보면 눈에서 빛이 빠져나가는 것 같았다. 가끔 언니에게 언제쯤 결혼할 거냐고 물으면 경식이 졸업한 다음에, 했다. 고등학교를 두고 한 말인지 대학을 두고 한 말인지 알 수 없었다.

경식은 양장점 큰아들이었다. 그는 학교에 다녀오면 밖에 나가는 일이 거의 없었다. 하는 양이 지나치게 어른스러웠다. 학교에서도 집에서도 별명이 영감이었다. 학교에서까지 영감으로 통한다는 말을 들었을 때 보는 눈은 다 똑같다며 모두들 웃었다.

경식은 말을 시키지 않으면 목소리 들을 일이 없었다. 사람 앞에 나서는 것을 싫어하는 성미였다. 그런 경식이 피아노를 잘 치는 것에 놀랐다. 어느 날 아주머니가 나를 불렀다. 아주머니는 미안해하며 경식에게 피아노 한 번 치게 해달라고 부탁했다. 피아노 소리가 나면 공부를 팽개치고 피아노 치는 흉내만 낸다는 것이었다.

피아노에 앉은 경식은 전혀 다른 사람이 되어 버렸다. 몸을 흔들어가며 흥겹게 연주를 하는 것이었다. 악보에 없는 반주까지 스스로 만들어 하는 게 그냥 치는 솜씨 같지 않았다. 하는 양이 너무 신기해서 얼마나 배웠냐고 물었다. 교실에 오르간이 있을 때나, 음악실 청소가 있는 날 건반을 두드려본 정도라고 말했다. 옆에서 듣고 있던 아주머니가 말했다. 아버지 피를 이어받은 것 같다고. 그의 아버지가 유랑극단에서 아코디언을 연주했다는 것이었다. 그의 아버지도 말수가 없었는데 악기 앞에서는 신들이 사람이 되어 버린다고 했다. 경식이가 피아노를 잘 친다는 것을 알았을 때 섬뜩했다며 아주머니는 크게 웃었다.

그날 양장점 식구 모두 우리 방으로 몰려왔다. 영자 언니와 영숙이도 번갈아가며 〈소녀의 기도〉, 〈엘리제를 위하여〉 등을 쳤다. 손가락 위치는 정확하지 않았지만 배우지도 않고 그렇게 칠 수 있다는 것에 놀랐다. 양장점 식구들이 다녀간 뒤 엄마에게 야단맞는 종목이 하나 더 늘어났다. 피아노를 치고 싶어도 못 치는 아이들이 있는데 비싼 피아노를 산지기 거문고처럼 놀린다는 것이었다. 왜 산지기 거문고라고 했는지는 모르겠다. 산지기가 바빠서 거문고 칠 시간이 없다는 것인지, 기술도 없는 주제에 전시용으로 갖다 놓았다는 것인지…….

　　양장점 아주머니는 좀 원시적이었다. 어떤 경우에도 병원에 가는 법이 없었다. 몸이 아프면 무조건 고약을 붙였다. 머리가 아파도 배가 아파도, 도무지 고약으로 나을 것 같지 않은 안질에 걸려도 눈두덩에 고약을 붙였다. 약국에서 파는 고약이 아니라 사제였다. 아이들도 고약의 신비를 절대적으로 믿었다. 머리카락을 싹둑 자르고 그곳에 고약을 붙이기도 했다. 고약의 신비를 믿는 것도 신기했지만 머리에 고약을 붙이고 학교에 가는 것은 기이하기까지 했다. 누군가 내 머리에 고약을 붙이려 했다면 박박 대들고 붙이지 않거나 꼭 붙여야 할 상황이 벌어졌다면 학교에는 가지 않았을 것이다.

　　양장점 식구들은 아플 때마다 고약을 붙였기 때문에 매일 누군가의 몸에 고약이 붙어 있었다. 환부에만 바르는 것이 아니었다. 디스크 환자들이 이용하는 허리밴드처럼 넓게 바르는 일도 빈번했다. 가슴과 허리 전체에 고약을 붙이고 있으면 갑옷을 입은 것 같았다. 약국에서 파는 이명래 고약을 그렇게 붙였다면 양장점 수입으론 턱없이 부족했을 것이다. 겨울에는 갑옷 같은 고약이 체온유지에 도움이 될 것 같았지만 여름에는 보기만 해도 더웠다.

고약을 붙이고 얼마쯤 지나면 그들의 병은 거짓말처럼 나았다. 양장점 식구들은 충실하고 듬직한 고약의 효능이라고 굳게 믿었다. 고약은 양장점 식구들에게 수호신 같은 것이었다. 양장점 고객들 중에서도 고약을 맹신하는 사람들이 생겨났다.

양장점 식구들이 좋아하는 것이 또 하나 있었다. 몸을 보호해야 할 필요성을 느끼면 소 뼈다귀를 고아 먹었다. 아주머니 입에서 어지럽다는 말이 나오면 다음 행동은 소머리뼈를 사오는 것이었다. 머리뼈가 이빨을 드러내고 솥 안에 앉아 있는 풍경은 당시 내 눈으로 확인한 가장 엽기적인 것이었다.

나는 솥뚜껑을 열 기미가 보이면 눈을 감거나 고개를 돌렸다. 양장점 아이들은 달랐다. 그때가 가장 행복해 보였다. '흠, 냄새 좋다!' 하면서 싱글거렸다. 초벌이 끝나면 뼈를 건져내 살코기를 뜯어먹었다. 머리뼈를 가운데 두고 온 식구가 둘러앉아 주거니 받거니 했다. 살코기는 순식간에 없어졌다. 아주머니는 눈알이 맛있다고 했고 영자 언니는 골이 맛있다고 했다. 양장점 식구들 입술은 반질반질하고, 경사가 드러난 머리뼈는 구멍 뚫린 미끄럼틀 같았다. 얼마쯤 시간이 지나면 아이들은 앞다투어 변소로 달려갔다.

머리뼈는 끓이고 또 끓이고, 맑은 물이 나올 때까지 끓였다. 뼈가 바스러질 때까지 우려먹고도 버릴 때는 무척 아까워했다. 아주머니가 끓이는 사골국은 다양했다. 파를 송송 썰어 넣은 맑은

국, 된장을 푼 된장국, 시래기를 넣은 시래기 해장국, 감자를 넣은 감자 해장국 등이었다. 아주머니는 내가 본 뼈다귀 해장국 원조인 셈이었다.

양장점 옆 가게에 양복점이 들어왔다. 상호가 현대 양복점이었다. 원래는 한의원 자리였는데 양장점이 들어온 삼 년 뒤 독립하여 나갔다. 양장점과 양복점이 함께 있어야 구색이 맞는다며 엄마가 복덕방에 부탁을 했던 것이다. 양복점에 정훈이라는 재단사가 들어오면서 영자 언니 인생이 바뀌게 되었다. 어릴 때 부모를 잃은 정훈은 큰아버지 밑에서 중학교를 졸업하고 양복 기술을 배웠다.

정훈은 사무직 종사자 같았다. 언제나 와이셔츠에 넥타이를 매고 일을 했다. 성품은 온화하고 성실했다. 그리고 감성적이었다. 꽃이 피어 있는 화분을 양복점에 갖다 놓고 잠깐잠깐 들여다보곤 했다. 그런 모습이 퍽 인상적이었다. 그가 언제부터 영자 언니와 가까워졌는지는 잘 모르겠다.

어느 날 독감에 걸려 학교를 결석한 적이 있었다. 오후 늦게 열이 내리고 기운이 돌아왔다. 누워만 있기가 지루했다. 양장점 잔일이나 도와줄 생각으로 자리에서 일어났다. 그때 양복점 아주머니가 욕설을 퍼부으며 마당에 들어섰다. 아주머니는 큰 소리로 아저씨를 불러들였다. 아저씨는 늘 아주머니에게 꼼짝도 하지 못했다. 변명 한마디 못하는 게 바보 같았다. 원래 순해서 그런 것인지 용서받기 어려운 죄를 지은 것인지 알 수 없었다. 아주머니는 그 시대에 보기 드문 경찰관 출신이었다. 싸움을 할 때마다 전직 무관의 실력을 유감없이 발휘했다. 차렷! 열중쉬어! 구령을 하면서 아저씨를 때리는 것이었다. 양복점이 들어오기 전까지 여자가 남편을 때린다는 것도, 남자가 여자에게 맞는다는 것도, 상상을 하지 못했었다. 구령까지 하면서 남편을 때리는 것은 더 그랬다. 그럴 때마다 엄마는 별 희한한 일을 다 본다고 투덜거렸다. 평소 싸움하는 걸 보면 아저씨가 뺨을 맞을 만큼 잘못을 한 것 같지 않았다. 다른 부부들 같으면 그냥 넘어갈 일도 아주머니는 늘 핏대를 올렸다. 그날은 피할 수 없는 일이 벌어진 것 같았다. 아주머니 목소리에 독기가 서려 있었다.

"돈이 얼마나 많아서 그런 년한테 옷을 사줬어? 사진관에 가서 사진까지 찍어? 그런 지저분한 년을 어디다 광고 할라고 사진을 찍어? 한 번 봐줬으면 정신을 차려야지 또 그런 짓을 해? 당신은 평생 그 버릇 못 고치고 죽을 거야."

철썩, 철썩, 소리가 새어나왔다. 아저씨가 어떤 여자와 사진을 찍었을까 상상해봤다. 보나마나 다방여자일 것이었다. 알랑대는 여자 앞에서 해롱거렸을 아저씨를 생각하니 픽, 웃음이 나왔다.

'아주머니 성격 잘 알면서 왜 그랬을까, 그런 전과가 있으니까 아주머니가 그랬었구나. 남자는 다 늑대라더니……'

나는 자리에서 일어나 양장점으로 갔다. 정훈 오빠가 와 있었다. 부부싸움을 피해 온 것이었다. 나를 본 두 사람이 몹시 당황스러워했다. 내 스스로 불청객이라는 것을 알았다. 자리를 피하고 싶었지만 내가 눈치 챈 것을 알면 두 사람이 더 민망해 할 것 같았다. 나는 모르는 척하고 잠시 머물렀다. 그들이 특별한 행동을 하는 것도 아닌데 낯이 간지러웠다. 잠시 후 나는 일이 있는 척하고 가게를 나왔다.

이후 영자 언니가 내게 뭔가를 맡겼다. 비밀을 지켜달라는 말도 잊지 않았다. 가출을 계획하고 있다는 걸 알았다. 나는 다락방 구석에 언니가 맡긴 것들을 숨겨 놓았다. 언니가 가출을 하면 양장점 식구들에게 파장이 크다는 것은 잘 알았다. 그러나 언니가 아주머니를 벗어나지 않으면 평생 결혼을 못할 것 같았다. 결혼은 누구에게나 필수적인 것이었고 언니는 결혼을 해야 할 권리가 있다고 생각했다. 영자 언니는 설 하루 전날 물건들을 가져오게 했다. 아주머니는 부엌에서 설음식을 장만하고 있었다. 나는 다락에 숨겨둔 것들을 세 번에 걸쳐 양장점으로 날랐다. 세 번째 다락에 올라갔을 때 엄마가 방에 들어왔다. 엄마는 뭐 하느냐고 물었다. 내일이 설날이라서 정리하는 중이라고 했다. 엄마는 우리 딸 사람 됐네, 하면서 좋아했다. 나는 다락방을 청소하는 기염을 토했다.

　영자 언니는 미리 준비해둔 가방에 물건을 넣고 천 조각 밑에 숨겼다. 잠시 후 택시가 왔다. 떠나는 언니에게 아무 말도 하지 않았다. 언니가 무사히 차에 오를 때까지 망을 보는 것으로 안녕을 빌었다. 영자 언니 나이 스물일곱, 어느새 노처녀 소리를 듣고 있었다. 정훈 오빠는 서울 어느 양복점에 취업하여 언니를 기다리고 있었다.

　영자 언니는 외상값 받은 것을 그대로 놓아두고 나갔다. 그동안 밀린 외상값이 많았다는 것은 아주머니를 통해 알았다. 대부분의 사람들은 명절 전에 외상 갚는 것을 미덕으로 알고 있었다. 외상값은 언니가 만든 복주머니 속에 들어 있었다. 아주머니는 복주머니를 손에 쥐고 나쁜 년! 하면서 눈물을 흘렸다.

'영자 언니는 처음부터 그 돈을 놓고 갈 생각을 했을까, 갈등을 하면서 놓고 간 것일까? 내가 영자 언니라면 놓고 갔을까, 갖고 갔을까? 아주머니는 앞날이 암담해서 우는 것일까, 일만 부려먹은 게 미안해서 우는 것일까, 가족을 팽개치고 도망간 딸이 야속해서 우는 것일까?'

아주머니에 대한 죄책감이 엄습했다. 가슴이 싸하게 아려왔다. 그러나 언젠가는 아주머니도 모시고 동생들도 가르치겠다는 언니 말을 믿었다. 얼마 후 양장점 자리에 편물점이 들어왔고, 양장점 식구들은 방 한 칸을 세내어 나갔다. 작은 전셋집 하나 얻을 여유가 없는 것은 아니었다. 아이들 학비를 충당할 수 없었던 것이다. 아주머니는 집 주인에게 아이들 수를 또 속였을 게 빤했다. 아주머니가 신앙에 의지하여 살고 있다는 말은 엄마로부터 들었다. 영자 언니가 가출하던 해 상업학교에 들어갔던 경식이 은행에 취직했다는 소식도 들려왔다. 이후 우리 가족은 목포를 떠났고, 아주머니네 소식은 끊어졌다.

영자 언니가 목포를 떠난 게 이십칠 년이 지났으니까 지금 쉰네 살이 되었을 것이다. 젊은 여자, 그러니까 영자 언니를 닮은 여자가 혼잣말하는 걸 들은 모양이었다. 재미있다는 표정으로 나를 바라봤다. 나이에 상관없이 언니라는 칭호가 일반화되어 있었지만 내가 언니라고 한 의미를 여자는 알아차린 것이다.

"어릴 때 같은 집에 살았던 언니하고 너무 닮아서 그냥 튀어나온 거예요. 세상에는 저렇게 닮은 사람도 있구나, 생각이 들어서……."

나는 곧 무슨 경연대회에서 받은 상패를 보게 되었다. 상패에 '선플라워' 글씨가 새겨져 있었다. 순간 눈에 섬광이 일었다. 내 앞에 서 있는 젊은 여자가 영자 언니 딸은 아닐까, 생각이 들었다. 영자 언니가 우리 집을 떠난 이후, 해바라기와 관련된 상호를 발견하면 관심 있게 들여다보곤 했는데 간판을 확인할 새도 없이 들어왔다. 언니가 가출을 할 때는 한글전용을 외치던 1970년대 초, 외국어나 외래어 상호를 엄격하게 규제하던 시절이었다. 의상실 간판은 하나같이 한글로 된 명사 뒤에 양장점이란 글씨를 도장처럼 사용했었다. 영자 언니가 지금도 의상실을 한다면 내가 늘 입에 올렸던 선플라워 상호를 사용하지 않을까, 가끔 생각했었다.

"혹시 엄마 고향이 목포 아니에요?"

"목포 맞아요. 엄마 이름이 영자라서 웃었어요."

"그럼 목포에서 양장점을 했다는 것도?"

"그렇다고 들었어요."

"엄마 바로 아래 이모 이름은?"

"영숙이 이모 말씀하세요?"

영숙이는 양장점 둘째 딸이었다. 당시 초등학교에서 잔심부름을 하며 야간학교에 다녔었다. 영숙이도 영자 언니 못지않게 효녀였다. 나보다 겨우 두 살 많은데 세상을 많이 살아온 사람처럼 의젓했다. 남의 마음을 잘 헤아리고 배려심이 깊었다. 그래서인지 그녀가 근무하는 학교 선생님들에게도 사랑을 많이 받았다. 스승의 날이나 명절에 아주 많은 선물을 받아오곤 했는데 선생님들이 학생들에게 받은 선물을 나눠줬다고 했다. 내 목소리가 한

옥타브 올라갔다.

"아빠 이름은?"

"김정훈 씨요."

나는 영자 언니가 정훈 오빠와 결혼했다는 것에 안도했고, 그곳에 의상실을 갖고 있는 것으로 보아 어느 정도 성공했다는 생각이 들어 안도했다. 나는 젊은 여자를 덥석 껴안았다. 이름이 경미라고 했다.

"세상에! 어쩜 붕어빵이 따로 없네. 엄마도 정말 예뻤는데. 엄마는 지금 어디 계셔?"

"재단실에 계시는데 불러 드릴게요."

경미가 잠시 안으로 들어가더니 영자 언니와 함께 나왔다. 영자 언니가 나와 지우를 번갈아 쳐다봤다. 그리고는 나에게 '미영이?' 했다. 지우 얼굴을 보고 내가 미영이란 걸 금방 알아낸 것이다. 지우는 영자 언니가 가출할 즈음 내 나이와 비슷했고 얼굴도 고스란히 나를 닮았다. 그러니까 선플라워 의상실에는 영자 언니가 목포를 떠날 때 모습을 재현할 만한 사람이 세 명이나 되었다. 붕어빵처럼 두 엄마를 닮은 경미와 지우, 당시 아주머니 모습을 하고 있는 영자 언니……

마치 이십칠 년 전 나와 영자 언니 그리고 아주머니가 타임머신을 타고 선플라워 의상실에 나타난 것 같았다. 다른 점이 있다면 두 붕어빵들이 그때 우리들보다 키가 더 크고 세련되어 보였다. 아주머니의 붕어빵인 영자 언니도 그때 아주머니와는 비교할 수 없이 세련되어 있었다. 영자 언니는 아주머니에게 전화를 걸었다. 서울에 올라온 사 년 뒤 아주머니를 모셔왔다고 했다. 아주머니는 의상실 일을 도우면서 계속 같이 살아왔으며 환갑이 지나면서 일손은 놓았다고 했다. 아주머니는 오 분도 되기 전에 의상실로 달려왔다. 나를 보자마자 친정엄마 소식을 먼저 물었다.

"아짐은 잘 계시지야?"

아짐! 오랜만에 들어본 말이었다. 목포를 떠난 이후 들어 본 적이 없었다. 생각해 보니 젊은 아이들이 유부녀를 부를 때는 아줌마, 나이든 사람끼리는 서로 아짐이라는 명칭을 사용했었다. 내게는 포근하고 정겨운 말이었다.

"정신은 총총한데 거동이 좀 불편하세요. 의료사고가 있었거든요. 연세도 있으시고."

"우리한테 여간 잘해 주셨는디……. 이따금 보고 싶어야."

"아줌마는 건강해 보이시네요. 지금은 고약 안 붙이세요?"

순간 그곳은 개그 콘서트 현장이 되어 버렸다. 그러고 보니 그렇게 웃는 것을 그 시절 그곳에서는 넉장거리한다고 표현했다. 지우도 경미도 덩달아 웃었다. 지우는 모두들 웃는 게 재미있어서 웃었고, 경미는 할머니가 시도 때도 없이 고약을 붙이게 했다는 것을 알고 있어서 웃었다. 아주머니는 수줍게 웃으면서 말했다.

"그것까지 기억하고 있냐? 그 고약같이 좋은 약이 없어야, 언제 목포 간 김에 찾아가 본께 없어져부렀드라. 지금도 어디 아프면 고약이 생각난단 말이다."

"아줌마는 그렇다 치고 군소리 없이 하라는 대로 하는 식구들이 정말 신기했어요. 사골도 좋아하셨잖아요. 사골 볼 때마다 아줌마 생각한 거 알아요?"

우리는 또 한바탕 넉장거리를 했다.

"할머니는 지금도 사골보다 맛있는 게 없으시대요."

"인자는 잘 안 묵어야. 헬압이 높다고 아그들이 못 묵게 한께."

"경식이랑 경욱이도 서울에 살아요? 다들 잘살지요?"

"육남매 모두 서울에 사는디 밥벌이는 하고 산단다. 그저 다 하나님 은혜지야."

"우리 할머니 또 찬스 잡았다. 입만 열면 하나님 은혜."

네 번째 아이 경욱은 공부에는 별 취미가 없었다. 그러나 경식과 달리 외향적이었다. 툭하면 우리 방에 건너와 밥을 먹었을 만큼 넉살이 좋았다. 그런 성품 때문인지 보험회사 영업사원을 하는 동안 전국 판매왕을 자주 했으며 지금은 영업사원 교육을 담당하고 있는데 경쟁사에서 자꾸 손짓을 한다고 했다. 그러고 보니 늘 공부타령만 했던 우리 엄마도 '경욱이는 성격이 좋아서 꼭 성공할 거라.'고 했었다. 마침 손님이 들어왔다. 경미가 손님을 맞으러 가는데 영자 언니가 눈을 끔벅했다. 나는 그 의미를 잘 알았다. 언니의 가출 사건을 경미가 모르니까 혹여 실수하지 말라는 것을, 그리고 내가 그런 말을 할 사람이 아닌 걸 알면서도 노파심에서 눈짓을 보냈다는 것을……. 나는 눈을 질끔하면서 고개를 끄덕거렸다. 정훈 오빠는 따로 양복점을 운영한다고 했다. 나는 영자 언니 손을 잡고 말했다.

"언니는 성공할 줄 알았어. 결혼생활은 어때? 정훈 오빠 여전히 핸섬하고 착실한 거지?"

"워낙 고생을 많이 한 사람이라 일하고 가정밖에 몰라. 그러니까 이 정도 이룬 거지. 배운 것 없는 사람끼리 더 이상 바랄 게 뭐 있겠니. 서로 마음 다독이면서 잘살고 있어."

영자 언니는 어릴 때 워낙 고생을 많이 했기 때문에 아이는 하나만 낳았다고 했다. 영자 언니가 살아온 고달픈 삶은 나도 잘 알고 있었다. 영자 바라기들이 영숙을 제외하고도 다섯 명이나 되었으니……. 해바라기 양장점 식구들은 사회적 명성이 높은 직업을 갖고 있지는 않았지만 여전히 화목하고 건강해 보였다.

가운데 마당이 있는 ㄷ자 모양의 기와집, 세 칸 점포에 방이 다섯 개 딸린 그 집이 그곳 선플라워 의상실에서 재건축되고 있었다. 한때 열다섯 명이나 되는 사람들이 함께 살았던 그 집에 그렇게 많은 추억이 담겨 있다는 것도, 셀 수 없이 많은 사람들이 거쳐 갔다는 것도 오랜만에 추억하게 되었다. 그중에는 연탄이나 쌀을 훔쳐가는 사람도 있었고, 밥 한 끼 대접받는 것을 죄악으로 여기는 청렴한 공무원도 있었고, 양장점 식구들처럼 순수하고 화목한 사람들도 있었다.

속이 느글거리던 시골 냄새도 찐득거리는 고약의 감촉도 옛집 풍경에 딸려 나오니 정겨웠다. 대청마루에 둘러앉아 입이 부르트게 무화과를 먹었던 것도, 알이 가득 찬 꽃게를 숨 가쁘게 먹었던 것도 너무 귀한 풍경이 되어 있었다. 내 식구, 네 식구, 구별이 없었던 그 집! 도시계획에 편입되어 흔적도 없이 사라져버린 그 집이 몹시 그리웠다. 바람이 많이 불던 날 골목길 엿 공장에서 새어나오곤 했던 단내도 그리웠다.

이른 아침 물지게를 지고 물을 받으러 왔던 사람들은 지금 어떤 모습으로 살고 있을까? 어디서나 콸콸 쏟아져 나오는 물을 쓰면서 물지게를 지고 다녔던 그 시절을 추억하기는 하는 걸까? 그들 기억 속에 존재하는 우리 식구는 어떤 모양으로 남아 있을까?

가끔씩 들락거렸던 만화가게도, 일성상회 구두쇠 할아버지도, 늘 어린아이들로 붐볐던 고바우 문구점도 스크린이 되어 지나갔다. 하나밖에 없는 변소가 그리 불편하다는 걸 느끼지 못했던 것도 지금 생각해 보니 신기했다.

ㄷ자 집에 옹기종기 모여 살았던 사람들을 이십칠 년이 지난 오늘 우연히 만나 웃으면서 그 시절을 얘기할 수 있다는 것은 얼마나 큰 축복인가! 모든 추억이 양장점 식구들과의 것처럼 재미있고 아름다운 모양이 될 수 있다면……. 선플라워 의상실 한구석에 자리 잡은 TV에서는 내년에 치르게 될 월드컵 얘기가 한창이었다.

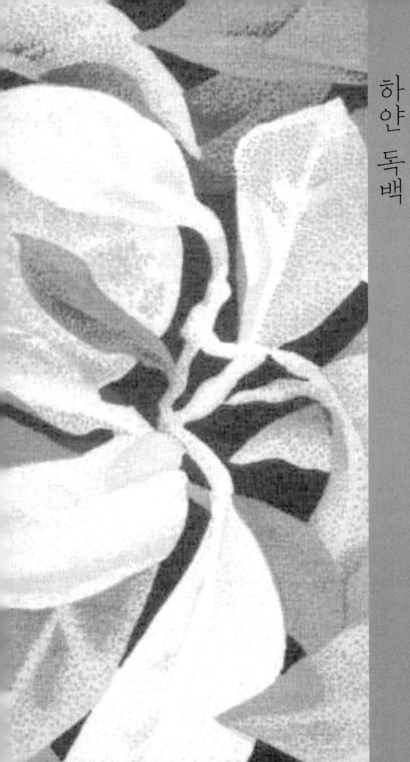

하얀 독백

컨베이어 벨트가 고달픈 신음소리를 토해 낸다. 파란 여행 가방이 둔탁한 소리를 내며 미끄러져 내려온다. 가방은 곧 난간을 때리고 게걸음질을 치기 시작한다. 경아는 온힘을 모아 가방 손잡이를 잡아당긴다. 한 달 동안 그녀를 버티게 해준 가방은 제법 도도하다. 몸이 휘청거리며 벨트가 움직이는 쪽으로 끌려갈 기세다. 어머, 소리를 내지르며 얼른 손을 뗀다. 옆에 서 있는 남자가 가방을 끌어내려 바닥에 놓는다. 경아는 고개를 숙이는 것으로 고마움을 표시한다. 좀 전의 상황을 말해주듯 몸은 축축이 젖어 있고 재킷은 한쪽으로 쏠려 있다. 경아는 재킷을 벗어 카트에 올리고 휴지를 꺼내 얼굴을 찍어낸다. 형민이 있었더라면 그런 번거로운 일 따위는 일어나지 않았을 것이다.

공항 대합실은 몹시 분주하다. 그 많은 인파 중에 맞아줄 사람이 없다는 게 경아는 서글프다. 마중을 나오지 않은 것에 대한 섭섭함이 아니다. 남편의 마음이 멀어진 때문이다.

'한 달 동안 놀다 왔으면 됐지.'

마음을 다독인다. 애써 무심한 표정을 지으려 하지만 눈이 군중 속을 파고든다. 이내 긴 한숨이 새어 나온다. 고개도 금방 풀이 죽는다. 경아는 상실감을 억누르며 가족들이 귀국할 때 이용하는 오른쪽 통로로 걸어 나온다. 여남은 걸음쯤 옮겼을 것이다. 급하게 발을 옮기는 남자의 다리에 시선이 모아진다. 구두와 바지가 매우 익숙하다. 고개가 스프링처럼 튀어 올라간다. 형민이 손을 흔들어 보인다. 얼굴이 해쓱하다. 경아는 집 나간 아들이 돌아오기라도 한 듯 종종걸음을 친다. 형민도 성큼성큼 다가온다. 그는 가방을 끌어가며 경아 어깨를 토닥거린다.

"자칫하면 엇갈릴 뻔했다. 이제 막 도착해서 달려온 거야. 잘 지냈어?"

목소리에 힘이 빠져 있다. 눈빛도 유순하고 호의적이다. 신변에 변화가 있었다는 것을 경아는 알아차린다. 형민은 더 이상 말을 하지 않는다. 예전 같으면 가장 인상 깊은 곳은 어디인지, 음식은 어땠는지, 많은 질문을 했을 터였다. 경아는 금방 시무룩해진다. 좀 전에 느낀 호의적인 눈빛은 그녀 욕구에 의한 최면이었다고 자조한다. 그림자가 맥없이 늘어진다. 바깥으로 통하는 자동문이 스르르 열린다. 머리카락이 제멋대로 흐트러진다. 발가벗은 나무들이 오돌오돌 떨고 있다. 몸이 움츠러든다. 경아는 재킷 속에 몸을 꿰어 넣는다.

"든 자리는 몰라도 난 자리는 안다더니……."

들릴 듯 말 듯 말한다. 형민에게서 나온 말이 확실하다면 둘 중 하나일 것이다. 뒤늦게 아내의 소중함을 깨달았거나 내연녀와 불가피하게 헤어졌거나…….

형민에게 여자가 생긴 것은 이 년이 넘었다. 여러 정황을 통해 그가 청춘사업에 돌입했다는 것을 경아는 눈치챘다. 그는 집에서도 휴대폰을 끼고 살았다. 문자 지우는 걸 노동처럼 여기던 그가 운전을 하면서까지 즉시즉시 지우는 것도 〈애인 있음〉 광고행위였다. 경아는 가끔 암시를 줬다.

"당신 얼굴에 여자 생겼다고 씌어 있는 거 알아? 휴대폰 다루는 것만 봐도 금방 알 수 있어. 화장실까지 들고 다니는데 그거 모르면 바보지!"

집이 넓은 것도 그가 은밀한 행동을 하기에 좋은 조건이었다. 서로의 거리가 먼 방에서 전화를 하는 것으로 감쪽같이 경아를 따돌렸다. 패밀리 룸에 휴대폰을 놓아두고 잠자리에 드는 기염을 토하기도 했다. 경아의 거룩한 수면을 방해하지 않겠다는 것이었다. 겉으로 보기에는 그럴듯한 〈고요한 밤〉 작전이었다.

'휴대폰 사용한 지 이십 년이 넘었는데 이제 와서 무슨 선심이야, 머리하고는……. 당신이 안전하다고 생각한 곳이 훔쳐보는 사람도 안전하다는 거 몰라?'

형민이 깊은 잠에 빠진 시각, 경아는 소리를 죽이고 일어나 패밀리 룸으로 갔다. 휴대폰을 열었다. 여자의 전화번호는 액정화면 위에 요염하게 누워 있었다. 확인버튼을 누르지 않아도 문자 일부가 노출되어 있었다.

〈영원한 내 사랑. 잘 자요. 러뷰!〉

러뷰, 형민이 주술처럼 사용하는 단어였다. 누구든 사용할 수 있는 거라지만 '우리는 한 몸이요.' 하는 것 같아 불쾌했다. 가슴은 벌써 용두질을 하고 있었다. 다음 날, 여자의 신분을 의뢰해본 경아는 주소가 목포로 되어 있는 것에 고개를 갸우뚱했다.

'서울에 또 다른 여자가 있다는 건가? 서울에서 만나는 흔적이 더 많았는데…….'

의문은 금방 풀어졌다. 여자의 아이들이 서울에서 학교에 다니고 있었다. 여자가 서울에서 생활하는 시간이 많다는 것과 학력이 중졸이며 성형 중독자라는 것, 그녀 남편에게도 내연녀가 있으며 그들 부부가 각방을 쓴 지 이십 년이 넘었다는 것, 그리고 남편 전호번호는 물론 친정 족보까지 줄줄이 딸려 나왔다.

며칠 뒤, 형민은 인사불성이 되어 들어왔다. 장작불에 집어던져도 모를 지경이었다. 그런 중에도 휴대폰은 패밀리 룸에 잘 모셔두고 잠자리에 들었다. 무의식 세계로까지 길들여진 치밀함이었다. 경아는 눈을 흘기며 패밀리 룸으로 들어갔다. 휴대폰을 들고 금강산까지라도 다녀올 만한 시간적 여유가 있었다.

'팔아먹고도 시치미 떼면 잃어버린 줄 알겠지.'

경아는 긴장을 하며 휴대폰을 열었다. 좀 전에 한 시간 넘게 통화한 것과 하루 동안 삼십 번이나 문자를 보낸 것에 너무 놀랐다.

'돌대가리! 방심한 거야, 나를 무시한 거야? 청소라도 잘 해놓을 일이지…….'

경아가 형민을 가장하여 문자를 보내려는데 띠디딕, 문자가 들어왔다.

〈도착하셨어요? 전화로 하자더니. 벌써 벗었는데…〉

'세상에! 툭하면 중요한 프로젝트 있다며 〈서재 출입 금지〉 명령을 내리더니 폰섹스 프로젝트였어? 몰래 전화하려는 속셈인 줄만 알았더니…….'

경아는 아주 적나라하게 문자를 보냈다.

⟨당신 몸속 깊숙이 들어가고 싶어. 여우가 들락거려서 전화를 못하겠네.⟩

금방 답이 날아들었다.

⟨미칠 것 같아요. 떨어져 사는 건 고통이야. 러뷰!⟩

경아는 휴대폰을 꽉 쥐었다. 눈앞에서 정사라도 벌이는 것 같았다. 심장은 대책 없이 툭탁거리고 목에서는 괴성이 터져 나올 기세였다. 답을 하려고 자판을 두들겨댔지만 글씨가 갈팡질팡하며 튀어다녔다. 쓰고 지우고를 반복하고 있는데 또 문자가 들어왔다.

⟨너무 흥분했나 봐요. 문자도 못 보낼 만큼. 당신 샘은 넘쳐나는데.⟩

경아는 가까스로 문장을 완성했다.

⟨맞아, 녀석이 너무 화가 났나봐. 목이 탄다. 잘 자. 러뷰!⟩

"든 자리, 난 자리 찾을 정도로 소중한 사람이 누굴까?"

"어? 어, 엉 …당신밖에 누가 또 있겠어. 당신이 없으니까 적적했다는 거지."

바람이 사물에 부딪히는 소리와 자동차 소리가 매우 시끄럽다. 싸한 바람이 쉼 없이 얼굴을 때린다. 두 사람 사이에 조금 어색한 침묵이 흐른다. 잠시 뒤 리무진 버스가 다가온다. 형민이 짐칸에 가방을 넣는 사이 경아는 셋째 줄 창가에 자리를 잡는다. 짐을 놓고 돌아서는 형민에게 손을 들어 보인다. 한동안 침묵이 흐른다. 얼마쯤 지났을까! 형민이 손을 잡는다.

"당신한테 미안한 일이 있어."

경아는 가슴을 졸인다. 수많은 생각이 들락거린다.

'여자관계를 털어놓으려는 건 아닐까? 〈좋아하는 여자가 생겼어, 이혼해줘.〉'

입술이 마른 이파리처럼 바삭거린다.

"대출이자랑 지우 학비 보내고 당신 통장에 백만 원 넣었어. 나머지는 나중에 넣을게."

진행되는 일이 한 건만 해결돼도 평생 먹고살 수 있다며 자신만만해 했던 게 한 달 전 일이었다. 경아는 도깨비장난 같다는 생각을 하며 다음 말을 기다린다.

"이런 얘기는 하고 싶지 않았는데, 그동안 믿고 있던 일이 틀어져 버렸어. 내가 그렇게 무능한 사람인 줄 몰랐어. 그래도 가장인데……. 당신하고 애들한테 너무 미안해."

"무슨 얘기하는 거예요, 지금."

"당신 오기 전에 어떻게 해보려고 했지만 더 이상은 안 되더라구."

경아는 한숨을 푹 쉰다. 몸이 순식간에 풀어져버린다. 서 있는 상태에서 말을 들었다면 풀썩 주저앉았을 것이다. 차라리 사랑하는 여자가 생겼다며 이혼을 요구하는 게 나을 것 같았다. 평생을 살아오면서 그토록 절박함을 느낀 적이 없었다. 그는 평소 금전에 대한 언급을 금기시했었다. 혹여 사정을 물으면 생활비 갖다 주는데 뭐가 궁금하냐며 면박을 주곤 했었다. 경아가 '이곳이 바로 천국이요.' 하고 있을 때 그는 지옥불을 넘나들었다는 얘기였다. 수치심이 온몸을 동여맨다. 그동안의 경비는 한 달 생활비에 해당된 것이었다.

형민이 눈물을 닦아낸다. 다섯 손가락을 펴고 엄지와 장지를 동시에 사용해 두 눈을 훔치는 것은 그의 특별한 버릇이다. 결혼 생활 삼십 년 동안 간혹 눈물을 보이기도 했지만 경제적인 이유로 눈물을 보인 적은 없었다. 카드 결제일이 지나지 않았다면 바빠서 입금을 못했다는 핑계를 댔을 것이다. 그가 눈물을 훔치는 시간은 여느 때보다 길다. 경아는 숙연하다. 살아오면서 남편이 그렇게 안쓰러운 적이 있었던가! 미안하고 죄스럽다. 그러나 잠시뿐, 그런 상황에서까지 여자를 끼고 다닌 게 화가 난다. 자신은 그에게 아무것도 아니었던 것만 같다.

'이 사람을 얼마만큼 알고 있는 것일까? 언제까지 모른 척해야 현명한 것일까?'

버스 안에는 오랜 비행시간에 지친 사람들이 약속처럼 눈을 감고 있다. 형민이 무슨 말을 하려고 입을 뗀다. 경아가 손을 툭 친다. 알량한 자존심이 사람들의 귀를 먼저 의식한 것이다. 그런 마음을 알아차린 것인지 버스에서 할 얘기가 아니라고 판단을 한 것인지 형민은 더 이상 말을 하지 않는다. 휘청거리는 가로수만이 두 사람의 모습을 대변할 뿐 깊고 어두운 침묵이 흘러내린다.

경아는 그동안 꺼두었던 휴대폰을 연다. 지리산 화가로부터 문자가 들어와 있다.

〈산골바람은 아직 겨울인데 복수초가 꽃망울을 터트렸습니다.〉

경아는 지리산에 다녀온 이래 두 번의 계절이 바뀌었다는 것을 깨닫는다.

형민이 일을 핑계대고 목포에 가던 날, 경아도 지리산으로 여행을 떠났다. 경아는 숙소에 짐을 풀고 산책에 나섰다. 어느 집 돌담 사이, 들국화보다 더 작은 과꽃 한 송이가 앙증맞게 피어 있었다. 경아는 호기심 많은 아이처럼 사뿐거리며 사진을 찍어댔다. 지나가던 아낙이 말했다.

"뭐 하러 그런 걸 찍어요, 저 위 화가 집에는 천지사방이 꽃인데……."

경아는 그녀가 일러준 대로 길을 따라 올라갔다. 크기가 일정하지 않은 청자 조각으로 모자이크 지붕을 한 흙집이 나타났다. 쉰 살쯤 되어 보이는 화가 정원과 연결된 낮은 언덕에서 들국화를 따고 있었다. 경아는 인사도 잊은 채 눈을 희번덕거리고 서 있었다. 곧 큰 꽃을 가운데 두고 양쪽 꽃송이가 점점 작아지며 대칭을 이룬, 하늘을 향해 속곳을 다 드러낸 용담을 발견했다. 신부 화관으로도 손색이 없을 것 같았다.

"어머! 영락없이 일부러 만든 면류관이네, 신기해라. 어쩜 이렇게 예쁠까!"

화가 언제부터 거기 있었어요, 하는 표정으로 웃어 보였다. 화가는 다시 꽃을 따기 시작했다. 경아는 가둬 두었던 말들을 질서 없이 풀어 놓았다. 어쩜 가슴 한구석에 갇혀 있던 말들이 우울한 세상을 벗어나려고 몸부림쳤는지도 모른다.

"타샤 튜더 정원이 따로 없다, 정말! 이것 좀 봐. 할미꽃도 있고, 초롱꽃도 있고, 매발톱도 있고……. 가을이라 이파리만 남았구나. 봄에는 너무 보기 좋았겠다."

마른 이파리만 보고도 경아가 알 수 있는 꽃들은 많았다. 경아는 쉬지 않고 말을 했다. 화가 들어주기를 바라지도 않았고 혼잣말을 하는 것이 부끄럽다는 생각도 하지 않았다.

"어머나, 갯국도 있고 섬패랭이도 있구나! 정말 예쁘게 피었다. 이렇게 꽃을 키우면서 살아야 사람 사는 맛이 나지. 이건 뭐야? 노루귀잖아! 이른 봄에 피는 건데……."

강아지처럼 폴짝거리며 쉴 새 없이 말을 하는, 혼자 묻고 대답하는 게 천진스러울 정도였다.

"성품이 참 맑은 분이시네요. 야생화도 많이 알고 계시고."

화가의 얼굴에 무척 재미있는 여자구나, 하고 씌어 있었다.

"야생화를 너무 좋아하거든요. 할미꽃하고 풍로초를 특별히 좋아해요. 베란다에서 길러보니까 풍로초는 그런대로 견디던데 할미꽃은 잘 안 되더라구요. 색깔도 안 나고."

"야생화는 암만 대접을 잘 해줘도 자연을 떠나 사는 건 좋아하지 않아요. 저건 한 뿌리씩 심었는데 삼사십 개씩 꽃대가 올라왔는걸요. 내년 봄에는 훨씬 더 많아질 겁니다."

"그래요? 정말 환상이겠다."

화가는 하던 일을 거두고 말했다.

"괜찮으시다면 국화차나 한잔하시지요."

"정말이세요?"

경아에게 경계심이라곤 보이지 않았다. 거실에 들어선 경아는 또 한 번 놀랐다. 낡은 빨래판과 도마 등 나무 소재에 갈색 스테인을 바르고, 돌가루에 청동을 부식시켜 완성한 미술품들이 벽면을 메우고 있었던 것이다. 쓸모없는 물건들이 고고한 미술품으로 환생을 한 것 같았다. 부식한 동과 나무가 만들어낸 청록의 조화는 천년 세월 저 건너편까지 허물어 버렸다.

"선생님 작품은 단아하고 기품이 있어 보여요. 물건들도 하나같이 예사롭지 않고……."

"버려진 것들도 주의 깊게 살펴보면 쓸 만한 게 많아요. 그런 것들과 생명체를 대하는 것처럼 대화하면서 작업을 하지요. 선생님이 꽃을 보고 혼잣말을 하신 것처럼."

경아는 Y자형 다상 앞에 앉았다. 다상의 V자 부분 속은 좁고 길었으며 나무껍질로 채워져 있었다. 거친 질감의 다기와 받침들이 다상 위에 조화롭게 놓여있었다. 화가는 마른 국화 세 송이를 숙우에 넣고 끓인 물로 헹궈냈다. 그 물로 다시 찻잔을 헹구고 숙우에 새 물을 부었다. 국화는 금방 생기를 되찾으며 통통 살이 올랐다. 국화향이 안개처럼 퍼져나갔다.

"이런 집을 지으려면 얼마 정도 예상해야 되나요? 전원주택을 짓고 싶어서 현지답사 겸 내려왔거든요. 가능하면 섬진강이 보이는 곳으루요."

"자재 값이 많이 올랐다던데 확실한 건 알아보고 말씀드릴게요. 언제든 연락주세요. 경비가 적게 드는 방법을 알고 있으니까. 야생화는 제가 분양해 드릴게요."

경아는 환하게 웃으면서 고맙다고 말했다. 내년까지 일이 풀리지 않으면 내려와 살아야지, 생각했다.

모든 것은 변함없이 자리를 지키고 있었지만 경아는 여행에서 돌아올 때마다 느꼈던 안온함을 느끼지 못한다. 거실 중앙에 걸려 있는, 두 사람의 사랑을 상징하는 추상화마저 철퍼덕 쓰러질 것 같다. 경아는 여행 가방을 던져놓고 소파에 몸을 기댄다. 잠이 든 것도 아닌데 형민이 옆에 앉는 것도 의식하지 못한다. 한참 후 잔기침 소리에 몸을 일으킨다.

"한 달 전까지만 해도 희망적으로 얘기하던 사람이 왜 그래?"

"……."

형민은 입을 앙다물고 마룻바닥만 내려다본다. 얼마나 시간이 흘렀을까. 경아는 더 이상 인내하는 걸 포기한다. 눈을 감는 것으로 무시해 버린다. 그가 입을 연다.

"설계를 할 때는 우리 제품을 넣었는데 단체장이 압력을 넣었나 봐. 아랫사람들은 위에서 시키는 대로만 하는 거지. 시장이 비자금 조성하는 데 아주 노련하대. 친환경 우수 제품이라 정부에서도 추천을 하는데 질이 떨어진다는 핑계나 대고……."

설계도에 명시한 것을 계약처럼 여기는 건 오랜 관습 같은 것이었다. 형민은 큰 건을 잡은 것에 고무되어 경아에게 여행을 권했었다. 경아는 일이 성사된 뒤에 가겠다고 했지만 '우물쭈물하다 내 이럴 줄 알았다.'는 조지 버나드 쇼(George Bernard Shaw)의 말까지 인용하며 항공권을 예약해 줬었다. 외도에 대한 보상이기도, 자유롭게 여자를 만나려는 속셈이기도 했다. 그렇다고 그에게 자유를 주기 위해 여행을 떠난 건 아니었다. 곁에서 속을 끓이느니 지친 심신이라도 지키자는 것이었다. 불면증과 위장장애, 신경쇠약 등의 질병들이 신체 일부를 갉아먹고 있었다.

"그 공사 말고도 성사될 게 많다면서 왜 그렇게 절망적으로 말하는 건데?"

"회사 그만두기로 했어."

경아는 멍하니 형민을 쳐다본다. 불안감이 소나기처럼 쏟아져 내린다.

"몇 번 일이 틀어지다 보니까 사장은 내 말을 믿지도 않아. 전에도 전직 고관 출신을 채용해 봤는데 한 건도 못하고 나갔대. 나도 거의 일 년 동안 실적이 없잖아. 오너 입장에서는 당연한 거지. 공사 마무리 단계에 제품이 들어가는 거라 시공을 하고도 일이 년 후에 결제된다는 걸 잘 알 텐데, 관급공사에 재미를 본 사람이라 인내심이 없어. 그건 계약하면 바로바로 입금이 되거든. 얼마 전까지만 해도 탄생 자체를 축복이라고 생각했는데 모든 게 원망스러워. 공부를 잘했던 것도 원망스럽고, 대기업에서 임원을 했다는 것도 원망스러워. 올라갈 일이 없었으면 떨어질 일도 없었을 거 아냐. 주변 사람들은 다 잘나가고 있는데 나만 도태된 것 같아서 너무 힘이 들어."

그가 원망스럽다고 말한 대상은 경아도 잘 알고 있다. 그는 이미 물 건너 간 공사를 수주하기 위해 무진장 많은 공을 들였다. 처음 성사되는 일이 다음 공사에까지 영향을 미친다고 믿었던 그는 공사 관계자들이 회식이나 골프 회동을 하면 득달같이 달려가 시중을 들곤 했었다. 그들 주머니에 뇌물을 찔러주고 창부처럼 웃음을 팔았을지도 모른다. 경아의 카드 결제일은 일주일이 지나 있었다. 그러나 마감일을 넘겼다는 압박감보다 그가 자신감을 상실한 게 더 겁이 난다. 경아는 숨을 크게 쉬는 것으로 흥분을 가라앉힌다.

"당신 나이가 벌써 쉰일곱이나 되는데 현직에 있는 사람이 몇 명이나 된다고 그래요. 사오정, 오륙도, 그런 말들이 그냥 나온 건 아니잖아요. 주변 사람 비교하는 것도 그렇지, 당신은 동료들

140

보다 오 년 먼저 임원이 됐으니까 먼저 나오는 건 당연한 거 아니냐? 그렇지만 희망을 놓을 단계는 아니라고 봐요. 한 번은 기회가 있을 거라고 믿어, 난."

다만 격려가 필요하다고 느꼈을 뿐 좋아서 한 말은 아니다. 형민의 눈에서 굵은 눈물방울이 떨어진다. 그는 곧 엷은 미소를 머금고 말한다.

"맞아, 동기들보다 오 년 먼저 임원이 됐었지? 그 생각을 잊어버렸네. 그래, 당신 말대로 또 한 번 기회는 있을 거야. 용기 줘서 고마워."

그가 고마워하는 것마저 경아는 노엽다. 오히려 비굴하게 느껴진다. 경아 입에서 쐐기 박힌 말이 튀어나온다.

"지금부터라도 미래에 대한 준비를 좀 하면서 살아요. 그 나이에 하찮은 자격증 하나 없이 일자리 구하는 게 쉬운 일이에요? 욕심만으로 뜻을 이룰 수 있다면 안 되는 게 뭐가 있겠어. 힘만 좋으면 지구를 들어 올릴 수 있다고 믿는 게 바로 당신이야. 이제 현실적으로 대응을 해야 돼요, 필요하면 집도 내놓고. 생활비도 해결하지 못한 거 보면 카드빚까지 진 모양인데 부채가 얼마나 되는지 말해 봐요."

형민은 또 말이 없다. 이런 상황에서까지 자존심을 생각한 것인지 시간이 흘러도 여전히 말이 없다. 경아는 답답하고 화가 난다. 침전되어 있던 앙금들이 회오리를 치며 올라온다.

"도대체 왜 그렇게 비밀이 많아? 그런 것들이 나를 바보 만든다는 거 몰라? 이러고도 가족이야? 이게 부부냐고? 진작 알았으면 여행이라도 안 갔을 거 아냐. 말하지 않아도 상황이 심각한 거

훤히 보이는데 숨기는 게 말이 되냐고. 당신이 죽기라도 하면 우리 식구는 길거리에 나앉으란 말이야? 당신이 생각한 배려는 나를 속없는 사람으로 만들어 버린 거야. 이런 상황에서 여행까지 다녀왔다면 다들 어떻게 생각하겠어?"

형민은 아직도 눈만 내리깔고 있다. 경아는 그런 태도가 밉고 짜증스럽다.

"같이 살 생각이 있다면 제발 마음 좀 열어 봐. 도대체 빚이 얼마냐고?"

목소리가 크고 결연하다. 형민이 힘없이 입을 연다. 경아는 곧 기겁을 하고 만다. 카드와 마이너스 통장으로도 부족하여 사채까지 끌어들였다는 것을 알게 된 것이다. 법인카드 사용대금, 차량 렌트비, 영업 지원비는 물론 매달 받아온 월급까지 나중에 갚는다는 조건이었다니……. 당장 벌이가 없는 상황에서 그가 진 이억 원의 부채와 주택 담보대출까지 합하면 너무 버거운 액수였다. 경아는 얻어맞은 사람처럼 멍하다. 형민의 말이 떨어질 때마다 자존심도 함께 떨어져 내린다.

"아무리 그래도 그렇지, 나한테까지 몸값 부풀리면서 허세를 부리고 싶었어? 그게 당신 자존심이야? 나를 허수아비 만들어 놓고 그렇게까지 하는 게 자존심이냐구?"

경아가 백이십 평이 넘는 빌라에 산다면 대부분 재벌이나 되는 것처럼 생각했다. 그러나 거대한 빌라에 살고 있는 대가는 혹독했다. 그 혹독한 대가는 전임자가 저질러놓은 일을 해결하지 못한 책임을 지고 형민이 직장을 그만두면서 시작되었다. 퇴직 당시만 해도 재취업에 대한 걱정은 하지 않았다. 경아는 오히려 그를 위로했다.

"삼 년 동안 몸담았던 곳인데 원망하지 맙시다. 그 회사 덕에 애들 유학 보내서 학교생활 잘하고 있잖아요. 이제부터 회사 직원들과 술자리는 피하는 게 좋겠어요. 당신 위로한답시고 회장님 비방이라도 하면 당신도 거들게 될지 모르잖아. 회사 떠나면서 뒷소리하는 것보다 비겁한 건 없더라. 회사가 잘돼야 훗날 손주들한테 할아버지 좋은 회사 다녔다고 자랑할 수 있지, 회사는 퇴출되고 없는데 좋은 회사 다녔다고 으스대는 게 무슨 의미가 있겠어. 나는 여전히 당신 다녔던 회사에 애정을 갖고 의리를 지킬 거예요. 예전처럼 그 회사 제품을 사용할 것이고 흐트러진 물건이 보이면 정리하고……."

세상은 결코 만만하지 않았다. 형민은 거의 일 년 동안 이력서만 들고 다니다 현재 다니고 있는 건축자재 회사에 들어갔다. 공사 한 건만 성사되면 자체 은행이 필요할 것 같았다. 드디어 큰일을 할 수 있는 기회가 왔다며 경아도 그를 격려했다.

"주변에 도와줄 사람들 많잖아요. 우선 우리 빌라에 사는 사람들 거의 다 굵직한 건설회사 임원인 데다 당신이 다녔던 회사에도 건설 파트가 있고……."

형민은 건설에 관련된 지인들을 떠올리며 힘찬 발걸음을 내디뎠다. 그러나 진흙탕 같은 건설현장에서 수주를 따내는 건 멍게가 나무 위로 올라가는 것만큼 어려웠다.

잠시 일어서려던 의지를 보이던 형민은 한 달도 되기 전에 흐트러지고 만다. 헬스클럽에서 몸을 다지고 여자와 욕정을 풀고 술을 마시는 것으로 그가 아직 존재하고 있음을 증명해 보일 뿐이었다. 두 사람 사이에 내려앉은 먹구름이 점점 무겁고 짙어진다. 경아 얼굴에 웃음이 묽어지고 근심은 층을 더한다.

일찍 들어온 형민이 뉴스를 보려고 안방으로 들어온다. 경아는 여러 가지 고민에 빠져 있다.

'이대로 방치하다간 둘 다 폐인 되겠다. 더 늦기 전에 마음 비우고 시골로 내려가는 게 낫겠어. 뉴스 끝나면 구체적으로 의논해 봐야지.'

국회 날치기 통과가 이어지고, 분홍색 투피스를 단아하게 차려입은 여자 아나운서가 낭랑하게 말한다.

"감사원 감사 결과 관공서 건축비리가 적발되었습니다. 터무니없는 예산을 책정하여 공사비를 부풀리고 뇌물을 수뢰한 혐의입니다. 작년 2월, ○○시는 설계 당시 사용하기로 한 제품을 누락시키고 가격이 싼 제품을 선정하여 차익을 뇌물로 받는 등 관행처럼 여겨온 관공서 건축비리가 사실로 드러난 것입니다. 그 과정에서 피해를 본 당사자가 항의를 하자 내연관계를 폭로하겠다며 협박하는 일까지 벌어졌습니다. 정부가 관공서 비리를 단절하겠다는 강한 의지를 보이고 있어서 이번 사건에 연루된 시청 관계자들과 건설회사간의 횡령, 배임 행위 등 많은 파장이 예상됩니다."

경아는 파르르 떤다. 알 만큼 알고 있다고 생각했는데, 모르는 척 넘어가려고 했는데, 독사 같은 울분이 고개를 쳐든다. 남편에 대한 배신감, 여자에 대한 열패감, 자신에 대한 초라함! 분노는

독극물이 되어 전신으로 퍼져 나간다. 형민도 분노가 이글거리는 눈으로 TV를 쏘아본다. 경아를 의식하지 않았다면 뭔가를 집어 던졌을 것이다. 경아는 감정을 자제하기 위해 패밀리 룸으로 들어간다. 형민의 바지 속에서 휴대폰이 울린다. 직감적으로 그 여자란 걸 알아차린다. 경아는 근엄하게 폴더를 연다. 긴장한 여자 목소리가 들려온다.

"뉴스 봤어요?"

"봤어."

숨을 다스릴 틈도 주지 않고 대답한다. 당황한 여자가 누구… 하다가 말을 멈춘다.

"내가 누구라는 거 아직도 모르니? 김형민의 정경부인이라고 해야 하나, 너의 형님 되신다고 해야 하나? 참 나도 이름이 있지, 이경아! 전화 끊지 말고 내 말 똑똑히 들어!"

"잘못 걸렸나 봐요."

"그렇게 말하기에는 너무 많은 걸 알고 있어. 이름은 최영자, 예명은 최민선, 남편이 S호텔 사장이란 것과 그 사람 전화번호는 물론 이십 년 넘게 각방을 써왔다는 것까지……. 그동안 내가 말 없이 있었던 건 몰라서가 아니라 스스로 정리해 주기를 기다렸던 것뿐이야."

"무슨 말씀이세요?"

"무슨 말씀? 이~게~ 아직도 내가 누군지 모르겠어? 그 사람이 안방이라도 내어 준다던? 니들 유치하게 폰섹스까지 하더구만. 몸 파는 여자가 아니고서야…….."

여자는 더 이상 말을 하지 못한다. 남편의 전화번호까지 알고 있다는데 쉽사리 전화를 끊을 수도 거짓말을 할 수도 없었다. 경아는 따발총을 쏘아대듯 울분을 터트린다.

"그래, 죽도록 사랑했다 치자. 정말로 사랑한다면 일은 할 수 있게 해줘야 하는 거 아니니? 하루에 삼십 번 넘게 문자질 하고, 전화 한 번 시작하면 한 시간도 넘게 해대는데 무슨 일을 하겠어? 일손 놓고 너만 사랑해 주면 되는 거야? 너만 좋아해 주면 어떤 놈이든 좋은 거냐구? 아무리 막 돼먹은 년이라도 상대 배우자에게 지킬 예의는 지켜야지! 나하고 같이 있는 줄 알면서 전화하고 문자질 하는 이유가 뭐야? 의도적으로 그런 거였어?"

"……."

"내 말 안 들려? 집에 들어와 있는 줄 알면서 문자 보내고 전화하는 의도가 뭐냐구? 내가 흥부네 절구통이라도 되는 줄 알았니? 너처럼 천박한 물건이 무시해도 될 만큼 바보 천치인 줄 알았냐구?"

목소리는 그녀가 낼 수 있는 한계를 넘어선다. 날카로운 목소리가 두 개의 벽을 넘어 안방에 있는 형민에게 건너간다. 그때서야 여자는 대답을 한다.

"……방을 따로 쓰신다고 들었어요."

"방을 따로 쓰셔? 그게 바로 남자야. 멀쩡한 여편네 곁에 두고 각방을 쓴다느니, 별거를 한다느니. 그래, 방을 따로 쓰면 시도 때도 없이 전화해도 되는 거니? 참는 것도 한계가 있는 거야. 나, 이 시간부로 그 사람 버릴 거니까 너도 남편 버려. 죽고 못 사는 사람끼리 같이 한 번 살아 봐. 그만한 각오 없이 삼 년이나 끌고 오지 않았을 거 아냐. 분명히 말하는데 그 사람 두 번 버림받게 했다가는 가만 두지 않을 테니까 명심해."

여보, 소리에 경아가 고개를 돌린다. 형민이 겁에 질린 모습으로 경아를 바라보고 서 있다. 얼굴빛은 백열등마저 퍼렇게 물들일 것 같다. 경아는 형민을 쏘아보며 전화기를 내던진다.

"웃으면서 말할 때 들었어야지. 그렇게 많이 암시를 줬는데 지금까지 끌고 와? 넘겨짚은 줄 알았어? 연애질하는 거 광고하고 다니는데 어떤 병신이 몰라? 내가 뒤척거려서 잠을 못 자니까 방을 따로 써? 이십칠 년 잘 자던 사람이 왜 갑자기 잠을 못 자? 자리에 누우면 십 초도 안 돼서 코골고 잘만 자면서 잠을 못 자? 이 뼈서 붙어 자는 줄 알았어? 코골아 대고, 냄새 나고, 잠 한 번 온전하게 못 자면서도 그 잘난 인연 지켜주고 싶었어. 떨어져 자기 시작하면 영원히 남 될 것 같아서 죽기 살기로 버텨온 거라구. 나이가 몇인데 입을 맞추냐고? 아침저녁 입 맞추고 살아온 것도 이십칠 년 아니었어? 삼 년 전부터 왜 갑자가 변했는데? 고년은 평생 좋을 것 같지? 남편 두고 서방질한 년이 당신만 쳐다보고 살 것 같애?"

"여보!"

"여~보~? 그거 이미 유효기간 끝났으니까 더 이상 부르지 마! 태양이 두 개 뜰 수는 없잖아. 매일 닭 가슴살에다 계란 두 개씩 처먹고 봉사해온 년이나 불러봐! 구박하면 구박한 대로 그 자리에 있는 게 여편넨 줄 알았지? 살아온 세월이 소중해서 참았던 거지 아쉬워서는 아니었어. 당신같이 지저분하고 능력 없는 인간한테 구박받고 살 여자 아니잖아. 나는 그렇다 치자. 아들 나이가 서른 넘은 거 잊었니? 곧 시집갈 딸까지 둔 사람이 유부녀랑

놀아난 게 말이나 돼? 그 나이 되도록 여자 치마폭에 빠져서 일까지 망친 게 아빠 자격 있는 거냐구? 바람도 여편네 있을 때 바람이지 땟국물 질질 흘리고 다녀 봐라, 어떤 년이 좋아하나. 여편네 소중한 줄 모르고 미친 짓만 하다가 늙어서 오갈 데 없는 놈들 많더라. 여자는 늙어도 자식들이 불러대지만 여편네 벗어나면 찬밥 되는 게 남자야. 황혼이혼, 남의 일인 줄 알았지? 더 이상 같이 살 생각 없으니까 집은 경매로 넘기고 재산분할 청구 같은 치사한 소리 나오지 않도록 내 지분 잘 챙겨줘. 위자료는 미리 알아서 주는 게 신상에 좋을 거야."

경아는 다시 한 번 형민을 쏘아보고 여행 가방이 있는 곳으로 걸어간다.

형민은 후회한다. 일 년 전, 경아가 미국에서 돌아왔을 때 독한 맘먹고 끊었어야 했는데……. 아들 선우가 '한 번만 더 바람을 피우면 내 손으로 묻어버리겠다'고 했을 때 정리를 했어야 했는데……. 아니, 두 달 전 경아가 통화기록 빼오라는 말만 가볍게 넘기지 않았어도 이런 일은 없었을 텐데……. 하루 종일 전화기만 들고 사는 자신이 한심스러워서 '내가 미친놈이지.' 하면서도 끊지 못했던 것이다.

최근 삼 년 동안 그가 병적으로 여자에 몰입한 것은 유전적 요인만이 아니었다. 욕망에 대한 분노이기도 했다. 사회적 실패가 불륜의 나락으로 빠트리지 않았을까! 높이 오르고 싶은 욕망은 하늘을 찌르는데 명예와 지위는 아지랑이처럼 맴돌며 다가올 기미를 보이지 않았다. 그는 늘 사막 한가운데 고립된 사람처럼 외로웠고 고사 직전의 선인장처럼 갈증이 났다. 명예가 떠나면서 주변 사람들도 하나씩 둘씩 멀어져 갔다. 뭔가를 이뤄낼 것으로 믿고 바라보는 가족들도 부담스러웠다. 한 번쯤 기회가 있을 거라는 경아의 격려도 채찍처럼 따가웠다. 하고 싶은 일은 많고 뭐든 할 수 있을 것 같은데 나이마저 장벽이 되어 있었다. 나이는 숫자에 불과하다며 격려를 해봤지만 그를 대하는 세상은 달랐다.

보란 듯이 좋은 직장에 들어가 으스대고 싶었던 욕망도 시간이 지나면서 퇴색되어 갔다. 뭔가를 붙잡지 않으면 안 될 것 같은 초조함만 심장을 옥죄었다. 생활비도 벌어오지 못한 가장이라는 자괴감이 가족들 앞에서까지 주눅 들게 만들었다.

그가 외로움에 떨고 있을 때 그를 잡아준 것은 아내도, 자식도 아닌 여자들이었다. 터무니없는 거짓말에도 탄성을 내지르는 여자들 앞에 서면 모든 압박감에서 벗어날 수 있었다. 그들의 지식 수준이 높지 않은 것도 키를 한층 키워주었다. 잘못된 정보를 전하기라도 하면 말도 안 된다며 면박을 주는 경아와 달리 여자들은 눈을 반짝거리며 추켜세웠다. 가령 '마그네슘이 나트륨을 몰아내기 때문에 짠 음식을 많이 먹는 사람들은 시금치 같은 엽록소가 많은 채소를 먹어야 한다.'고 말하면 경아는 '마그네슘이 아니라 칼륨이지.' 했지만 여자들은 아는 것도 많다며 띄워주었다. 마늘에 캡사이신이 많다고 해도, 고추 속에 알리신이 많다고 해도, 아리스토텔레스가 아메리카 대륙을 발견했다고 해도, 콜럼버스가 메이플라워를 타고 미국에 갔다고 해도, 감탄을 하며 믿어주었다.

형민은 아스라이 멀어져 가는 야망을 안타깝게 바라보며 여자를 취하는 것으로 한을 풀었다. 그들 또한 남편에게 소외당한 존재들이기에 허기진 마음을 잘 채워주었다. 그는 할 수 있는 한 많은 여자를 소유하고 싶었다. 월, 화, 수, 목, 금, 토, 일, 매일 다른 여자를 끌어안고 철늦은 욕망의 노래를 목청껏 부르고 싶었다. 짐승의 포효를 내지르며 비릿한 정액 알갱이를 양껏 쏟아내고 싶었다.

그것은 어느 틈에 중독이 되어 버렸다. 부드러운 여체가 단풍잎처럼 뒤척이면 온몸의 촉수가 꼿꼿이 일어서고 정신이 몽롱해졌다. 코냑보다 혼미하게 영혼을 흔들어대는 여자의 살내음! 위태롭게 걸쳐 입은 빛깔 고운 레이스 팬티! 그 모든 것들은 언어의 기능마저 마비시켜 버렸다. 몸속 깊이 쳐들어가고 싶은 본능을 절제하며 젖무덤을 핥을 때의 짜릿함, 갓 태어난 송아지를 핥아주는 어미 소처럼 애무를 해올 때 그 짜릿함! 그는 궤도를 탈출한 낡은 열차처럼 휘청거리며 향락에 빠져들었다. 부나비처럼 날아든 여자들을 끌어안으면 값비싼 보물을 움켜쥔 듯 뿌듯했다.

도덕적으로 자유로운 일은 아니었지만 들키지 않으면 비난받을 일은 없었다. 들키지 않을 자신이 있었고 경아는 변함없이 아내의 자리를 지켜줄 것으로 믿었다. 이미 세상에 알려진 몇 번의 외도를 통해 자신만의 노하우를 축적했다고 굳게 믿었다. 삼 년 동안 탈 없이 지내온 것만 봐도 그랬다. 경아를 무시해서는 아니었다. 간혹 미운 정이 들 때도 있었지만 그가 진정 사랑한 사람은 경아였다. 경아를 아내로 맞은 것이 가장 잘한 일이라고 여겼을 만큼 그녀는 든든한 버팀목이었다. 흐트러짐 없이 세상을 살아온 자랑스러운 아내이기도 했다. 안정된 생활을 해야 할 나이에 고생을 시키는 게 가슴 아플 때도 많았다.

여자들만이라도 냉정했다면 이런 상황까지 몰리지는 않았을 것이다. 눈을 뜨면 문자를 보내오고 시도 때도 없이 전화를 걸어오는 여자들이 아니었다면……. 하루 서른 번도 넘게 문자를 보내오는 것이 귀찮게 생각되지 않았던 것은 공허감 때문이었다. 하루 종일 전화만 기다리고 있었던 듯 갖은 멋을 부리고 나와 아양을 떨면 가슴이 따뜻해지며 희열이 느껴졌다. 언제부턴가 소식이 조금 늦어지면 영영 멀어지는 건 아닌지, 불안하고 초조했다. 여자를 떠나보내면 그가 갖고 있는 유일한 재산을 잃어버릴 것만 같았다.

물질 공세를 편 것도 아니었다. 고작 쓰는 것이라곤 여자들이 선뜻 낼 수 없는 숙박비 정도가 전부였다. 여자의 마음을 사로잡는 방법을 알고 있는 게 기술이라면 기술이었다. 밸런타인데이에 주는 초콜릿 한 통이, 생일날 주는 꽃 한 송이가 값비싼 선물보다 더 감동을 준다는 것을……. 어리석게도 남자들은 큰 선물에 인색하지 않으면서 아내의 사소한 기분 따위는 생각하지 않았던 것이다.

물질 공세를 퍼부은 것은 오히려 여자들이었다. 심지어 속옷까지 사주는 여자들이 있었다. 거래처에서 받았다는 거짓말을 하는 것도 한계가 있었다. 집으로 가져갈 수가 없어서 동료들에게 나눠주는 것이 더 많았다. 경아는 가끔 여자관계에 대한 암시를 보내왔지만 귓전으로 넘겼다.

그는 매일 하이에나처럼 몸을 다졌다. 군살이 떨어져 나간 자리에 포도송이처럼 탱탱한 근육이 달라붙었다. 찬사를 받으면 받을수록 몸은 탄력을 더해 갔다. 여자들은 탄탄한 포도송이를 훑으며 눈을 내리 감았고 그는 나르시스가 되어 황홀지경에 빠져들었다. 내연녀들의 찬사를 받기 위해 그는 아내를 멀리하며 정력을 아꼈다. 그 나이에 어떻게 그런 몸을, 어떻게 그런 정력을, 그런 말이 듣고 싶었다. 그 모든 것이 헛되고, 헛되고, 헛되다는 것을 모르는 것은 아니었다. 다만 가족들의 영혼을 갉아먹는 행위라는 것을 몰랐던 것이다. 서울에 또 다른 여자가 있다는 것을 경아가 알지 못한 것은 그나마 다행이었다.

경아가 꿈꿔온 세상은 늘 형민과 함께였다. 지금 가고 있는 이 길도 그와 함께 가기를 소망했었다. 백 가지 중 두어 가지만 습성이 같았던 그들 두 사람, 그중 하나가 여행을 하는 것이었다. 형민은 여자에 빠지기 전까지 시간이 허락하면 경아가 원하는 곳 어디든 함께 다녔다. 운전을 할 때도 경아 손을 꼭 잡아 주었고, 경아는 옆에서 노래를 불러주거나 개그를 하는 것으로 그를 웃게 만들었다. 형민은 우리 나이에 이렇게 웃고 사는 사람은 없을 거라고 좋아했었다.

오랫동안 소망한 꿈이 깨어진 것에, 있어야 할 자리 하나가 상실된 것에, 경아는 살이 쏟아지는 아픔을 느낀다. 그러나 흘러간 물이 거슬러 올라갈 수 없듯이 그를 받아들이는 일도, 그에게 돌아가는 일도 없을 것이다. 지리산 끝자락 섬진강이 내려다보이는 터전에 돌집을 짓고 새로운 인생을 시작하기로 마음먹었다. 가꾸지 않아도 철따라 피어나는 야생화를 심고, 언제든 사랑하는 사람들이 찾아와 머물 수 있는 공간도 마련할 것이다. 먼 옛날 그녀의 아이들을 기억할 만한 손주가 찾아오면 예전에 그랬던 것처럼 함께 잔디밭을 뒹굴며 그 시절을 추억할 것이다.

하늘엔 맑고 고운 구름이 총총거리며 흘러간다. 눈부신 햇살을 가르며 새들이 푸드득거린다.

'아! 나도 새가 되고 싶다.'

푸른 하늘을 날고 있는 새처럼 경아도 날갯짓을 하고 싶다. 뽀송뽀송한 날개를 달고 저 푸른 하늘을 힘차게 날아다니는 매가 되고 싶다. 닳고 닳은 발톱과 무딘 부리는 바위에 짓이겨 뽑아버리고 눈부신 햇살 속을 힘차게 날고 싶다. 경아는 두 팔로 가슴을 감싼다. 그리고 주문을 외우듯 중얼거린다.

"날개가 있다면 얼마나 좋을까! 마음껏 저 창공을 누빌 수 있는 날개가 있다면, 멀리멀리 높이높이 날 수 있는 날개가 있다면."

경아는 하늘을 쳐다보며 한없이 중얼거린다. 그리고 또 속으로 말한다.

'놓아 버리면 편안해지는 걸⋯⋯. 진작 이렇게 놓아버릴 걸⋯⋯.'

어느 정도 시간이 지나면 형민이란 존재는 그녀와 상관없는 낯선 타인으로 기억될 것이다. 그때 경아는 말할 것이다. 그는 다만 그녀 곁에 오래 머물렀던 사람일 뿐이라고⋯⋯.

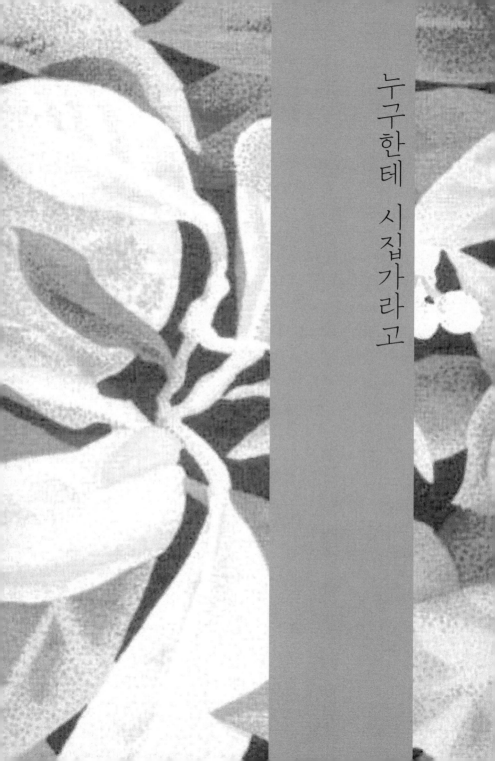

누구한테 시집가라고

엄마가 전화를 했다. 할아버지를 묘를 이장한다는 것이었다. 순간 빛깔 고운 추억들이 머릿속을 떠다녔다. 내 기억이 확실하다면 그것은 청량한 가을 하늘이거나 고기떼가 뛰노는 쪽빛 바다이거나, 아지랑이 솔금솔금 피어오르는 구수한 토담길이거나 벼가 튼실하게 익어가는 황금빛 들판이거나, 그렇게 풍성하고 정겨운 빛깔일 것이다. 그 빛깔 속에는 풋풋한 살내음이 모락모락 피어오르는 아주 어린 여자아이와 서른대여섯 살쯤 되어 보이는 머슴 아저씨의 해맑은 웃음이 담겨 있다. 여자아이 키가 자라면서 빛깔이 변해 가는 것까지…….

　아재하고는 젖먹이 때 눈이 맞았다. 굳이 순서를 정하자면 아재가 먼저였다. 딸아이에 대한 대리만족이었을 것이다. 아재에게는 사 남매가 있었는데 세 아이가 홍역을 치르다 죽고 나보다 한살 많은 딸 하나만 남아 있었다. 아재는 얼굴이 새까맣고 키가 작달막했다. 이마에는 깊은 주름이 패어 있었다. 나이보다 훨씬 늙어 보여서 겉늙었다는 말을 많이 들었다. 그러나 아재의 외모는 내게 아무 상관이 없었다. 누군가 아재와 싸움을 하는 것처럼 목소리를 높이면 나는 금방 울음을 터뜨렸다. 소리를 꽥꽥 지르거나 힘에 버거운 빗자루를 휘두르는 것으로 노여움을 표시했다. 나의 반응을 보기 위해서란 걸 알게 되면 끼득끼득 웃곤 했지만 간혹 연기력이 뛰어난 사람에게는 속아 넘어갔다.

나는 겨우 걸음을 뗄 때부터 아재를 챙겼다. 밥상이 들어올 기미가 보이면 종종거리며 마루로 건너가 "아지~, 아지~" 하고 아재를 불렀다. 날씨가 추워도 아재가 나타날 때까지 꿈쩍하지 않았다. 아재는 때때로 하던 일을 팽개치고 달려와야 했다. 나는 아재가 나타나면 입을 쩍 벌리고 박수를 치면서 뛰어가 품에 안겼다. 그리고 여자로선 유일하게 아버지와 함께하는 남자들 밥상에서 밥을 먹었다.

너덧 살이 되면서부터 아재가 멀리 모습을 드러내면 허둥지둥 달려갔다. 아재를 끌어안은 채 머리를 쳐들고 아재, 아재, 하면서 호들갑을 떨었다. 아재를 쳐다보는 내 얼굴은 물속에서 갓 솟아오른 창포처럼 싱그러웠다. 아재가 누르스름한 이빨을 드러내며 머리를 쓰다듬어 준 다음에야 그의 품을 빠져나왔다. 그리고는 그를 앞서가며 구성지게 창을 한가락 뽑았다. 덩실덩실 어깨춤을 추면서 노다~ 가~소, 노다~~ 가소. 저 달이 떴다 지도록 노~다~ 가소, 하면 아재는 우리 복순이는 곡갱이여! 하면서 껄껄 웃었다.

나는 다시 돌아서서 그의 손을 잡고 그동안 무슨 일이 벌어졌는지 조잘조잘 알려주었다. 제기차기를 얼마 정도 했다거나, 땅따먹기에서 누가 이겼다거나, 술래잡기에서 누가 술래를 가장 많이 했다거나……. 아재는 그래, 그래, 하면서 장단을 맞췄고 장단의 정도에 따라 내 기록이 부풀려지기도 했다. 아재의 지게가 비어 있으면 지게 위로 올라갔다. 아재와 나는 음률에 맞춰 묻고 대답하는 것을 반복했다.

"어디만큼 갔냐?"

"당당 멀었다."

"어디만큼 갔냐?"

"당당 멀었다."

나는 늘 아재의 지게가 비어 있기를 바랐다.

사람들은 피도 살도 안 섞인 사람을 어쩜 그렇게 좋아하는지 모르겠다고 했다. 못 생긴 아재를 뭐가 좋아서 사족을 못 쓰는지 모르겠다는 우스갯소리라도 했다. 나는 금방 뾰로통해졌다. 눈을 내리깔고 돼지주둥이처럼 입을 내밀면서 투덜거렸다.

"치, 우리 아재가 질 잘생겼는디……."

"맞다, 맞어. 아재보다 잘생긴 사람은 하나도 없제잉. 암만 봐도 돌쩌구 궁합이랑께. 전생에 뭔 연분이 있기는 있었을 것이여."

아재는 나의 하는 양을 사랑스럽게 쳐다보며 너털웃음을 웃었고 나는 장한 일을 해낸 것처럼 으쓱거렸다. 나는 늘 아재에게 시집갈 거라고 했다. 방석에 앉아서 눈을 곱게 내리깔고 새색시 흉내를 내곤 했다. 전통혼례를 치른 신부가 다소곳이 앉아 있는 것을 본 이후부터다. 그럴 때마다 식구들은 배를 잡고 웃었다. 결혼을 하면 헤어지지 않고 같이 살 수 있다는 생각뿐 식구들이 왜 박장대소를 하는지 몰랐다.

명절 때 아재가 고향에 가면 나는 손가락을 꼽아가며 그를 기다렸다. 아재가 돌아오는 날이면 아침부터 때때옷을 입고 서성거렸다. 복주머니에는 아재에게 줄 마른오징어 한 조각이 들어 있었다. 마른오징어는 내가 가장 좋아하는 것이었다. 처음 오징어를 손에 쥐었을 땐 아재와 똑같이 나눠 먹으려고 단단히 마음을 먹지만 아재를 기다리는 동안 먹고 싶은 유혹을 견디지 못했다. 조금만 먹어야지, 하면서 뜯어먹다 보면 처음에 반 마리였던 오징어가 껌 하나만큼 작아졌다. 그나마 손이 타서 반질반질했다. 아재가 돌아오면 오징어부터 내밀었다.

"우리 복순이가 아재 줄라고 안 묵고 냉게 났어?"

아재는 오징어를 쭉 찢어서 반쪽을 내 입에 넣어주었다. 나는 질겅질겅 오징어를 씹으면서 팔을 높이 치켜 올리며 말했다. 원래는 아주 많이 남겨 뒀는데 아재가 늦게 오는 바람에 먹어버렸다고……

아재가 동네를 돌며 인사하는 것을 보고 그가 떠난다는 걸 알았다. 아재와 나는 결혼을 하기로 굳게 약속한 사이가 아니었던가! 아재는 아재하고는 갤혼하는 것이 아니라고 했다가도 왜 아니냐고 떼를 쓰면 허허 웃으면서 알았다, 갤혼하자, 했으니까! 내가 아재를 사랑한 만큼 아재도 나를 사랑한다고 믿었었다. 나는 아재 다리를 붙잡고 말했다.

"아재! 가지 마, 응? 가지 마."

속으로는 내 운명이 참 기구하다고 생각했다. 어린 나의 언어 능력으로 꼭 그와 같은 어휘는 아닐지라도 어떤 말로도 표현하기 어려운 일이었다. 얼마 전에 백구까지 떠나보낸 뒤라서 이별 뒤에 오는 고통 정도는 알고 있었다. 머릿속에는 백구의 형상이 뒤

엉켜 있었다.

　백구는 우리 집에서 이 년이나 기르던 개였다. 강아지가 태어
나면 이 집 저 집 나눠 주기도 하고 팔기도 했지만 기르던 개를
떠나보낸 것은 처음이었다. 나는 백구를 보낼 때도, 떠나간 뒤에
도, 하루 종일 백구가 누워 있던 자리를 들여다보고 빈 밥그릇을
만져보며 눈물을 질금거렸다. 엄마는 에미가 죽어도 그렇게는 울
지 않을 거라고 핀잔을 줬다.
　다음 날, 친구들이 손짓을 보내 왔지만 나는 고개를 흔들었다.
혼자 백구가 떠난 길을 슬금슬금 걸어갔다. 백구가 뒤를 돌아보
며 컹컹 짖고 중간중간 오줌을 지리던 모습이 눈에 밟혔다. 긴 한
숨이 금방 흐느낌으로 변했다.
　'백구는 돌아올 것이여. 우리 백구는 영리한께 돌아올 것이여.
우리 백구는 나를 좋아한께 꼭 돌아올 것이여.'
　자신이 배설한 것을 분별하여 돌아온다는 것은 자주 들어온 말
이었다.
　'비가 오지 말어야 할 것인디. 백구가 오기 전에 비가 오면 안
되는디……'
　나는 눈물을 훔치며 백구가 떠나간 길을 걸었다.
　한참을 걷다 뒤돌아보니 우리 집이 너무 아득했다. 왈칵 겁이
났다. 그리고 쓸쓸했다. 이제 돌아가야겠구나 생각했다. 더 이상
갈 수 없는 곳을 원망스럽게 쳐다봤다. 저 멀리서 백구처럼 하얀
개가 촐랑촐랑 달려오고 있었다. 정확한 생김새는 알 수 없었다.
다만 백구였으면 좋겠다는 바람으로 백구야, 하고 불렀다. 순간

개의 속도가 빨라졌다. 몸에 금방 돌기가 솟아올랐다. 나는 숨을 헐떡거리며 백구를 향해 달려갔다. 너무 고맙고 반가웠다. 눈에는 벌써 눈물이 몰려들었다.

'백구야, 너도 내가 보고 싶었구나. 백구야 백구야!'

눈두덩에 걸려 있던 눈물이 땅으로 떨어졌다. 백구와 가까워졌을 때 나는 두 팔을 벌렸다. 백구는 내 키를 훌쩍 넘길 만큼 뜀뛰기를 하여 내 품으로 파고들었다. 그리고는 꼬리를 치면서 얼굴을 핥아댔다. 나는 백구를 부둥켜안고 말했다.

"백구야, 보고 싶었어. 너 보고 싶어서 잠도 못 잤단 말이여. 너도 내가 보고 싶어서 돌아온 것이제?"

나는 백구 머리를 두 팔로 휘어 감고 얼굴을 비벼댔다. 백구는 내게 머리를 맡기고도 팔짝팔짝 뛰었다. 그렇게 안고 비비다가 집을 향해 걸었다. 백구는 앞서 뛰어가다 되돌아와서 나를 핥고 또 앞서가다 되돌아와서 핥는 것을 반복했다. 그러나 다음 날 눈을 떴을 때 백구는 보이지 않았다.

백구를 생각하면 아직도 가슴이 아픈데……. 어린 가슴에 그보다 더 큰 상처가 어디 있겠는가. 세상풍파를 다 겪은 사람이 '내 운명은 왜 이렇게 기구할까' 하는 것과 다를 것이 없었다. 아재가 다시 오지 않는다는 것을 나는 육감적으로 알았다. 소지품을 남김없이 챙겨간다는 것이 그랬다. 나는 발을 동동 구르면서 아재를 붙잡고 울었다. 엄마는 세 밤만 자면 아재가 돌아온다고 얼렀다. 나는 아재 보따리를 가리키며 당치도 않다는 듯 쏘아붙였다.

"다시 올라먼 저런 것은 안 갖고 가야제."

엄마는 입을 쭉 내밀었다. 눈을 옆으로 뜨고는 고개를 요리조리 돌리면서 동네 아주머니에게 말했다.

"아이고, 저 백여시! 어찌께 눈치가 빠른지 꼭 귀신 같어라우. 애기를 다섯이나 컷소마는 저런 여시는 첨 보요."

"오메, 참말로 벨쩍시럽소잉. 뭔 애기가 저라까라우."

"깐난애기 때부터 다른 애기들하고는 다르드란 말이요. 애기들 젖 띨 때 젖꼭지에다 금계랍 묻혀 불면 입 한번 대보고 묵으라고 사정해도 안 먹읍디요 안. 그란디 저 여시는 으짠지 아요? 펑펑 움시로 걸레를 들고 와서 닦을라고 하드란 말이요. 그래서 할 수 없이 물로 닦아내고 젖을 멕였소 안. 오메오메, 저 백여시! 귀신은 속여도 저 여시는 못 속여 묵어라우."

엄마는 내일 목포 가서 옷을 사준다는 둥 이런 저런 방법을 다 동원하여 구슬렸다. 나는 막무가내였다. 엄마는 더 이상은 안 되겠다고 생각했던지 협박을 했다.

"이것이 매를 맞어야 말을 들을랑 것이다. 언능 매 갖고 온나."

엄마는 언니에게 말하고 내 손을 붙잡았다. 나는 앙칼지게 엄마 손을 물어뜯었다. 아얏, 소리와 함께 욕설이 터져 나왔다.

"이런 못된 년, 조선 천지에 에미도 몰라보는 년이 어딨다냐, 매를 못 맞어서 어디가 근질근질한 것이구만. 언능 매 갖고 오란 말이다."

곧바로 언니가 회초리를 들고 나타났다. 엄마는 내 허리춤을 잡고는 욕설을 퍼부으면서 매질을 했다.

"못된 놈의 가시나 새끼! 좋게 말했을 때 들어야제, 기어이 매를 벌어? 싸나운 개 주뎅이 아물 날 없더드만 이년 두고 나온 말

이네. 고집 비레 봐라 한나도 좋은 일 없을 텡께. 어디서 에미를
물어뜯냐, 어디서 에미를 물어뜯어, 엉! 아~나, 또 물어뜯어라.
또 물어뜯어! 물어뜯으랑게 어째 못 물어뜯냐, 엉?"

나는 도망을 치지 않았다. 손으로 회초리를 밀어내며 코를 씩
씩 불고 있었다. 간간이 엄마를 노려보기까지 했다.

"눈 힐간히 뜨고 누구를 쳐다보냐, 어디서 간재미 눈꾸녁을 해
갖고 에미를 쳐다 봐!"

철썩, 철썩, 그리고 또 철썩, 철썩. 그래도 나는 도망갈 생각
을 하지 않았다. 아재 없이 사느니 차라리 죽여주쇼, 하는 모양
새였다.

"오메오메, 뭔 일이다냐. 쬐깐한 놈의 가시나 새끼가 매도 안
무서워하고. 뭔 이런 독살시런 것이 다 생게부렀까. 독해도 독
해도 이년같이 독한 년은 보다보다 첨 보겠네. 참말로 독종이네
독종! 어디 한 번 맞어 봐라. 누가 이긴가 보자."

엄마는 더 세게 매를 내리쳤다. 나는 여전히 코를 불며 매를 손
으로 밀어내기만 했다. 오메, 독한 년! 오메, 독한 년! 소리가 수
도 없이 흘러나왔다. 엄마와 나 사이에 팽팽한 자존심이 흐르고
있었다. 엄마는 엄마대로 매를 그만둘 수가 없었고 나는 나대로
빠져나갈 생각이 없었다. 동네 아주머니가 엄마 손을 붙잡으면서
회초리가 내려왔다. 나는 엄마를 노려보며 소리를 질렀다.

"엄마 나뻐! 엄마보다 아재가 더 좋아, 아재 따라갈 것이여."

"지발 따라가 봐라! 이녁 새끼도 귀찮은 시상인디 너 좋다고
할 줄 아냐? 에미, 애비 잘 만나서 호강하고 산께 복을 털고 자빠
졌네, 콱! 걍!"

164

엄마는 위협하듯 매를 한 번 올렸다 내렸다. 아재는 벌써 뒷모습만 남긴 채 저만큼 걸어가고 있었다. 아재 손이 간간이 올라가는 것으로 보아 그도 눈물을 훔치고 있다는 것을 알 수 있었다. 나는 발을 동동 구르다가 땅바닥에 드러누워 뒹굴었다. 가로막는 장막을 뚫을 재간이 없었다. 아재가 시야에서 사라진 후에 사람들이 하나씩 자리를 떴다. 나는 아재가 떠나간 곳을 향해 달려가기 시작했다. 그러나 얼마쯤 달리다 헛된 것이란 걸 알았다. 나는 길바닥에 주저앉아 대성통곡을 했다. 예전에 백구가 그랬던 것처럼 아재가 다시 돌아오기를 간절히 바랐다.

나는 누군가가 나를 데리러 오지 않으면 그 자리를 떠나지 않을 생각이었다. 그러나 시간이 흐르면서 겁이 났다. 엄마 손을 물어뜯은 것이 마음에 걸렸다. 늦가을에 접어든 날씨는 제법 쌀쌀했다. 나는 집 쪽으로 몸을 돌리고 울기 시작했다. 이미 울음소리는 쇳소리로 변해 있었다. 엄마가 먼저 손을 들었다. 언니를 보낸 것이다. 나는 못 이긴 척 집으로 돌아왔다. 날씨가 따뜻했으면 밤중까지 통을 팠을지도 모른다. 집에 들어오자 꾸중 소리부터 들려왔다.

"가시나 새끼가 돼 갖고 뭔 놈의 고집이 황소 같은지 모르겄어. 집에서나 받지 해주제, 누가 받지 해줄 줄 아냐? 너, 그 버릇 못 고치면 시집가서 맷가심이다잉."

"시집 안 가! 아재도 가부렀는디 누구한테 시집가라고……."

엄마와 언니는 눈물을 질금거리며 웃어댔다. 여시 같은 것이 어째 그것은 모르까, 하면서……. 그렇잖아도 슬프고 속이 상한데 신이 나게 웃는 게 너무 화가 났다. 나는 다시 마당에 주저앉아 참았던 울음보를 터트렸다. 엄마는 더 이상 말을 하지 않았다. 아주머니가 끌어안고 달래지 않았다면 다시 한 번 시끄러웠을 것이다. 그날 밤 나는 밥도 먹지 않고 이불을 뒤집어쓰고 누웠다. 그리고 간간이 진저리를 쳤다. 엄마는 혀를 끌끌 차면서 엉덩이를 토닥거렸다. 시간이 흘러도 엄마에 대한 미움이 가시지 않았다. 엄마를 용서하지 않기로 작정했다. 아버지가 들어오시자 엄마가 한숨을 쉬면서 말했다.

"짠해 죽겠소. 다른 아그들은 암시랑토 안 하드만 저것만 벨쩍시럽게 그란단 말이요. 다정도 빙이라더니……."

"나씨가 이녁 딸보다 더 이뻐했는디, 당신 같으면 안 그러겠어? 어린것을 매나 때리고……."

"미워서 그랬겠소, 버릇 고칠라고 그랬제. 그란다고 에미를 물어뜯으면 쓰겠소? 어디 가서 그런 버릇 하면 자식 잘못 가르쳤다고 부모가 욕 얻어 묵어라우."

"애긴께 그라제, 커서도 그라겠는가?"

"벌써 여섯 살이나 됐는디 그런 것도 모를랍디요. 다른 딸들한테는 숨도 못 쉬게 함시로 저 잘난 것만 상전 취급하는지 모르겠네 참말로. 당신이 그랗께 저것이 나를 깔봐라우."

나의 눈에서 눈물이 주르륵 흘러내렸다. 다음 날 아침 나는 여자들 밥상에서 밥을 먹었다. 아버지 밥상에는 낯선 아저씨가 한 명 더 앉아 있었다. 그 낯선 아저씨 때문에 아재가 떠난 것 같았다. 그가 괜히 미웠다. 나는 불만스럽게 아저씨를 힐끔거렸다.

언니는 어제 일어난 일을 까마득하게 잊어버린 것 같았다. 볼이 터질 듯이 맛있게 밥을 먹어댔다. 금세 갈치 한 토막을 해치우고는 또 다시 가장 통통한 갈치를 향해 젓가락을 들이댔다. 엄마가 언니 젓가락 툭 밀어냈다. 젓가락을 치면서 보나마나 눈까지 흘겼을 것이다. 엄마는 언니가 먹으려던 갈치를 내 밥그릇에 올려 주면서 말했다.

"아가, 이것 잔 묵어 보라. 아주 맛나다."

갈치와 굴비는 내가 유일하게 잘 먹는 생선이었다. 그러나 엄마에게 굴복하기 싫었다. 눈을 옆으로 뜨고 갈치를 밀어냈다. 엄마가 눈을 흘겼다. 엄마 눈초리가 너무 서러웠다. 엄마를 힐끔거리며 훌쩍거렸다. 내가 원하면 원하는 대로 숟가락 위에 반찬을 얹어주던 아재가 보고 싶어 미칠 것 같았다.

나는 하루 종일 집 안 구석구석을 돌아다니며 아재 흔적을 찾았다. 어느 곳 하나 아재 손길이 묻어 있지 않은 곳이 없었다. 아재가 두엄을 처리하던 곳, 땔감을 자르던 곳, 칼을 갈던 숫돌, 떡방아를 찧던 절구통, 장어를 손질하던 도마…… 부엌일은 주로 여자들이 했는데 떡방아를 찧거나 장어를 손질하는 것은 아재가 했었다.

나는 아재 손때가 묻어 있는 것들을 만지작거리며 아재, 하고 불러봤다. 소리는 목에 잠겨 나오지 않았다. 나는 눈물을 질금거리며 집 앞 냇가에 있는 수양버드나무 위로 올라갔다. 수령이 오십 년도 넘은 나무는 각도가 사십오 도쯤 기울어져 있었다. 아이들이 워낙 많이 올라 다녀서 표피가 반질반질했다. 나는 굵은 가지에 걸터앉았다. 한 손으로 다른 나뭇가지를 붙잡고 아재가 사라진 곳을 향해 목을 뺐다. 아재가 극적으로 나타나 주기를 간절히 소망했다. 그러나 꿩 소리만 간간이 들려올 뿐 사람이 오가는 기척이라곤 없었다. 나는 한숨을 푹 쉬면서 고개를 떨어드렸다. 이내 굵은 눈물방울이 냇물에 툭툭 떨어졌다. 눈물은 곧 물결을 만들며 동그랗게 퍼져나갔다. 물속에 비친 내 그림자도 이리저리 흔들거렸다. 문득 물속으로 뛰어들고 싶었다. 평소 멋들어져 보이던 수양버들의 늘어진 가지도 청승맞고 우울해 보였다.

나는 저녁밥을 거의 입에 대지 않고 잠자리에 들었다. 엄마가 바짝 긴장을 했다. 내가 먹는 것에 소홀하면 꼭 아프더라며 걱정을 했다. 순간 이거다, 싶었다. 앓아누워 있으면 아재를 불러올 것 같았다. 나는 다음 날 아침도, 점심도, 먹지 않았다. 생각했던 대로 엄마는 애가 닳았다. 내가 좋아하는 음식들을 만들어 주면서 마음을 돌리려고 애를 썼다. 평소 같으면 숨도 쉬지 않고 먹어 치울 탕수육도 침을 삼켜 가며 참았다.

"아가! 한 숟구락이라도 떠묵어야제, 니가 그란다고 아재가 돌아온다냐. 아재도 인자 묵고 살 만한께 즈그 식구들이랑 살라고 갔는디……. 한 숟구락이라도 묵어야 쓴단 말이다. 어디 아프기라도 하면 으짤라고 그라냐."

나는 속으로 생각했다.

'아파야 돼. 아재를 데려올 때까지 아플 것이여.'

엄마는 억지로라도 먹어야 된다며 꾸역꾸역 입에 넣어 주었다. 나는 음식을 입에 물고만 있을 뿐 삼키지 않았다. 먹이는 것에 유난스러웠던 엄마는 눈물까지 흘리며 말했다.

"맘이 아프기는 많이 아픈 것이다, 상사병이 뭣인고 했드만 이런 것인 갑네."

엄마는 맘대로 먹일 수 없다는 것을 알고 포기했다. 갖고 싶은 것이 뭔지, 하고 싶은 것이 뭔지, 물었다. 나는 살래살래 고개를 흔들었다. 평소에는 갖고 싶은 것이 많았는데 아무 욕심이 없었다. 오직 아재만 눈앞에 아른거렸다. 나는 입을 꼭 다문 채 눈물을 주르륵 흘렸다. 그리고 며칠 동안 앓았다. 나는 한층 예민해졌다. 식구들이 말을 걸면 대꾸도 하지 않았다. 언니가 비위에 거슬리는 행동을 하면 물건을 집어던졌다. 엄마는 내가 시무룩해 있으면 안쓰러워하다가도 고집을 부리면 상전이 따로 없다며 눈을 흘겼다. '잘난 것' 건드리면 집 안이 시끄럽다며 언니에게 건드리지 말라고 당부를 하기도 했다.

한동안 댓돌 위에 아재 것과 비슷한 신발이 놓여 있거나 아재와 비슷한 목소리가 들려오면 가슴이 두근거렸다. 이 년이란 세월이 흘러 초등학교 들어간 뒤에도 늘 아재를 그리워했다. 학교는 집에서 오 리쯤 떨어져 있었는데 학교 가는 큰길 위에 우리 밭이 있었다. 아재가 늘 보리를 구워주던 곳이었다. 나는 가끔 학교에서 돌아오는 길에 그곳으로 달려가 아재가 떠나기 얼마 전에 가보았던 아재네 마을을 그려보곤 했다.

이 학년 때였던가? 교과서에는 흑인 아저씨와 주인집 아들과의 사랑을 그린 『톰 아저씨의 오두막』이 있었다. 나와 아재 이야기 같았다. 피를 토할 듯한 그리움이 솟구쳤다. 묻어두었던 감정이 순간적으로 튀어 오르며 서러움으로 변했다. 곧 끅끅 소리가 터져 나왔다. 선생님이 뛰어 오셨다. 그러나 지나치게 감수성이 예민한 아이 정도로만 생각하는 것 같았다.

나는 하굣길에 아재랑 시간을 보냈던 소나무 밑으로 달려갔다. 『톰 아저씨의 오두막』 이야기를 머릿속에 떠올리며 천천히 읽었다. 집채 같은 파고가 밀려왔다. 엉엉 소리를 내면서 울었다. 일을 하던 동네 아저씨가 달려와 왜 우느냐고 물었다. 대답 대신 아예 목을 놓아 울었다. 저쪽에서 일하던 사람들이 하나씩 둘씩 몰려왔다. 그들은 선생님한테 야단을 맞았는지, 친구들과 싸웠는지, 꼬치꼬치 캐물었다. 나는 여전히 울기만 했다. 사람들은 빨리 집으로 돌아가라고 달랬다. 나는 끅끅 울음을 삼키면서 그곳을 빠져나왔다. 이후에도 꽃밭에서라든가 오빠 생각이라든가 사람을 그리는 노래를 들으면 늘 아재가 떠올랐다.

오 학년이 되어 목포로 전학을 하고 키가 자라면서 아재에 대한 생각은 점점 줄어들었다. 시골에서 아재 흔적을 볼 때마다 떠오르던 것이 '가끔'으로 변했다. 중·고등학교를 다니면서는 '어쩌다 한 번씩' 생각이 났다. 또 얼마쯤 시간이 지나자 아재의 존재를 거의 잊고 살았다. 그러다가 아재를 거쳐 간 물건들을 보면 아재가 그리웠다.

아재가 떠난 지 십칠 년의 세월이 흘러 내가 스물세 살이 되었을 때였다. 엄마와 함께 친척 집에 간 적이 있었다. 차에서 내리는데 그곳 자연환경이 매우 익숙했다. 넓은 들판 앞에 바다가 있고 마을 입구에 커다란 팽나무가 있는 것, 마을 뒤에 대나무 밭이 길게 늘어져 있고 그 뒤에 뾰족한 바위산이 있는 게. 집들은 울긋불긋 개조되어 그전과 달랐지만 아재의 동네라는 걸 단박에 알아차렸다. 늘 밋밋한 산만 보아 왔던 내게 그곳 풍경은 몹시 인상적이어서 크레파스로 그려보곤 했으니까.

"어, 이거 아재네 동네 아냐? 이렇게 큰 나무가 있었고 바다도 있었어. 그때는 무슨 나문지 몰랐는데 팽나무구나. 저 대나무랑

바위산……. 맞지?"

엄마는 큰 죄라도 지은 것처럼 미안해했다. 시골 우리 집에서 불과 몇 킬로미터 거리에 살았던 아재를 여태껏 만나지 못했다는 것이 몹시 허망했다. 나는 아무 말 없이 바다를 향해 걸어갔다. 아재 집에 놀러 갔을 때 금순이를 따라갔던 그 바닷가! 추억은 또 하나의 추억을 끌어올렸다.

강아지를 쫓아다니며 놀던 나는 토방에 풀썩 주저앉았다. 금순이가 나를 멀뚱멀뚱 쳐다봤다. 곧 뭔가 재미있는 일을 생각해 낸 것 같았다. 손바닥을 치면서 몸을 팔딱 뛰어 보이며 말했다.

"우리 바지락 잡으러 가자."

"찰로(정말로)?"

나는 눈을 동그랗게 뜨고 물었다. 우리 집 가까운 곳에도 바다가 있었다. 그러나 부모님은 위험하다며 바다에 가는 걸 허락하지 않았다. 아이들이 바다에 갈 때마다 무료한 시간을 보냈던 나는 바다라는 말에 흥분을 했다. 바다는 내가 가장 동경하는 것 중 하나였다. 나는 벌써 바다를 향해 몸을 돌렸다. 아주머니가 나를 불러 세웠다. 옷을 바꿔 입으라는 것이었다. 나는 꽃무늬 원피스 대신 검정치마와 흰 저고리를 입었다. 나는 그 옷이 너무 좋아서 팔짝팔짝 뛰었다. 금순이 바구니를 들고 나왔다. 강아지가 먼저 뛰어나갔다. 메밀꽃이 수수하게 피어 있는 밭둑길이었다. 밭의 경계 면에는 콩과 옥수수가 심어져 있었다. 이미 철이 지난 탓인지 옥수수는 몇 개 달려 있지 않았다.

우리 손에는 호미가 한 자루씩 들려 있었다. 마침 맞바람이 불어왔다. 우리는 고개를 뒤로 젖히고 "아~ 우~, 아~ 우~" 소리를 반복하며 걸었다. 소리는 빨랫줄에 매달린 치맛자락처럼 팔랑거렸다. 입고 있는 치맛자락도 함께 팔랑거렸다. 우리는 바람이 불어오는 방향을 보고 서 있다가 빙글빙글 돌았다. 치마가 몸에 감기는 게 재미있었다. 웃음소리는 까르르~ 까르르~ 들판으로 퍼져 나갔다. 중간쯤 가다가 금순이 신발을 바꿔 신자고 했다. 깨금발을 하고 신을 바꿔 신었다. 금순의 검정 고무신은 내게 좀 컸고 내 꽃고무신은 금순에게 좀 작았다.

바다와 육지의 경계는 몹시 자연스러웠다. 나지막한 잔디 밭둑이 모래와 자갈이 섞인 해변으로 연결되어 있었다. 해변에 철 늦은 해당화 몇 송이가 피어 있었다. 얇은 꽃 이파리가 후들후들 떨고 있는 게 퍽 인상적이었다. 흰색 해당화는 그전에 본 적이 없었다. 나는 걸음을 멈추고 감탄을 했다.

"오메, 이쁜그! 오메, 이쁜그!"

금순은 관심이 없었다. 흔해 빠진 해당화가 뭐 그리 신기하냐는 눈치였다. 빨리 오라고 재촉을 해댔다. 나는 금순을 쫓아가면서 뒤를 돌아보고 멈춰서기를 반복했다. 바위에는 파래며 우뭇가사리며 굴이 다닥다닥 붙어 있었다. 금순이 호미 뒷등으로 굴 껍질을 내리쳤다. 껍질이 어슷하게 열렸다. 금순이 내게 굴을 내밀었다. 나는 인상을 쓰면서 입을 다물었다.

"징하게 맛있는디!"

금순은 제 입에 굴을 홀딱 집어넣었다.

"음~ 맛나다."

금순은 눈을 거슴츠레 뜨고 쩝쩝거렸다. 어른들만 먹는 줄 알았던 생굴을 어린아이가 먹는 게 신기해 보였다.

어린 시절, 발길을 떼지 못하고 감탄했던 해당화는 엄청나게 불어나 있었다. 해변을 따라 길게 늘어서 있는 게 마을의 상징처럼 심어놓은 것 같았다. 마침 여름이라서 풍성한 꽃잎이 달려 있었고 꽃잎은 그때와 다름없이 바람결에 너울거렸다. 나는 맞바람을 맞으며 아~우~ 했다. 엄마는 '다 큰 애가 무슨 짓이야?' 하는 표정이었다. 나를 힐끔힐끔 쳐다보는 것이었다.

바위에는 여전히 굴과 해초들이 더덕더덕 붙어 있었다. 그러나 금순이 굴을 땄던 바위는 기억나지 않았다. 나는 작은 돌멩이로 굴을 내리쳤다. 굴은 곧 속살을 드러냈다. 엄마에게 굴을 내밀며 아~ 했다. 엄마는 나의 하는 양이 어린아이 같다는 표정을 지으면서 엄마 또한 어린아이가 되어 주었다.

"아재가 너무 보고 싶다! 우리 아재 보러 가요."

엄마가 고개를 끄덕거렸다.

'아재는 날 보면 뭐라고 하실까? 내가 이렇게 컸다며 감격해하실 거야. 무릎에 앉아서 밥을 받아먹던 꼬마가 이렇게 컸다며……. 아~ 빨리 보고 싶다.'

나는 엄마를 앞세우고 발길을 옮겼다. 마침 아재는 텃밭에서 일을 하고 있었다. 그 옛날 같으면 벌써 '아재~~~' 하고 불렀을 것이었다. 나는 툭탁거리는 심장소리를 들으며 아재를 향해 다가갔다. 가까이서 본 아재는 왜소했다. 그 모습이 너무 짠해서 왈칵 눈물이 쏟아질 것 같았다. 나는 속으로 말했다.

'저 작은 가슴이 그리도 넓고 포근했던가! 저 얇은 허벅지가 내

게는 그리도 푹신했던가! 아재, 정말 보고 싶었어요. 아재, 사랑해요.'

정작 아재와 눈이 마주쳤을 땐 인사만 꾸벅하고 고개를 숙여버렸다. 머릿속에는 어린 시절의 아재로 남아 있는데 그는 거친 세월의 흔적만 적나라하게 간직하고 있었다. 가슴이 아려서 아무 말도 할 수가 없었다. 다만 아재가 말을 걸어오기를 기다렸다. 그런데 그 또한 말이 없었다. 그런 아재가 너무 서운했다. 세월이 참 빠르다, 벌써 이렇게 컸다니, 그리고 보니 몇 년이 흘렀구나, 이런 말들을 해야 되지 않았을까!

십칠 년 만의 만남은 그렇게도 싱겁게 끝이 나 버린 것이다. 나는 아재 만난 것을 두고두고 후회했다.

'차라리 생각만으로 행복할 걸, 마음만으로 행복할 걸⋯⋯.'

아재는 조금도 나를 그리워하지 않았던 거라고 원망도 했다.

'그래도 그렇지, 아재에게는 한 가지 추억도 남아 있지 않았던 것일까? 밉다, 미워! 나 혼자만 아재를 좋아했던 거야. 그 오랜 세월을 혼자만 좋아했던 거라구. 다시는 만나지 않을 거야.'

나는 몇 날 며칠 섭섭해 했다. 아재에 대한 기억을 몰아내려고 애를 썼다. 그럴 때마다 더 진하게 기억이 몰려왔고 그래서 더 섭섭했다. 그런 감정은 한동안 되풀이되었다. 그러나 시간이 흐르면서 그리움은 추억의 한 조각으로 남아 가끔 쌀뜨물처럼 뿌옇게 떠올랐다.

할아버지 묘는 아재와 추억이 묻어 있는 소나무 근처에 자리하고 있었다. 그 주변은 어린 시절에 본 풍경과 너무 달라 보였다.

한라산처럼 높아 보이던 뒷산은 십여 분이면 오를 수 있는 것이었고 저 멀리 보이던 바다는 들판으로 변해 있었다. 오른쪽에 저수지가 없다면 그 모든 것을 인정하기 어려웠을 것이다. 물고기를 잡고 놀았던 시내도 수로가 막혀 자신의 존재조차 기억하지 못하고 있었다. 그 시내는 내게 너무 많은 추억을 안겨준 곳이었다. 시냇물이 말라붙어 물고기가 몰려다니면 아재 고무신을 들고 다급하게 물속으로 뛰어들었던 그 시냇가! 얼굴에 희미한 미소가 피어올랐다.

'누가 쫓아오는 것도 아닌데 왜 그렇게 허겁지겁 물을 뿜었을까?'

생각해 보니 아이들 세계에도 규칙이란 게 있었다. 물을 먼저 뿜는 사람을 물고기의 주인으로 인정을 했던 것이다.

〈대여섯 살 어린 소녀가 열심히 물을 뿜는다. 뿜어내는 속도가 빨라지면 물의 양도 급격히 줄어들고 물고기는 조금이라도 깊은 곳으로 이동하기 위해 요동을 친다. 여자아이는 와! 와! 탄성을 지르며 뿜는 속도를 빨리 한다. 금방 물고기 등지느러미가 드러나고 물고기는 심하게 몸을 뒤틀며 흙탕물 속을 헤집고 다닌다. 여자아이는 다부지게 물고기를 움켜쥔다. 손에 잡힌 물고기가 손을 빠져나가려고 꼬리를 획획 휘둘러댄다. 흙탕물이 사방으로 흩어진다. 여자아이의 옷과 얼굴이 흙탕물로 범벅이 된다. 여자아이는 아랑곳하지 않는다. 오직 물고기 잡는 것에만 정신이 팔려 있다. 여자아이는 곧 강아지풀에 물고기를 꿰어 들고 아재에게 다가온다. 흙투성이 얼굴에 풍성한 웃음을 지으며 아재에게 자랑을 한다.〉

너무나도 싱그러운 추억이었다. 쉼터에 그늘을 제공하고 그네를 지탱해 주었던 소나무는 더 풍성한 그늘을 드리우고 있었다. 아재가 보리를 꺾어왔던 그 밭은 할아버지 장례를 치르던 날, 그러니까 아재가 우리 집을 떠난 삼 년 뒤에는 유채꽃이 바다를 이루고 있었다. 나는 멍하니 유채꽃밭을 바라보고 있었다. 나비가 너울거리고 벌들이 윙윙거렸다. 바람이 세게 불면 나비 날갯짓도 휘청거렸다. 엄마로부터 시작된 곡이 돌림노래로 이어지고 있었지만 나는 곡소리를 뒤로하고 보리밭에서 나를 반겨주던 아재를 생각했다.

"우리 이쁜 복순이 왔구나!"

환하게 웃고 있는 아재가 떠올랐다. 내 입언저리에 희미한 미소가 피어올랐다. 곧 아재가 떠나갔다는 것을 깨닫고 슬그머니 미소를 거둬들이고 있었다. 먼 친척이 웃는 모습을 본 모양이었다. 할아버지 돌아가셨는데 슬프지 않냐고 물었다. 나는 얼른 입을 오므리고 고개를 숙였다.

할아버지 죽음이 슬프거나 절절하지 않았던 것은 정분을 쌓을 만한 충분한 시간이 없었던 때문이었다. 독립운동을 하셨던 할아버지는 이순신 장군의 영정을 모시는 일에 전념하시다 돌아가시기 얼마 전부터 함께 산 게 고작이었다. 할아버지에 대한 기억이라곤 지나치게 깔끔해서 엄마가 늘 긴장을 했다는 것, 시조를 배우는 문하생들이 늘 사랑방에 모여들었다는 것, 말 한마디 하지 않아도 주눅이 들 만큼 위풍이 있었다는 것 정도였다. 불꽃이 튀는 총기와 위엄 때문에 동네사람들도 할아버지를 조심스러워 했었다. 내게는 피를 나눈 할아버지보다 매일매일 살을 비비고 깔깔거렸던 아재가 더 그리웠다.

할아버지 시신은 일본 놈들을 호령했다는 기개 같은 건 없었다. 세월의 흔적만큼 부석해진 뼈와 한 줌의 수염이 한때 세상에 존재했다는 것을 증명하고 있었다. 순간 가슴 속에 섬광이 일었다. 아재를 다시 한 번 만나고 싶었다. 그가 할아버지처럼 변하기 전에 만나보고 싶었다. 그리고 알 것 같았다. 아재를 찾아갔을 때 그가 무심해 보였던 것은 무심해서가 아니라 무심한 척했을 뿐이라는 것을……. 그는 숫기가 없는 사람임에 틀림이 없다는 것을……. 이미 처녀가 되어 버린 나를 안아줄 수도 토닥거려 줄 수도 없었다는 것을…….

아재를 만나야겠다는 마음이 바빠졌다. 아재를 만나면 말하고 싶었다. 그때는 죄송했다고, 아재가 너무 보고 싶었는데 가슴만 벅찰 뿐 아무 말도 할 수가 없었다고, 나를 친자식처럼 사랑해 줬던 거 너무너무 고마웠다고…….

'그때 아재도 나만큼 서운하셨을 거야. 그렇게나 사랑해 주셨는데 본 둥 만 둥 한 내가 건방져 보이지는 않았을까? 아재를 만나던 날, 내가 늘 아재를 그리워했다는 걸 엄마는 왜 말씀드리지 않았을까?'

앙칼지게 엄마 손을 물어뜯으며 왕왕 대들던 여자아이가 보인다. 아재를 앞질러 가며 노다 가소, 노다 가소, 어깨춤을 덩실거리던 여자아이가 보인다. 오져하는 눈빛으로 우리 복순이는 곡갱이여, 하면서 껄껄 웃어주던 아재가 보인다.

아재가 그네를 매어 주었던 소나무, 아이들로 인해 몸살을 앓 았던 소나무는 아기 울음소리가 들려오지 않는 마을을 바라보며 그 옛날 여자아이가 그랬던 것처럼 씩씩하게 그네 탈 아이를 기 다리고 있는지 모른다. 그날의 무지갯빛 하늘은 그 시절의 아재 나이가 되어 버린 여자아이 젖은 눈망울 속에서 아지랑이처럼 아 른거린다. 그리고 아재가 떠나던 날 무슨 뜻인지도 모르고 여자 아이가 퍼부었던 말이 허공에 흩어진다.

'아재도 가부렀는디 누구한테 시집가라고…….'

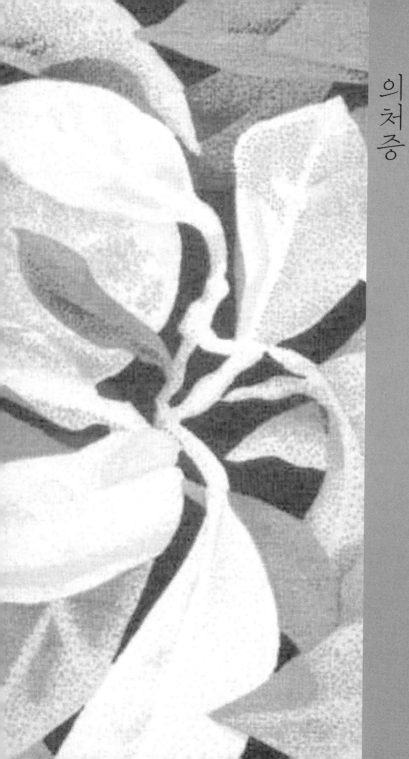

의
처
중

새로운 밀레니엄을 자축하며 지구촌이 열광하고 있었다. 현철은 뉴욕에서 출발하는 서울행 여객기에 몸을 실었다.

"8B네요. 안내해 드리겠습니다."

승무원이 가방을 선반에 올리고 재킷은 캐비닛에 넣어주었다. 손이 필요 없을 것 같았다. 황송하고 어색했다. 현철은 얼굴을 붉히며 승무원을 따랐다. 8A에 미우가 앉아 있었다. 테이블 위에는 유명대학 마크가 새겨진 책이 놓여 있었다. 학생인 그녀가 비즈니스 클래스를 타는 건 조금 건방져 보였다. 자리에 앉자마자 음료수를 갖다 주었다. 이륙 후에 서비스가 이뤄지는 일반석과는 사뭇 달랐다. 바닥에 무릎을 꿇고 말을 하는 것도 일주일 전에는 경험하지 못한 것이었다. 지나치게 친절하고 공손한 태도가 현철은 불편했다.

미우는 모든 게 익숙해 보였다. 한 번도 들어본 적 없는 주스까지 주문하는 것이었다. 현철은 아무 생각 없이 같은 걸로요, 했다. 미우가 어이없어 하며 승무원을 올려다봤다. 승무원은 기계적으로 웃어 보이고 손놀림을 계속했다.

점심시간, 하얀 사기그릇에 담긴 연어 샐러드를 서브하기 시작했다. 쟁반 위에는 하얀 냅킨까지 깔려 있었다. 일류 레스토랑 코스요리 같다는 생각이 들었다. 승무원이 미우 테이블에 샐러드를 놓으며 맛있게 드십시오, 했다. 연어의 살빛이 하얀 그릇과 푸른 야채 속에서 한층 도드라져 보였다.

'흠! 이래서 비즈니스 클래스를 타는 거겠지. 이제 내 차례?'

현철은 음료수를 주문할 때 어수룩했던 것이 마음에 걸렸다. 그는 다소 거드름을 피우며 승무원을 쳐다봤다. 승무원은 무심하게 뒷좌석으로 옮겨갔다. 뭔가 착각을 한 것 같았다. 말을 해야 되나 말아야 되나, 고민이 되었다. 샐러드에서 새어나온 발사믹 향이 코끝으로 스며들었다. 금방 침이 고였다. 현철은 뒤에 있는 승무원을 향해 고개를 돌렸다. 그때 한 승무원이 커튼을 젖히고 들어섰다. 손에는 일반석 식사가 담긴 쟁반을 들고 있었다. 순간 열탕 속에 빠진 것 같은 충격을 느꼈다. 그가 비즈니스 클래스에 앉아 있는 연유를 아무도 모르는 줄 알았었다. 그런 내막도 모르고 거들먹거렸던 게 창피했다. 좌석을 업그레이드해준 선배가 원망스럽기까지 했다.

'귀띔이나 해줄 일이지. 귀족이 한번 돼 보라더니 귀족은커녕 완전 촌뜨기가 됐잖아. 시골 쥐와 서울 쥐라고 해야 하나, 나무꾼과 선녀라고 해야 하나?'

미우가 냅킨 속에서 포크를 꺼낼 때 비닐봉지를 뜯으며 현철은 자본주의 속성을 뼈저리게 실감했다.

현철은 피식 웃는다. 십이 년의 세월이 흘러갔지만 그 일만 생각하면 언제나 얼굴이 달아오른다. 현철은 웃음을 거둬들이며 원장실을 나선다. 갓난아기 울음소리가 들려온다. 공해가 느껴지지 않는 새소리 같다. 입원실에서 나오던 간호사가 주말 잘 보내시라며 꾸벅 인사를 한다. 현철은 눈을 싱긋해 보인다. 그는 병원을 빠져나와 집으로 향한다. 승빈의 재롱이 눈앞에서 아른거린다.

펄이 든 보라색 아이섀도, 분홍색 볼 터치와 립스틱, 상고 단발머리……. 미우는 헤어 디자이너가 건네준 거울로 뒷모습을 바라본다. 젊고 매혹적인 여자가 거울 속에서 웃고 있다. 마흔 살의 나이가 믿기지 않는다.

'결혼한 지도 벌써 십 년이 지나갔구나. 현철 씨를 만난 건 내 일생에 가장 큰 행운이었어.'

날씨마저 결혼기념일을 축복해 주는 듯하다. 맑은 햇살가루에 뒤섞인 꽃잎들이 물결을 이루며 분분히 떨어진다. 미우가 현관에 들어선다. 승빈이 퉁퉁거리며 달려와 팔을 벌린다. 뒤늦은 나이에 낳은 아들이다. 미우는 엄마 예쁘지? 하면서 승빈을 번쩍 들어 올린다. 승빈이 까르르 웃는다. 볼에 입을 맞추고 승빈을 내려놓는다. 드레스 룸으로 들어간다. 연보라색 실크 블라우스와 코발트빛 라운드 넥 투피스를 꺼내 입는다. 몸을 움직일 때마다 재킷 속 실크 블라우스가 출렁출렁 봄을 쏟아낸다. 아이 손바닥만한 크리스털 브로치가 호사스럽게 반짝거리고 브로치와 세트를 이룬 귀고리는 찰랑찰랑 생기를 북돋운다. 전신 거울 속 그녀는 매우 만족스럽다.

미우는 현철과 함께 미술대전이 열리고 있는 예술의전당으로 향한다. 그림을 감상하고 수집하는 것은 그들 부부가 즐기는 취미 중 하나다. 그들이 행사장에 도착한 건 오프닝 세리머니가 끝난 바로 뒤다. 많은 사람들이 로비에서 웅성거린다. 패션쇼 리허설 같다는 생각이 든다. 뾰족 구두를 신은 젊은 남성작가, 수염을 덥수룩하게 기른 원로작가, 화려한 의상과 주렁주렁 장신구로 치장한 여성 작가……

카페에서 흘러나온 커피 향이 분위기를 달뜨게 한다. 미우는 품위를 지키는 것에 소홀하지 않는다. 발자국 소리를 죽이며 전시장으로 들어간다. 작가들은 유독 그녀에게 친절하다. 부스에 들어서면 정중하게 다가와 작품을 설명한다. 다음 전시회 초청장을 보내주겠다며 주소를 묻기도 한다. 벌써 예닐곱 개의 도록이 미우 손에 들려 있다. 두 사람은 붉고 노란 계열의 색을 주로 사용한 이백 호짜리 반추상화 앞에 멈춰 선다. 터치는 잔잔하고 이미지는 강렬하다. 산을 뚫고 나올 듯한, 용암이 용솟음치는 듯한 기운이다. 살아있는 생명체가 꿈틀거리는 것도 같다.

"너무 신비스럽지 않아요? 뭔가 생명이 움트고 있는 것 같아요. 매일매일 아이들이 태어나는 우리 병원에 너무 잘 어울리겠다. 저 빛깔 좀 봐요, 빛이 발산하는 것처럼 보이잖아요. 피에르 보나르의 〈화장하는 여자 뒷모습〉이 연상되네요. 남자 작가가 어쩜 저렇게 환상적인 표현을 할 수 있을까!"

현철은 만족스러워하며 고개를 끄덕인다. 그는 미우 의견을 잘 따르는 편이다. 인테리어를 비롯한 가정사는 거의 무조건적이다. 그녀의 안목을 따를 수도 없거니와 그가 명성을 얻기까지 처가 도움을 많이 받은 때문이다. 현철은 준비해온 수표를 작가에게 건넨다.

"벌써요? 그림 받으신 다음에 주셔도 되는데……."

"어차피 드릴 건데요. 개시를 잘해야 성과가 좋다고 하던데요."

웃음소리가 밝고 건강하다. 덕담이 오가고, 명함을 주고받고, 일상적인 것들이지만 돈독해 보인다. 현철이 시계를 들여다본다. 시간은 P호텔 연회장까지 가는데 적합할 만큼 남아 있다. 두 사람은 작가에게 인사를 하고 돌아선다.

옆 부스에서 몇 명의 중년남자들이 걸어 나온다. 서로 강 교수, 박 교수, 하는 걸로 보아 동료 교수 축하객으로 온 모양이다. 그 가운데서 키가 크고 마른 사람이 미우를 유심히 쳐다본다. 미우도 기억을 더듬는다. 한두 번 지나친 것 같지 않다. 곧 외종사촌 경훈이라는 걸 기억해 낸다. 마지막으로 그를 본 것은 고등학교 삼 학년 때였다. 그즈음 경훈이 유학을 떠났고, 귀국하고부터 죽 지방대학에 근무하고 있어서 두 사람은 서로 근황만 들어 알고 있는 정도다.

미우는 얼른 몸을 돌린다. 그녀가 친척들을 피하는 것은 오래된 습관인데 가족사에 얽힌 불편한 진실 때문이다.

'나를 알 턱이 없어. 계란이 어미 닭을 알아보는 게 더 쉽지.'

바로 그때 등 뒤에서 말한다.

"성자?"

긴가민가한 말투다. 미우는 화들짝 놀란다. 눈까풀이 풀린 것도 실리콘이 주저앉은 것도 아니었으니까. 그러나 그녀에게는 숨길 수 없는 특징이 있다. 이마에 돋아 있는 제비꼬리, 웃을 때 보조개처럼 드러나는 오른쪽 볼의 상처, 훤칠한 키, 발레로 굳어진 일자 걸음걸이……. 그렇다손 치더라도 그를 유심히 쳐다보지 않앞다면 그녀를 알아볼 확률은 매우 낮았을 것이다.

미우는 옴짝달싹하지 못하고 멈춰 선다. 현철이 옆에 없다면 고개를 흔들었을 것이다. 본이름이 성자라는 것을 그가 모르고 있다면……. 그러나 친정 호적엔 두 줄로 그어진 옛 이름이 버티고 있다. 친정식구들의 무의식중에 노출되는 옛 이름도 숨길 수 없는 사실이다. 현철이 묻는다.

"누군데?"

"응? 어… 사, 사촌 오빠."

현철은 말없이 걸음을 옮긴다. 두 사람이 얘기를 나누는 동안 떨어져 있을 심산이다. 그는 낯가림을 좀 하는 편인데 처가 식구 앞에서 유독 심하다. 경훈이 눈을 반짝거리며 다가온다.

"성자 맞지?"

미우가 고개를 끄덕인다. 경훈은 금방이라도 덥석 껴안을 것 같다. 미우가 한 발짝 물러선다. 물러선 만큼 경훈이 다가와 그녀를 감싸 안는다. 그리고는 장난스럽게 어깨를 만지작거린다. 눈빛은 은근하기까지 하다.

미우는 매우 당황스럽다. 큰 비밀이라도 들켜버린 것 같다. 오해하면 어떡하나, 생각하며 힐끔거린다. 현철이 표독스럽게 쏘아본다. 그런 모습을 누군가 쳐다보는 것 같아 더 민망하다. 미우는 조용히 숨을 내리쉰다. 몇 분쯤 지났을 것이다. 경훈은 미우가 누군가와 함께 있었다는 걸 깨닫는다.

"참, 동행이 있었지, 남편?"

미우가 고개를 끄덕인다.

"야~! 아주 미남이구나. 저렇게 젊은 친구가 그런 명성을…….

처남과 매제 사인데 너무 무심하게 지내왔지? 이번 기회에 인사라도 나눠야겠다."

경훈이 현철에게 다가가 악수를 청한다. 현철은 손만 내밀었을 뿐 아무 말이 없다. 예상하지 못한 반응이다. 경훈은 당황스럽고 민망하다. 주변이 온통 그를 직시하는 것 같다. 순식간에 낯빛이 변한다. 경훈은 나중에 보자는 말을 남기고 황급히 돌아선다. 미우가 현철에게 다가가 팔짱을 낀다. 단단한 물건을 내리치듯 현철이 손을 털어낸다. 미우 얼굴이 벌겋게 변한다. 미우가 안절부절못하고 서 있는데 작가가 알은체를 한다.

"아직 안 가셨어요?"

"아! 이, 이가 몸이 좀 안 좋은 것 같아요. 괜.찮아지겠죠."

현철은 투박스럽게 걸음을 옮긴다. 미우가 총총걸음으로 뒤를 따라간다. 발자국 소리가 거북스럽다. 사람들이 약속한 듯 고개를 돌린다. 현철은 움직이고 있는 에스컬레이터 위를 퉁퉁거리며 내려간다. 땀을 훔치며 따라가는 미우가 안쓰럽다.

옥외 주차장은 들고나는 차와 사람들로 분주하다. 승용차 지붕에 벚꽃 이파리가 하얗게 내려앉아 있다. 현철이 거칠게 승용차 문을 열고 들어간다. 지붕 위 꽃잎들이 더러는 휘청거리다 다시 내려앉고 더러는 바르르 떨며 바람이 이끄는 대로 날아간다. 현철이 신경질적으로 시동을 건다. 미우가 재빠르게 차 안으로 들어간다. 문을 닫을 새도 없이 차는 달리기 시작한다. 주차장에서는 용납되지 않는 속도다. 요금 정산소 앞에서 끼이익, 소리를 내며 멈춰 선다. 박스 안의 여자가 놀란 눈으로 내다본다. 현철은 만 원짜리 한 장을 박스 안으로 집어던지고 다시 엑셀을 밟는다. 머릿속은 이미 난해한 상상들로 뒤엉켜 있다. 엉뚱하게도 자신의 과거 속에 미우를 밀어 넣은 것이다.

현철은 서울 이모 집에서 대학을 다녔다. 이모에게 유경이라는 딸이 있었다. 유경이 그를 좋아한다는 것은 일 년이 지난 뒤에 알았다. 어느 날 구내식당에서 밥을 먹다가 반찬국물이 튀었다. 현철은 급하게 손수건을 꺼냈다. 하필이면 모서리를 잡은 모양이었다. 손수건이 낙하하듯 펼쳐지면서 작은 종잇조각 같은 것들이 팔랑팔랑 쏟아져 나왔다. 눈이 작은 조각들을 따라 내려갔다. 누런 치자 꽃잎 예닐곱 개가 바닥에 주저앉았다. 친구들의 시선도 치자 꽃잎에 꽂혀 있었다. 누군가 너, 애인 생겼구나, 했다. 식당 안이 시끌벅적해졌다.

현철은 심각한 고민에 빠졌다. 답이 나오지 않았다. 자취를 하는 것도 하숙을 하는 것도 어려운 실정이었다. 그가 먹을 식량만 대주는 조건으로 사촌 형 방에 얹혀살고 있었다. 현철은 유경에게 자신이 오빠라는 것을 의식적으로 드러냈다. 말을 할 때마다 오빠는, 오빠가, 단어를 꼬박꼬박 붙여 가까운 친척이라는 것을 부각시켰다.

현철이 군의관으로 근무할 때였다. 낮에 면회를 왔던 유경이 밤늦은 시각에 들이닥쳤다. 구두굽이 부러져 수선을 하느라 막차를 놓쳤다는 것이었다. 계획된 것이란 걸 그는 잘 알았다. 그에게는 변변한 이부자리가 없었다. 야전 매트리스와 모포 한 장이 고작이었다. 혼자 자기에도 넉넉한 편은 아니었다. 그는 유경에게 매트리스를 내어주고 야전잠바 위에 몸을 뉘었다. 유경은 미안해서 잘 수가 없다며 그를 잡아당겼다. 바짝 긴장이 되었다. 몸에 힘을 주고 이를 앙다물었다. 유경이 자리를 바꾸자며 일어났다. 그는 하는 수없이 매트리스 위로 올라왔다. 몸의 절반가량은 방바닥을 벗어나지 못했다. 유경의 몸에 닿지 않으려고 가능한 만큼 몸을 웅크렸다. 숨을 절제해 가며 인내를 하고 있었지만 남성의 본능은 쑥쑥 기지개를 켰다. 으윽, 소리가 새어 나왔다. 유경이 그의 품으로 파고들었다. 은밀한 곳이 그녀 몸에 닿지 않도록 엉덩이를 뒤로 쑥 뺐다. 유경의 입김이 귀에 와 닿았다. 그는 또 다시 추위에 떠는 것 같은 신음을 뱉어냈다.

"오빠, 사랑해. 오빠도 나 사랑하는 거 맞지? 감정 같은 거 숨기지 않았으면 좋겠어. 사촌이면 어때. 일본에서는 사촌끼리도 결혼한대잖아. 나가서 살면 될 거 아냐."

현철은 무슨 말인가 하려고 했지만 숨이 가빴다. 침을 꼴깍 삼키면서 말까지 삼켜버렸다. 유경이 입술을 덮쳐왔다. 물컹한 것이 가슴에 닿는가 싶더니 곧 다리가 그의 것에 와 닿았다. 몸통 가운데 부분에 짜릿한 통증이 느껴졌다. 그는 신들린 사람처럼 옷을 벗기고 격렬하게 그녀를 탐했다. 그러나 몸을 떼기도 전에 후회했다. 유경은 주말마다 찾아왔고 부대에서는 연인 사이로 소문이 났다. 현철은 난감했다. 유학을 갈까, 이민을 갈까, 심한 고민에 빠졌다. 다행히 제대를 앞두고 유경에게 다른 남자가 생겨 구속에서 벗어났다.

연회장에서도 현철은 심각한 표정이다. 그와 유경이 그랬던 것처럼 미우와 현철에게 무슨 일이 있었을 거라는 생각이 머릿속을 메운 까닭이다. 축하를 보내와도 대답을 하는 둥 마는 둥, 식사도 하는 둥 마는 둥 한다. 미우 속이 타들어간다. 현철은 급한 환자가 생겼다며 일찍 자리에서 일어난다. 그는 집에 돌아오자마자 재킷을 벗어 던지고 윽박지른다.

"도대체 어떤 사이야?"

"사촌 오빠라고 했잖아요. 너무 오랜만에 만나다 보니까 반가워서 그런 것 같아요. 나도 너무 당황스럽더라구요."

"친척이란 걸 믿지 못하는 게 아니라 두 사람 관계를 믿을 수 없다는 거 아냐. 아무리 반가워도 그렇지 어떻게 그럴 수가 있어? 당신이 어린애도 아니고."

실랑이는 한 시간도 넘게 계속된다. 더 이상의 도리가 없어 보인다. 미우는 죽기보다 싫은 가족사를 설명하기 시작한다.

"할아버지가 독립운동……."

말이 떨어지지 않는다. 괜한 말을 꺼냈다고 후회한다. 몸이 바들바들 떨린다. 절제하려던 눈물이 뚝뚝 떨어진다.

"또 그놈의 독립운동!"

현철은 하찮것없는 그의 가정이 떠올라 더 화가 난다. 자격지심은 고스란히 고함 소리로 표출된다.

"아니, 할아버지가 독립운동 한 거하고 무슨 상관인데? 당신네는 사촌끼리 주물럭거리면서 독립운동 해? 사촌끼리는 성 구별도 없이 비비대는 거냐구?"

과시욕이 심했던 그녀, 진실을 왜곡하며 가문을 내세웠던 건 세월의 상처가 너무 큰 때문이었다. 치욕스런 과거를 다독거리기

엔 골이 너무 깊었다. 한일관계가 유독 나빴던 그 시절, 신체 일부처럼 따라다니는 매국노 딱지는 깊은 화상처럼 자리를 잡고 있었다. 미우는 '일본' 소리만 들어도 혐오감을 느끼는 것처럼 행동했다. 그것만으로 안심이 되지 않았다. 할아버지가 독립운동가인 것처럼 거짓말을 하기 시작했다. 처음에는 눈치를 살피면서 했던 것이 어느 틈에 자연스러워졌다. 할아버지가 항일운동 하는 장면을 상상하는 것으로 최면을 걸기 시작하자 정말 그런 일이 있었던 것 같았다. 가슴이 뿌듯해지는 것이었다. 업적을 증빙할 기록이 실종되어 유공자 명단에 누락되었다는 거짓말도 자연스럽게 나왔다. 놀랍게도 친일파 멍에에서 자유스러질 수 있었다.

고함 소리가 매섭다. 미우는 이미 뱉어버린 말을 뒤집을 수 없는지 생각해 본다. 적절한 말이 떠오르지 않는다. 퉁퉁거리는 심장 소리만 들려올 뿐이다. 미우는 체념한 듯 말을 잇는다.

"사실은… 할아버지가… 독립운동을 한 게 아니라… 친일……."

더 이상 말을 잇지 못한다. 발가벗은 채 저잣거리에 내몰린 기분이다. 부끄러움은 금방 흐느낌으로 변한다.

"뭐야?"

현철이 바르르 떤다. 지나치게 확대해석한 건 아닐까, 생각했던 게 싹 가셔 버린 것이다. 친일행각까지 독립운동으로 둔갑시킬 정도면 더 많은 것들이 숨겨져 있을 거라는 불신이 똬리를 틀고 들어앉는다. 현철은 잠시 미우를 노려보다가 고함을 지른다.

"그래, 독립운동을 했건 일본 놈 앞잡이를 했건 그건 궁금하지 않아. 두 사람이 어떤 관계였는지 그게 알고 싶은 거야."

"관계라니요? 할아버지 때문에 친척들을 피해 왔을 뿐이에요. 아무 데서나 그런 사실을 까발리는 친척들이 싫었다구요. 경훈 오빠가 그럴 사람은 아니지만 피해의식 때문에 당황을 했던 거라 구요. 우리 승빈이를 위해서라도 숨기고 싶었어요. 정말 다른 이유는 없어요. 제발 믿어주세요."

간절하게 해명을 했지만 현철은 곧이듣지 않는다. 처가의 근본도 모른 채 기죽어 살아온 게 억울할 뿐이다. 지나치듯 '저 사람이 왜 저럴까?' 생각했던 것까지 의심스러워지기 시작한다. 범인에게 결정적 단서를 찾아낸 형사의 확신처럼 단단하다. 미우에게 여고 동창 한 명 없는 것도, 여고 때 찍은 사진 한 장 없는 것도, 여학교 시절을 추억할 만한 얘기 한 번 꺼내지 않는 것도, 사생활과 연관이 있을 거라는…….

"그거 말고도 의심스러운 일들이 많았어. 여고 동창 하나 없는 것도 좀 이상한 거 아냐? 여자에겐 여고시절이 가장 중요하다고 들었는데 친구는커녕 사진 한 장 없는 건 이상하지 않냐구? 뭔가 드러나서는 안 될 일이 있는 게 아니냐구?"

미우는 멍하니 그를 쳐다본다. 대역죄를 지은 것도 아닌데 이렇게까지 자존심이 상해야 되나, 하는 눈빛이다. 세월의 잔인한 흔적들이 가슴 속에서 난도질을 하기 시작한다.

초등학교 때까지만 해도 할아버지 과거는 시빗거리가 아니었다. 부모가 쏟는 정성만큼 선생님들의 사랑을 받았고 친구들도 많았다. 그러나 중학교에 들어가면서 사정은 달라졌다. 외할머니가 포주였다는 사실은 고문보다 더한 형벌이었다. 선생님들께 웃음만 보여도 피는 속일 수 없다며 비아냥거렸다. 미우는 자신의 정체를 숨기고 싶었다. 멀리 이사를 가자고 졸랐지만 아버지는 수익성 좋은 양조장을 포기하지 못했다.

사치스런 치장에 가려 있던 외모도 교복을 입으면서 노출되었다. 부숭부숭한 눈과 낮은 코, 사이가 벌어진 이빨, 훗날 자랑스럽게 여기게 될 큰 키까지 다 불만스러웠다. 끝 번호 한 번 면해보는 게 소원이었다. 학년 초가 되어 좌석배정을 할 때는 등을 구부리는 등 별 수단을 다 썼다. 농구선수가 적격이라는 말도 상처였고, 여자는 모름지기 아담해야 된다는 말에는 모욕감까지 느꼈다.

미우는 교복 속에 목을 집어넣고 지나치게 웅크리고 다녔다. 묻는 말 외에 입을 여는 일이 거의 없었다. 교만하고 엉큼하다는 비난까지 받게 되었다. 사람을 만나는 게 두려웠다. 오직 가정교사 밑에서 공부하고 무용학원에서 발레를 하는 것으로 고독을 달랬다. 미우는 고등학교 교문을 나서던 날 대대적인 변신을 시도했다. 쌍꺼풀을 크게 하고 코도 오뚝하게 세웠다. 예전의 사진도 불태우고 동창들과 연락도 끊었다. 주민등록증에 새로운 얼굴이 들어앉았다. 호적에도 새로운 이름이 새겨졌다. 모든 기억들도 지울 수 있는 한 지우고 싶었다.

이미 주민등록상의 이름으로 살아온 그녀! 성형이 죄가 되는 것도 아닌데 죄인처럼 고개를 떨군다. 잊어버리려고 그렇게나 발버둥쳤던, 꿈이 아니면 괴롭힘 당할 일이 없었던, 세월 저편에 묻어두었던 과거를 털어놓으며 미우는 눈물을 흘린다. 그러나 자존심에만 상처를 입혔을 뿐 현철을 설득하는 데는 도움이 되지 못한다.

그날 이후 현철은 매사에 의심을 한다. 조카뻘 되는 남자와 인사만 해도, 전화가 잘못 걸려 와도, 나이가 많건 적건 남자는 다 정부 취급을 하는 것이다. 남자가 우연히 길을 물어오는 것도, 남자와 엘리베이터를 같이 타게 되는 것도, 남자 음성이 수화기를 타고 그의 귀에 들어가게 되는 것도. 모두 그녀의 의지와는 상관없이 일어날 뿐인데……. 그의 말대로라면 기둥서방이 수백 명도 넘을 것이다. 어쩌다 외출을 하게 되면 운전기사를 딸려 보내고 환자 진료가 끝날 때마다 전화를 하여 위치를 파악한다. 곧 운전기사마저 의심을 하고 내보낸다.

처가에서 병원을 차려준 것까지 트집을 잡았다. 치명적인 흠을 무마하기 위한 수단이었다는 것이다. 정략결혼을 한 거라고 몰아세우고, 심지어 처녀막 재생수술을 하여 처녀행세를 했던 게 아니냐는 고문도 한다. 한 번 시작하면 밤을 꼬박 새운다. 너무 힘이 들어서 머리카락을 뜯기는 중에도 꾸벅꾸벅 졸 때가 있다. 현철이 화장실에라도 가게 되면 금방 고꾸라져 잠이 든다. 좀 전에 닦달한 내용이 꿈에 나타나는 경우가 있다. 그럴 때는 꿈과 현실을 착각하는 일도 생겨난다. 고함 소리에 놀라 싹싹 빌며 용서를 빈다. 자신이 부정한 행위를 했고 그가 목격했다는 착각에 빠진 것이다. 현철이 육하원칙에 따라 심문을 하면 꿈에 본 장소를 대며 방금했다고 말한다. 현철은 장난이냐며 영락없이 뺨을 때린다.

그렇게 밤을 새우고 나면 미친 듯이 잠이라도 자고 싶다. 현철은 내버려 두지 않는다. 하루 종일 사랑한다며 전화를 해댄다. 선물을 사주는 것으로 보상하려 든다. 백화점 직원들은 자상한 남편을 뒀서 행복하겠다며 부러워한다. 미우는 마음에도 없는 것들을 받아 들고 잘근잘근 분노를 씹는다. 외출할 기회가 없으니 사용할 일도 없는 것들이다. 보석함에는 값비싼 보석들이, 옷장에는 명품 옷과 핸드백이 차곡차곡 쌓여 있다. 심지어 쇼핑백에서 나와 보지 못한 것들도 많다. 미우는 점점 그의 시선을 피한다. 꼭 필요한 경우를 제외하곤 입을 열지도 않는다.

미우가 멀리하면 그는 더 집착을 한다. 의심의 강도도 심해진다. 환자나 간호사가 친절을 베푸는 것마저 유혹으로 받아들인다. 그것은 곧 미우에 대한 의심으로 발전한다.

'남자와 함께 있는 거 아냐? 맞아, 분명해.'

미우가 다른 남자와 엉켜 있는 듯한 환상에 빠져들기 일쑤다.

〈지금 네 아내가 뭘 하고 있는지 알아?〉

그런 음성이 들려오는 것도 같다. 그런 때는 자석에 끌린 듯 집으로 달려간다. AS기사의 멱살을 잡은 적도 있고, 가사 도우미마저 남자와 연락책으로 여겨 내보냈을 정도다. 쓰레기 버리러 가는 것까지 쌍안경으로 관찰할 때가 있다.

그의 말은 소설보다 적나라하고 공안검사 취조보다 더 지독하다. 너무 엽기적이어서 입이 떡 벌어질 정도다. 마치 일어나지 않을 일들만 골라서 하는 것 같다. 어디서 그렇게 기발한 발상이 떠오르는지 모르겠다. 그렇게 쓸데없는 일에 정력을 소모하는 데도 제왕절개 권위자로 명성을 날리는 것은 불가사의 같은 것이다. 그는 자연분만이 가능한 임산부에게도 제왕절개를 권한다.

그가 제왕절개 장점을 나열하면 산모들은 대부분 고개를 끄덕인다. 우후죽순처럼 병원이 생겨나고 폐업을 하는 중에도 그의 병원은 산모가 늘어나는 추세다.

현철은 스스로 의처증 환자라는 것을 잘 안다. 알 만큼 아는 놈이, 더군다나 의사라는 놈이 이게 무슨 짓인가, 자책하며 머리를 쥐뜯는다. 미우를 붙잡고 울기도 한다. 의사가 아니면 정신과 치료라도 받겠지만 그럴 수조차 없어서 더 힘이 든다는 것이다. 그런 때는 미우도 같이 운다. 죽이고 싶도록 미웠는데 본심이 아니라는 생각이 들고 불쌍하다.

현철은 손찌검을 하고 나면 섬뜩한 각오를 하는 것으로 끝을 맺는다. 다시 한 번 그런 짓을 하면 스스로 손을 잘라버리겠다는 것이다. 그러나 일주일을 넘기지 못한다. 그런 일이 반복되면서 미우 성격도 변해간다. 조용한 날이 일주일을 넘기면 불안해진다. 환자와 그, 간호사와 그 사이에 무슨 일이 벌어진 것 같은 의심이 드는 것이다. 그대로 방치하면 큰일이 벌어질 수 있다는 것을 두 사람은 잘 알고 있다.

빨래 바구니에 놓아둔 현철의 와이셔츠에 얼룩이 묻어 있다. 지린내가 나는 걸로 보아 오줌 같다. 그러나 쥐가 들어온 흔적은 보이지 않는다. 미우는 생선을 구우면서 창문을 열었다는 걸 기억해 낸다. 방충망을 연 것 같지 않지만 확신할 수 없다. 기억보다 망각이 많은 이즈음이다. 현관문 비밀번호를 잊어버리는 일까지 심심찮게 일어나곤 하니……. 모르는 사이에 열었겠지, 한다. 얼룩진 옷을 내려다보며 쥐약을 놓을까, 사람을 불러 처리할까, 고민을 한다. 그때 벨 소리가 울린다. 누가 쫓아오기라도 한 것처럼 허둥지둥 걸어가 문을 연다. 좀 전의 일은 까맣게 잊어버린다.

다음 날, 간식을 만들기 위해 부엌으로 들어간다. 거실에서 블록놀이를 하던 승빈이 따라 들어온다. 승빈은 싱크대에서 플라스틱 통을 꺼내 두들기다가 세탁실로 들어간다. 아이 손이 닿는 곳에 위험한 것들은 없다. 미우는 안심한다. 승빈은 거실로 돌아가 다시 블록놀이를 한다. 미우는 감자를 삶고, 으깨고, 튀기고, 크로켓을 만드는 일에 열중한다.

한 시간 후, 미우가 크로켓을 들고 거실로 나온다. 승빈은 여전히 블록놀이에 빠져있다. 미우는 놀이를 중단하지 않으려고 거실 바닥에 앉아 크로켓을 먹인다. 평소 먹는 것에 관심이 없는 승빈이 순식간에 하나를 먹어치운다. 모처럼 미우 얼굴이 환해진다.

"아휴, 예뻐라! 우리 승빈이가 그렇게 많이 먹었어? 하나 더 먹을까?"

그러나 두 개째 먹이려 들자 뱉어버렸다. 미우가 걸레를 가지러 세탁실로 들어간다. 현철의 면바지가 제법 젖은 채 타일 바닥에 놓여 있다. 미우는 고개를 갸우뚱한다. 좀 전에 빨래를 하려고 옷을 꺼냈던 것도 같다. 후각은 이미 기름 냄새에 절어 다른 냄새를 구별하지 못한다.

'내 정신 좀 봐, 빨래를 하다 말았네. 세탁기에 돌리면 되는 걸 굳이 손빨래를 하려고, 그것도 바닥에다……'

미우는 쯧쯧, 하면서 고개를 흔든다. 곧 짜증이 밀려온다.

'아휴, 보기 싫어! 뭐가 좋아서 손빨래까지 해주려고 했을까.'

바지를 집어 세탁기에 집어던진다.

며칠 후, 빨래 바구니가 엎어져 있다. 바구니를 바로 세우려던 미우가 기겁을 한다. 현철의 와이셔츠가 바닥에 놓여 있고 그 위에 대변이 뭉개져 있다.

'도둑이 들었나 봐! 어떡하지?'

미우는 그 자리에 서서 벌벌 떤다. 잠시 마음을 추스르고 현철에게 전화를 한다. 현철은 경찰에 신고하지 않았다며 화를 낸다. 현철이 곧장 달려온다. 그리고는 외화가 숨겨져 있는 곳을 급히 열어본다. 미우는 보석함을 살펴본다. 모든 것들은 흐트러짐 없이 제자리에 놓여 있다.

경찰이 승빈을 가리키며 몇 가지 묻는다. 미우는 절대, 하면서 고개를 흔든다. 세 살이 된 승빈은 기저귀를 떼고부터 실수를 한 적이 없다. 지나치게 깔끔한 것을 염려할 정도다. 미우는 몇 시간 전에 승빈이 대변을 봤다는 것까지 확인시킨다. 꼭 그랬던 것만 같다. 경찰은 현관문을 열어 놓은 적은 없는지, 원한관계는 없는지 묻는다. 미우는 현철을 힐끔 쳐다보고 기어들어가는 목소리로 말한다.

"쓰레기 버리러 가면서 잠깐 현관문을 열었어요."

현철의 시선이 따갑다. 미우는 바닥으로 눈을 돌린다. 경찰은 여기저기 지문을 채취하는 등 부산을 떨다가 무슨 일이 생기면 즉시 연락하라는 말을 남기고 돌아간다. 현철이 현관으로 걸어가며 고함을 친다.

"여편네가 정신을 어디 두고 사는 거야? 문단속 잘해."

현관문이 쾅, 소리를 내며 닫힌다. 반대쪽 유리문이 덜컹, 한다. 미우는 너무 불안하다. 일이 손에 잡히지도, 할 마음도 생기지 않는다. 승빈이 옆에 있으면 그나마 조금 편안하다. 미우는 승빈을 안아주고, 업어주는 것으로 시간을 보낸다. 한참 후, 목욕을 시키기 위해 욕실로 들어간다. 아이 옷을 벗기던 미우가 깜짝 놀란다. 속옷에 대변이 묻어 있는 것이다. 미우는 목욕탕 바닥에 덥석 주저앉는다.

승빈의 행동이 달라진 것은 한 달이 넘었다. 미우가 폭행당한 것을 목격하고부터다. 그날 승빈은 미우 뺨을 어루만지며 말했었다.

"엄마, 아파? 울지 마! 아빠 싫어! 미워!"

그전에는 엄마 좋아! 아빠 좋아! 다 좋아! 했었다. 아빠에 대한 적대감은 그날로 끝이 난 줄 알았었다. 이후 말을 잘하지 않고 거부반응을 나타내곤 했지만 흔히 있을 수 있는 일차 반항기쯤으로 생각했었다. 미우는 승빈을 와락 끌어안는다. 어린것이 폭삭 늙어버린 것만 같다. 날카로운 파편이 가슴을 파헤친다. 통곡은 심한 울림이 되어 목욕탕을 뒤흔든다.

클리닉이라는 글씨가 없다면 병원이란 것을 아무도 모를 것이다. 도심 속 저택 가우디의 까사 밀라를 연상케 하는, 예술성이 돋보이는 건물이다. 외벽을 연한 살구 빛으로 한 것이나 곡선을 많이 이용한 것은 병원이 주는 이미지를 벗어나자는 미우 말을 반영한 것이다. 옥상 공원도 일품이다. 키가 작은 목본류와 야생화들이 확독에 어우러져 섬세하고 고급스런 분위기를 자아낸다. 자연석을 이용한 연못 속 물양귀비와 부레옥잠도 특별해 보인다.

무엇보다 관심을 끈 것은 적재적소에 놓인 미술품들이다. 미우의 안목이 범상치 않다는 것을 보여주는 것들이다. 오층에는 살림집과 서재가 있다. 서재에 설치한 방음벽은 소리를 완벽하게 집어삼킨다. 미우의 고문장소로 부족함이 없다는 것을 이미 확인시켜준 곳이기도 하다.

현철의 명성을 증명하듯 개업식은 축제 분위기다. 사람들 눈에 비친 미우는 행복에 겨운 사람 같다. 부러운 게 뭐냐고 묻는 사람들이 많은 것만 봐도 그렇다. 그들 부부는 친구들과 함께 음향시설이 있는 룸살롱으로 향한다. 술이 몇 순배 돌아가자 누군가 브루스 곡을 선곡하고 서로 짝을 바꿔 춤을 추기 시작한다.

남자들은 유독 미우에게 관심을 쏟는다. 오랜만에 모습을 드러낸 것도 이유랄 수 있지만 그녀는 그럴 만한 매력이 있다. 미우는 바짝 긴장한다. 춤을 청하면 어떡하나, 걱정이 앞선다. 아니나 다를까 동석이 다가온다. 그는 무도회에서나 있음직한, 허리를 숙이고 손을 앞으로 내밀며 익살스럽게 춤을 청한다. 미우는 고개를 흔든다.

"이 사모님이 왜 이러시지? 남편 잘나간다고 교만하게 굴면 섭섭하지요."

미우는 엉겁결에 끌려나온다. 가슴이 지진을 맞은 듯 쿵쾅거린다. 힐끔 현철을 쳐다본다. 쏘아보는 눈총이 몹시 따갑다. 미우는 어지럽다는 핑계를 대고 자리로 돌아온다. 밤새 시달릴 생각을 하니 머리가 지끈거린다. 속까지 메슥거린다. 게워내기라도 하면 좀 편할 것 같다. 미우는 핸드백을 들고 방을 나온다. 바로 그때 현철의 휴대폰이 울린다. 그도 전화기를 들고 밖으로 나간다.

화장실 안, 토악질을 끝낸 미우가 물로 입을 헹구고 거울을 들여다본다. 토하고 나니 조금 살 것 같다. 그러나 눈이 벌겋다. 내보이고 싶지 않은 얼굴이다. 분첩을 꺼내 얼굴을 매만진다.

'이렇게까지 살아야 하나, 차라리 끝내는 게 나아.'

거울 속 그녀 표정이 결연하다. 한참 후 발걸음을 옮긴다. 마침 남자 화장실에서 나오던 동석과 마주친다. 그가 겸연쩍게 눈인사를 한다. 살짝 웃는 것으로 답례한다. 그때 요란스러운 발자국 소리가 난다. 현철이 숨을 헐떡거리며 모습을 드러낸다. 눈에서 불꽃이 튀고 있다. 미우는 눈을 동그랗게 뜨고 그 자리에 얼어붙는다. 현철이 미우를 끌어당긴다. 끌려가는 미우가 휘청거린다. 현철은 차에 미우를 밀어 넣으며 무슨 짓을 했느냐고 다그친다. 미우는 체념한다. 말을 하든 안 하든 빤하기 때문이다.

"지은 죄가 있으니까 말 못하는 거지?"

미우는 전에 없이 침착하다. 비웃음 같은 게 얼굴을 스쳐 지나간다. 차는 간간이 끽끽 소리를 내지르며 도심을 달린다. 미우가 핸드백을 열고 휴대폰을 꺼낸다. 현철이 미우를 끌고 들어간 곳은 그의 진료실이다. 환자용 침대나 기구가 없다면 안방으로 착각할 만큼 아늑하다. 새집증후군 처리를 마쳤다고는 하지만 아직 새 건물 특유의 냄새가 난다. 현철이 고함을 친다.

"누워!"

미우는 잘못 들은 게 아닌가 하는 표정으로 현철을 쳐다본다. 그의 눈에 살기가 등등하다. 순간 진심이라는 걸 안다. 모멸감이 전신을 휘감는다. 미우는 휴대폰을 꽉 쥔다. 미우는 그동안 묻어

두었던 말들을 뱉어낸다.

"당신도 인간이야? 차라리 죽여. 인간 같지 않은 당신하고 더 이상 살고 싶지 않으니까 차라리 죽여주라구."

"뭐라구?"

현철이 재킷을 잡아 흔든다. 그가 흔드는 대로 미우는 흔들거린다. 크리스털 브로치가 바닥으로 떨어진다.

"이거 놔."

미우가 재킷을 잡아채며 말한다. 그리고 그를 노려본다. 한 번도 본 적이 없는 눈빛이다. 현철은 조금 긴장한다.

"감히 나를 노려봐?"

"당신, 그 정도밖에 안 되는 인간이구나. 도대체 끝이 어디야?"

"그 정도? 유혹할 놈이 없어서 친구까지 유혹하고 그 정도?"

가냘픈 뺨이 철석 소리를 낸다. 미우가 휘청한다. 그러나 큰 숨을 몰아쉬면서 몸을 바로잡는다. 휴대폰이 쥐어 있는 손을 등 뒤에 숨기고 조심스럽게 폴더를 연다. 손가락으로 더듬더듬 작은 테이프가 붙어 있는 버튼을 찾는다. 온몸이 떨리고 손은 축축이 젖어든다. 손가락은 용케 버튼을 찾아낸다. 이제 버튼을 누르기만 하면 경찰서로 전화가 걸려 갈 것이다. 엄청난 진동이 휘몰아친다. 손가락은 더 이상 움직일 생각을 하지 않는다.

잠시 후 마비된 듯한 손가락에 힘이 들어간다. 곧 발신음이 떨어진다. 흥분한 현철은 듣지 못한다. 미우가 스텐리스 테이블에 놓여있는 기구를 슬쩍 떨어뜨린다. 금속끼리 부딪히며 뒹구는 소리가 매우 시끄럽다. 현철이 소리 나는 쪽으로 고개를 돌린다.

순간 미우가 큰 소리로 말한다.

"여기 M산부인과예요."

미우는 더 이상 말을 잇지 못한다. 숨을 헐떡거리며 눈물만 흘릴 뿐이다. 꺽꺽, 소리가 가슴으로부터 밀려나온다. 현철이 고개를 돌리고 그녀를 쳐다본다. 저 여자가 미쳤나, 하는 표정이다. 그가 다시 손을 올리려던 찰나! 남자의 목소리가 다급하게 들려온다.

"여보세요, 말씀하세요. 휴대폰 위치 추적하고, M산부인과로 출동준비!"

현철은 비로소 모든 상황을 알아차린다. 그는 후들후들 떨며 무릎을 꿇는다. 그리고 언제나처럼 다시는 그러지 않을 거라고, 한 번만 용서해 달라고 애원한다. 미우는 결연하다.

"아니! 사람의 권리를 포기하고 살아온 게 이 년이야. 더 이상 감추지 않을 거야. 당신한테는 명예만 소중해? 이대로 가면 모두가 파멸인데? 승빈이까지 망칠 수는 없잖아. 승빈이 가슴에 얼마나 큰 멍이 들었는지 몰라? 승빈이가, 내 아들 승빈이가, 내 목숨보다 소중한 내 아들 승빈이가, 자폐아가 돼 가고 있다는 거 정말 모르냐구?"

승빈이가, 승빈이가, 할 때마다 목소리는 한층 더 격렬해진다. 한 번도 들어본 적이 없는 짐승의 포효 같은 울부짖음이다.

현철은 몽롱하다.

'그날 그 비행기를 타지 않았더라면, 미우를 만나지 않았더라면……'

그날의 일들이 환영처럼 스쳐지나간다. 고급스럽고 도도한 그녀 옆에 주눅이 든 모습으로 앉아 있었던 그의 모습이! 나무꾼과 선녀처럼 여겨졌던 그날의 영상이!

'아! 미술관에서 그 사람만 만나지 않았더라도…….'

현철은 무릎을 꿇은 채 오열한다. 오층 살림집에는 미우의 친정식구들이 와 있지만 진료실에서 어떤 일들이 벌어지고 있는지 아무도 알지 못한다. 축하 화환으로 뒤덮인 병원은 밖에서 보기엔 너무나 우아하고 평화스럽다.

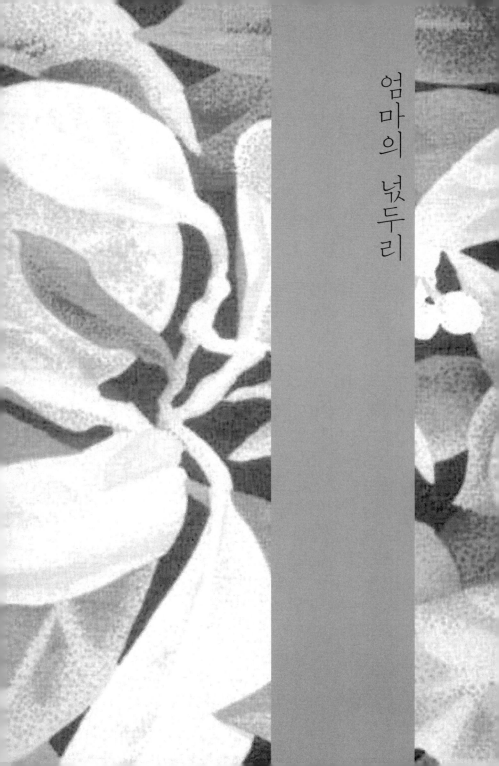

엄마의 넋두리

엄마가 우리 집에 오면 늘 하는 타령이 있다. 아버지 타령! 아버지가 막내딸 사는 모습을 못 보고 세상을 떠난 게 안타깝다는 것이다. 그 타령은 이십 년 동안 이어져 왔지만 으레 나의 탄생으로 시작하여 아버지 죽음으로 끝이 난다. 오늘은 영부인 투피스와 비슷한 옷을 엄마를 위해 사온 데서 비롯되었다.

"어디서 익케(이렇게) 이쁜 옷을 사왔다냐? 이여사가 입은 것하고 똑같이 생겼다. 좋자잖한 가시나 낳았다고 몸뚱아리가 퉁퉁 붓게 울었는디 그 딸 덕에 호강하네. 이랑께 자석 없는 사람은 서럽다고 하겄제잉."

이쯤 되면 나의 탄생이 그리 축복받은 것이 아니라는 것을 알 수 있을 것이다. 나는 육이오 전쟁이 끝난 다음해, 남아선호 사상이 팽배한 그 시기에 넷째 딸로 태어났다. 엄마는 서른여섯, 아버지는 마흔둘이었다. 원산에서 피난 내려와 고향인 해남에 둥지를 튼 지 사 년째 되던 해였다. 불과 몇 개월 전까지 엄마 친정에서 더부살이 했던 그들이 나를 임신하고부터 집을 사는 등 일이 잘 풀려서 자식 운도 따를 거라 믿고 있었다. 셋째 언니에게 땅꼬, 모도(모두), 끝순이 등 끝을 상징하는 별명을 다 붙여놓고 아들이 태어나기만 기다리고 있었다.

나의 탄생은 그들에게 청천벽력이었다. 엄마는 그날 분위기를 초상집 같았다고 표현했다. 이십 년 동안 같은 대사를 하면서도 늘 그 대목에서 눈물을 흘리는 것으로 그날의 상처를 짐작할 수 있다. 그 대목에 들어서면 나는 어김없이 추임새를 넣는다.

"아이고, 이년이 죽일 년이여! 딸 없는 집도 많은디 해필이면 그 집에서 태어났으까잉."

엄마의 대사는 자동으로 끊긴다. 웃어야 하니까! 그때 엄마 표정은 웃음과 울음이 절묘하게 섞여 있는데 보여줄 수 없어서 유감이다. 엄마가 다시 대사를 잇기까지 상당한 시간이 걸린다.

"시상에, 도둑질이 극케(그렇게) 무서우면 도둑놈이 한나도 없을 것이다. 놈 부끄러서 벤소에도 못 가겄드라. 아들을 돈으로 살 것 같으면 폴새 사부렀제 이십 년이나 지달렸겄냐?"

엄마 뱃속에서부터 목소리를 익혀온 아버지는 내가 딸이라는 걸 확인한 순간 몸을 후들후들 떨었다. 또 딸이네, 한마디 하고는 입을 다물어버렸다. 그때 둘째 언니가 갓난아기인 나를 보겠다고 호들갑을 떨다가 요강까지 엎어버렸다. 분위기는 한층 더 살벌해졌다.

아버지는 '빌어먹을!' 소리를 연발하면서 사랑방으로 건너갔다. 그러나 잠이 올 리 만무했다. 오른쪽으로 누우면 왼쪽으로 눕고 싶고, 왼쪽으로 누우면 오른쪽으로 눕는 게 편할 것 같았다. 한참을 뒤척거리다가 자리를 박차고 일어났다. 헛헛함을 달래기 위해 마당으로 나왔다. 담배 한 개비 꺼내 물고 대문을 바라보았다. 희끗희끗 금줄이 눈에 들어왔다. 훗날 나를 무척이나 사

랑해 주었던 머슴이 쳐놓은 것이었다. 아버지는 저벅저벅 걸어가
금줄을 확 잡아챘다.

"검줄은 뭔 놈의 검줄."

금줄은 곧 아궁이에 던져졌다. 엄마는 내장을 긁어내는 통증을
견뎌야 했다. 금줄을 태워 먹든 삶아 먹든 조용히 거사를 치렀더
라면 잠시라도 그 사실을 모르고 있었을 텐데……. 소리를 삼키
며 섧게 우는 엄마의 고통을 갓난아기라고 모르겠는가! 내가 그
걸 기억하지 못한 것은 정말 다행스러운 일이 아닐 수 없다. 아버
지는 엄마의 상처 따위는 안중에도 없었다. 아침 일찍 일꾼들을
불러내 나락을 퍼내기 시작했다. 작은아버지에게 전답을 사준다
는 것이었다. 제 동생에게 전답을 사준다는데 시비할 일은 아니
었다. 그러나 하필이면 꼭 그날이어야 했을까!

엄마는 피 같은 눈물을 뚝뚝 흘렸다. 그렇잖아도 속이 상해 죽
겠는데 남편의 냉대까지 견뎌야 하는 심정이 오죽했으랴! 첩이라
도 들여오면 어떡하나, 걱정도 했을 것이다. 내가 태어나기 전,
또 딸을 낳으면 첩을 들여서라도 후사를 봐야 된다고 말하는 사
람들이 더러 있었으니…….

엄마는 다시 눈물을 닦아냈다. 나는 방바닥을 탁, 내리치면서
또 다시 추임새를 넣는다.

"성질 더~럽다! 그랑께 빨리 죽어부렀제. 그런디 그 보초없는
(재수없는) 가시나가 뭣하러 쏙 기어 나와 갖고 우리 모친 맘고생
을 시켰으까잉!"

엄마는 또 웃는다. 아주 많~이.

할아버지와 할머니까지 구박을 했다면 엄마는 어쩜 목을 달았

을지도 모른다. 다행히도 그분들은 인격적이었다. 오히려 엄마를 위로해 줬다.

"아가, 걱정하지 마라. 우리 집은 딸도 귀하다고 안 그러더냐. 딸도 잘 키우면 검사도 되고 판사도 되는 시상이 온다는디 뭣이 걱정이다냐. 그저 근강하고 많이만 낳아라. 아들이건 딸이건 손이 많아야 쓴다."

시대가 시대이니만큼 할아버지 할머니가 아들 손주 기다리는 거야 어느 누구 못지않았겠지만 아들 둘이 전부인 그들에겐 자식은 다 애중했다. 전란 중에 딸자식과 생이별을 했던 것이다.

"뭣하러 생겼으까 하다가도 눈 꺼먼히 쳐다보고 있으면 어찌께 짠하던지, 내가 천하게 키우면 놈들은 더 천하게 볼 것이라 파마 시키고 유똥 치마 입혀서 겁나게는 귀하게 컸어야. 익케 못난 것을 어디가 이쁘다고 극케도 귀하게 컸는가 몰라."

엄마는 마지막 말을 하면서 내 볼을 살짝 꼬집었다. 전쟁이 끝난 지 얼마 되지 않은 때 머리를 볶아주고 비단옷까지 입혔던 걸 보면 특별대우를 해준 것은 사실이지만 다른 딸들보다 예뻐서는 아니었다.

'딸 많다고 무시하지 마쇼. 아들이면 다 아들이고 딸이면 다 딸인 줄 아시오? 잘 키워갖고 뭔가를 보여 줄 것인게 두고 보쇼.'

그런 것이 아니었을까? 자격지심에서 비롯된 화려한 포장, 일종의 과장광고였을 것이다. 엄마가 나를 볼 때마다 유똥 치마를 들먹거리며 생색을 내는 것도 나에 대한 사랑이 부족했다는 것을 숨기려는 의도일 수 있었다. 언니와 나 사이에 분쟁이 생길 때마다 언니 편을 들어 노엽게 만든 게 어디 한두 번이었던가!

"물렀거라! 춘향이가 유똥 치매 입고 길을 납신다. 그랑께 지금, 시방, 오날날, 모친께서 입고 계신, 대통령 마누래나 입을 수 있는 이 옷은 그때 유똥 치매 값이라고 생각하쇼잉!"

우리 모녀는 또 한참을 웃었다.

"지 복은 다 지가 타고 난 것이드라. 낳던 날 같으면 생전 안 볼 것 같던 느그 아부지가 어찌께나 이뻐하든지 집에 있는 날은 품에서 놓을 줄을 몰랐어야, 벤소에까지 보듬고 댕기고. 아부지가 너머 이뻐해 논께 위아래도 몰라보고 강. 가시나가 웬만히 싸나웠어야제."

"내가 싸나워서 그랬다고라우? 그것은 절.대. 아.니.제! 아부지가 매락없이 나를 이뻐했겠소?"

내가 위아래를 몰라봤다는 것은 천부당만부당했다. 육이오를 북침이라고 주장하는 괴뢰도당의 말보다도, 종군위안부가 자진해서 몸을 바쳤다는 일본 놈들 말보다도 더 억울한 것이었다. 아니, 내가 파충류의 몸을 빌어 세상에 태어났다는 것보다도, 창녀의 태를 빌어 태어났다는 모략보다도 더 모욕적인 말이었다. 내가 죽기 살기로 언니에게 대든 것은 억울하기 짝이 없는 내 인생을 스스로 개척하기 위한 처절한 생존방식이었다.

나의 연적이었던 셋째 언니는 머리가 좋은 만큼 꾀가 많았다. 유독 내게 심통을 부리곤 했다. 네 자매 중 유독 생김새가 달라서 '주워온 딸'이라는 말을 들어온 것이 심사를 꼬이게 했는지도 모른다. 그리 예쁘지도 않은 내가 언니 옆에만 있으면 예뻐 보이는 것도 기분 좋은 일은 아니었을 것이다. 언니 주변 사람들이 처음 나를 보면 으레 '진짜로 동생이 맞냐.'며 보고 또 보고 했으니까.

네 살이나 많은 언니와 한판승부를 하기에는 내 신체 조건이 몹시 불리했다. 너덧 살이 될 때까지만 해도 언니의 구박을 숙명적으로 받아들였다. 그러나 키가 자라면서 언니의 오장을 긁어낼 만한 무기를 알게 되었다. 약 올리기 작전이었다. 언니는 이마와 뒤통수가 툭 튀어나와서 쪼새(조새-새의 대가리처럼 생긴 굴 까는 기구)라는 별명을 갖고 있었다. 언니가 그 말만 들으면 펄쩍펄쩍 뛰며 흥분한다는 것을 알아낸 것이다. 나는 언니와 언쟁을 하게 되면 쪼새! 하고 도망을 쳤다. 그리고 저 멀리서 사람들이 언니를 놀릴 때 하는 말을 리듬에 맞춰 읊어댔다.

"앞뒤 꼭지 삼천 리, 왔다 갔다 육천 리, 뺑 돌아서 구천 리."

언니는 코를 씩씩 불며 쫓아왔고 나는 볼때기를 날리며 도망을 갔다. 속도로 따지면 언니가 훨씬 빠를 수밖에 없었다. 다만 끈질기게 달리는 내 근성을 따르지 못했다. 훗날 내가 제법 달리기를 잘하게 된 것도 그런 생존경쟁에서 비롯된 것이 아니었을까? 나는 화가 풀리지 않으면 좀 전의 가사를 조금 바꿔 다시 약을 올렸다.

"앞뒤 꼭지 퉁나발, 왔다 갔다 육천 리, 뺑돌아서 구천 리."

몸이 자라면서 전투 방법은 또 달라졌다. 일명 맞불작전이었다. 언니가 손을 뻗치려고 하면 미리 몸을 날려 머리카락을 잡았다. 나는 언니 손이 올라올 때를 기가 막히게 잘 알았다. 한 번 잡으면 죽을 각오로 붙잡고 있었다. 언니가 먼저 손을 놓거나 누군가 뜯어 말릴 때까지…….

그런 뒤에는 서로의 손에 까치집 같은 머리카락이 쥐여져 있었다. 나는 내 손에 들어있는 언니 머리카락을 신경질적으로 집어

던졌다. 곧 언니 손에 든 내 머리카락을 빼앗아 들고 씩씩거리면서 언니를 노려봤다. 내 손에 든 머리카락 한 번 쳐다보고 언니한 번 노려보고를 반복하고 있으면 언니가 먼저 꼬리를 내렸다. 가끔 자매들이 모이면 그런 얘기를 하면서 깔깔거리곤 하지만 당시에는 언니 없는 친구가 너무 부러웠다. 싸움이 끝나고 나면 나는 기어이 한마디 뱉었다.

"쪼새! 아부지한테 다 일러불 것이여!"

그러나 한 번도 아버지에게 이르지 않았다. 가끔 머리채를 잡고 낑낑거리다가 엄마에게 들키기도 했는데 엄마는 위, 아래를 몰라본다고 나한테만 야단을 쳤다. 손아래라는 이유로 무조건 야단을 맞는 게 얼마나 억울한 것인지 당해본 사람은 알 것이다. 그 또한 동생을 오빠라고 부르라는 것보다 더 억울한 말이었다. 나는 쌍불을 켜고 대들었다.

"잘못한 것도 없이 매락없이 때렸는디 나한테 잘못했다고 하면 쓰겠소? 웃물이 맑아야 아랫물이 맑제, 아랫물이 우그로 올라간다우?"

윗물이 맑아야 아랫물이 맑다는 말은 평소 아버지가 언니들을 야단칠 때 쓰는 말이었다. 아버지는 우리 자매 중 누군가가 잘못을 하면 무조건 큰언니가 본을 잘못 보인 거라며 언니부터 야단을 치곤 했다. 그러니까 아버지는 위에서 모범을 보여야 한다며 손위를 야단 치는 반면 엄마는 손아래를 야단치는 셈이었다. 엄마는 내 말이 틀리지 않다는 걸 알면서도 얄미워 죽겠다는 듯 말했다.

"아이고, 저 놈의 주뎅이를 강! 누구 닮아서 적케도 쫑쫑 대들끄나."

"잘못은 쪼새가 했는디 나한테만 뭣이라고 한께 그라제."

"열 손꾸락 깨물어 봐라, 안 아픈 손꾸락 있는가."

"아프게 깨물면 아프고, 안 아프게 깨물면 안 아프제!"

겨우 예닐곱 살밖에 안 된 내가 정곡을 찔러대는 것에 엄마는 뜨끔할 수밖에 없었다.

"아이고, 저 이가(李家) 놈의 종자. 쬐깐한 가시나 새끼가 한마디도 안 지고 쫑쫑대드는지⋯⋯."

그렇게 말하면서도 속으로는 무척 흐뭇해 한다는 것을 알았다.

"영락없이 즈그 할아부지 닮았단 말이요. 야물딱시럽기가 말로 다 못해라우. 말끝마다 옳은 소리만 한께 내가 함부로 말을 못해요. 머스매로 태어났으면 한가락 할 것인디 그놈의 꼬치가 없은께⋯⋯."

엄마는 늘 주위 사람들에게 그렇게 말했다.

"여시같이 눈치도 빠르고 부지런을 떨어싼께 아부지가 안 이뻬할 수가 없었제."

좀처럼 얼굴을 들여다볼 것 같지 않던 아버지는 내가 태어난 지 사나흘이 지나면서부터 운명을 받아들였다. 얼굴 생김새가 아버지를 빼어 닮은 것으로 일단 합격 점수를 받았는데 자라면서 점점 아버지 성품을 닮아갔다. 걸음마를 할 때부터 방 가운데 뭔가가 늘어져 있으면 옆으로 치워놓고, 물기가 있으면 닦는 시늉을 하는 등.

아버지는 집 안이 지저분하거나 물건이 제자리에 있지 않으면 화를 냈는데 나는 아버지가 싫어하는 것과 좋아하는 것을 아주 잘 구별했다. 어쩜 뱃속에서부터 언니들에게 야단치는 것을 너무 많이 들어온 때문인지도 모른다.

나는 시키지 않은 일까지도 척척 해냈다. 대여섯 살이 되고부터는 노적처럼 쌓아둔 볏단을 뒤져 탈곡할 때 빠진 벼를 훑어내 곳간에 들였다. 아버지는 딸을 여럿 낳았더니 똘것이 하나 생겼다면서 웃곤 했다. 아버지가 나를 보는 눈길은 여느 딸들과 달랐다. 언젠가는 변소에 다녀온 아버지에게 "아부지, 빵!" 했다는 얘기는 지금도 유명하다. 내 밑으로 아들이 태어나면서 나에 대한 사랑이 더 각별해졌다. 재미있는 것은 큰언니를 제외한 세 딸들은 하나같이 아버지가 자기를 가장 예뻐했다고 믿고 있다는 것이다. 씨! 그러거나 말거나…….

"시상에, 느그 아부지 살었으면 막내딸 사는 것도 잔 보고 오져할 것인디 어째 명을 못 타고 나서 극케도 빨리 가부렀으끄나. 돈만 죽어라고 벌어놓고 가분게 이 좋은 시상은 나 혼자 다 살었다. 묵도, 입도, 못하고 죽을람시로 모으기만 했어야. 생각해 보면 해남에서 점방 보고 살 때가 젤 좋았더라."

엄마는 만물상을 추억하고 있었다. 어디 엄마뿐이랴. 내 어린 시절의 아주 많은 부분을 간직하고 있는 것이 바로 만물상이었다. 만물상에는 세상살이에 필요한 모든 것들이 거의 다 있었다. 없는 것이 있다면 술이었는데 훗날 우리들에게 술장사 딸이라는 말은 듣지 않게 하겠다는 아버지의 소신이었다.

만물상은 하루에 버스가 두세 번 지나가는 대로변에 자리하고 있었다. 버스 정류장 역할까지 톡톡히 했던 만물상을 가운데 두고 십 리 미만 거리에 세 개의 장터가 있었다. 만물상은 늘 분주

했다. 오가는 사람들의 쉼터이기도 했고 때로는 무료 숙박업소가 되기도 했다. 폭우가 쏟아져 냇물을 건널 수 없다거나 십 리 밖 선창에서 차를 놓치고 당황하는 사람들을 불러들여 밥을 먹이고 잠을 재워주기도 했다.

만물상은 엄마에게 주머닛돈을 챙기는 창구이기도 했다. 엄마는 수입의 일부를 숨겨 놓았다가 아버지에게 일일이 말할 수 없는 곳에 사용했다. 친정 대소사에 크게 한몫 쓰기도 하고 언니들에게 필요한 것들을 사주기도 했다. 아버지 몰래 숨겨 놓은 돈이 목포의 집 한 채 값이었다는 걸 보면 엄마는 만물상의 대도인 셈이었다. 아이들에게 만물상 집 딸보다 더 부러운 대상이 어디 있겠는가! 훗날 우리는 그 만물상을 해남 백화점이라고 불렀다. 그러니까 나는 해남 백화점 회장 딸인 셈이다.

"괴팍해도 괴팍해도 느그 아부지같이 괴팍한 사람은 조선 천지에 없을 것이다. 방바닥에 밥테기 하나만 떨어져도 난리가 났은께. 참말로 애기들 묵고 싶다는 고구마도 못 묵게 한 사람이 어디 있었냐. 너, 영숙이네 고구마 다 뽑아분 거 기억하고 있지야? 다른 아그들이 그랬으면 난리가 났을 것인디 암 말 안 하고 넘어간 것 보면 연분은 연분인 것이드라."

아버지가 까다롭고 정갈한 것은 모르는 사람이 없었다. 방바닥에 들러붙는다며 고구마를 먹지 못하게 하는 아버지가 세상에 또 있을까! 방에서만 못 먹게 했으면 좋았으련만 아예 고구마 농사도 못 짓게 했다. 그런데 내가 가장 좋아하는 것 중 하나가 고구마였다. 간혹 고구마가 내 손에 들어오면 온 동네를 돌아다니며 자랑을 했었다. 그런 고구마를 마음대로 먹을 수 없는 건 불행이

216

었다. 그러다 보니 온 동네를 발칵 뒤집어 버릴 만한 사건을 저지르고 말았다.

며칠만 있으면 고구마 순을 잘라 심을 시기였다. 나는 아무도 몰래 뒷집 종자고구마 밭으로 들어갔다. 그러나 영양분이 빠져나간 고구마는 옆구리에 새살이 조금 붙어 있을 뿐 허깨비나 다름없었다. 나는 혹시나 하는 기대를 하며 계속 다른 것을 파헤쳤다. 파고, 파고, 또 팠지만 내가 찾는 싱싱한 고구마는 나오지 않았다. 나는 결국 세 평 남짓한 고구마 밭을 몽땅 뒤집어 놓았다. 밭주인이 호통을 치는 것으로 하던 짓을 멈췄으나 그 화는 곧 발등에 떨어졌다.

아주머니는 나를 앞세우고 우리 집 마당에 들어섰다. 곧 고구마 순을 내동댕이치면서 화를 냈다. 자존심 강한 아버지가 미안하다는 말을 할 때 가슴이 타들어갔다. 아주머니가 우리 집을 떠난 뒤에도 나는 숨을 죽이고 있었다. 드디어 아버지가 나를 향해 발걸음을 떼기 시작했다. 나는 겁에 질려 울음부터 터트렸다. 그런데 아버지는 나를 꼭 껴안고 그러면 안 된다, 하면서 토닥거렸다. 그래도 안심을 하지 못했다. 숨을 참아가며 바들바들 떨고 있었다. 아버지는 등을 몇 번 더 토닥거리고 나서 머슴을 불렀다. 그리고 당장 외가에 가서 고구마 순을 갖다 심으라고 명령했다. 그날로 우리 밭에 고구마가 심겨졌다. 훗날 엄마 말에 의하면 어린것이 얼마나 먹고 싶었으면 그랬겠냐며 몹시 마음 아파했다는 것이었다.

나는 수시로 고구마 밭을 들락거리며 고구마가 자라는 것을 지켜봤다. 그리고 졸라댔다.

"빨리빨리 크란 말이여."

새순이 자라고 덩굴이 뻗어나갔다. 나는 밭에만 가면 땅을 파헤치고 뿌리가 내리는 것을 관찰했다. 실처럼 뿌리를 내린 고구마는 지렁이처럼 길어나더니 몽당연필만큼 굵어지고 곧 손가락만큼 굵어졌다. 얼마쯤 지나 어린애 손바닥만큼 커지면서 두렁에 금이 가기 시작했다. 고구마가 제법 영글었다는 신호였다. 그때부터 두렁의 옆구리를 살짝 파헤치고 고구마를 캐냈다. 나는 매일 고구마 밭을 들락거리며 몇 개씩을 캐왔고 엄마는 밥 안치는 솥에 고구마를 쪄주었다. 거의 매일 고구마를 먹어도 질리지 않았다. 고구마를 수확하던 날, 나는 동네 아이들을 다 우리 밭으로 불러들여 방방 뛰고 다녔다.

"한 사람이 잘못하면 식구가 수대로 야단을 맞았는디 너는 아부지한테 맞은 적 없지야?"

"내가 본시 우리 집 남자들한테 인기가 좋았잖혀. 나씨 아저씨를 비롯하여, 헤헤헤."

아버지는 항상 연대 책임을 물었다. 큰언니는 잘못이 없어도 가장 먼저, 그리고 가장 많이 매를 맞았다. 그래서인지 큰언니는 지금도 아버지에 대한 정을 모르겠다고 했다. 아버지가 매를 때리는 것은 꼭 저녁 식사를 마친 뒤였다. 모두 줄을 세워 놓고 큰언니부터 만물상 돈궤 위에 올라서게 했다. 돈궤는 아버지가 손수 만든 것이었다. 그 위에 올라서면 아버지가 앉아서 회초리를 내리치기에 알맞은 높이가 되었다. 큰언니, 둘째 언니, 셋째 언니, 차례로 매를 맞았다. 철썩철썩! 가슴을 조이며 순서를 기다리는 건 고문이었다. 그런데 내 차례가 되어 돈궤 위로 올라가려고 하면 아버지는 됐다, 하면서 매를 놓았다. 늘 그렇게 면제를 해줬지만 아버지가 회초리를 들 때마다 이번에는 맞지 않을까 걱정이 되었다.

"성질 한번 나면 물불을 안 가리는디, 기분 좋으면 웃는 소리도 여간 잘했어야. 느그 둘째 언니를 잘 놀래묵었제. ……둘째가 맥주 한 뱅 사오면 참말로 좋아했는디……."

둘째 언니는 융통성이 좀 없는 편이었다. 좀처럼 어긋난 행동을 하지 않았다. 때로는 답답할 정도여서 아버지는 가끔 농담을 했다.

"내가 사람을 묻어 불고 안태(태)를 키웠는 것이다."

가끔 안태야! 하고 언니를 부르기도 했는데 기분이 좋을 때였다. 아버지가 안태라고 부를 때 언니는 여느 때보다 낭랑하게 대답했다. 둘째 언니는 아버지 기분을 잘 맞췄다. 자신에게 인색한 아버지를 위해 가끔 맥주를 사오곤 했다. 아버지는 뭣 하러 사왔냐, 하면서도 무척 좋아했다. 기분 좋게 맥주를 마시면서 육자배기나 시조를 읊었다.

"내가 먼저 갈 줄 알았드만 나는 아직도 팔팔하게 살고 있는디 멀쩡한 느그 아부지가 먼저 갈지 누가 알았겄냐."

엄마는 늘 시난고난 아팠다. 심부전증으로 죽음의 문턱까지 간 적도 있었다. 의사가 장례 준비를 서두르라고 했을 정도였다. 나는 아버지 눈에서도 눈물이 나온다는 걸 그때 알았다. 아버지는 나를 끌어안고 펑펑 울었다.

"느그 엄마 죽게 생겼다. 느그 엄마 죽으면 너 불쌍해서 어쩔끄나."

나도 아버지 품에서 엉엉 울었다. 앞으로 닥칠 내 처지가 암담했다. 엄마가 죽으면 계모가 들어올 것이고, 구박을 할 것이고, 먹을 것도 제대로 주지 않을 것이고, 헌옷만 입게 할 것이고, 죽어라고 일만 시킬 것이고, 그런 상상을 하면 무서웠다. 우체부가 우리 집 쪽으로 걸어오면 나쁜 소식을 갖고 오는 게 아닌지, 가슴이 내려앉았다.

엄마가 없는 집 안은 썰렁했다. 해질녁이 되면 유독 엄마가 더 보고 싶었다. 놀이에 집중하고 있을 때는 괜찮았지만 저녁식사 시간에 엄마들이 아이들을 부르면 나는 고아가 된 것 같았다. 나는 어깻죽지가 축 처진 채 힘없이 집으로 돌아왔다. 영영 엄마 얼굴도 못 보게 되는 건 아닌가 하여 훌쩍거리기도 했다.

어느 날 아버지가 말했다. 엄마가 나를 보고 싶어한다며 엄마가 입원해 있는 병원에 가자는 것이었다. 아버지는 목포에 도착하자마자 옷가게로 들어갔다. 옷을 고르는 동안은 엄마에 대한 생각을 잊어버렸다. 그러나 병원으로 향할 때 가슴이 두근거렸다. 엄마가 해골이 되어 버렸다는 말이 두려웠던 것이다. 다행히도 엄마는 내가 생각하는 해골이 아니었다. 엄마는 나를 껴안고 울었다.

"이 에린 것들을 두고 죽으면 어쩔끄나."

엄마의 말은 그렇잖아도 불안한 마음을 더 불안하게 만들었다. 그런데 그로부터 한 달 뒤 엄마는 완쾌되어 집으로 돌아왔다. 아버지 덕이라고 했다. 수입 약품에 의존하던 시절, 엄마에게 특효약은 부작용이 많았다. 의사들은 그 약을 사용할 엄두조차 내지 못했는데 아버지가 의사 몰래 주사를 놓기 시작했다. 어차피 죽을 몸이라면 해보는 데까지 해보자는 것이었다. 엄마는 하루하루 눈에 띄게 좋아졌다. 엄마가 돌아온 우리 집은 다시 평화가 찾아왔다. 엄마는 얼마 동안 안정을 취하다가 만물상을 다시 보는 등 일상으로 돌아왔다. 엄마를 부르는 내 목소리에 예전보다 힘이 들어있었다.

"병원비로 들어간 돈이 집 한 채 값이었어야. 나 살려 놓고 당신 먼저 가분께 뭔 소용이 있냐. ……느그 아부지는 돈이 없었으면 안 죽었을 것이다. 그놈의 화폐개혁 땀세 화병으로 죽었제. 억울하다 뿐이겄냐, 혼자 어디 가면 점심도 안 묵고 모탠 돈인디……. 맥주 한 번 실컷 묵어본 것이 소원이라 함시로도 그것 한 번 밀키게(질리게) 못 묵어봤어야. 그런 돈을 하루아침에 도독 맞아 부렀으니 얼마나 억울했겄냐."

박정희 정권에서 화폐개혁을 단행하면서 우리 집에 우환이 닥쳤다. 정부에서는 가구당 환전 금액을 제한했다. 일가친척에게 돈을 풀어 환전을 하는 데는 문제가 없었으나 화폐가치가 형편없이 추락해 버린 것이다. 현금이 많았던 아버지는 너무 많은 돈을 도둑맞은 거나 다름없었다.

아버지는 그 허무함을 술에 의지했다. 절약정신이 몸에 배인 아버지는 술을 자주 마시지 않았지만 일단 마시기 시작하면 말술을 마셨다. 술을 마시면 기분이 좋은 것도 같고 나쁜 것도 같았다. 노래를 부르는 걸 보면 좋은 것 같은데 대통령에게 욕설을 퍼붓는 걸 보면 나쁜 것 같았다. 가끔은 울기도 했다. 아버지가 비틀거리고, 울기도 하고, 노래를 부르고, 쉬지 않고 말을 하는 것이 낯설었다. 위엄 있게 야단을 치고 집안을 호령하는 아버지가 훨씬 더 보기에 좋았다.

"안 그래도 화병이 났는디 부모까지 돌아가세분께…… . 임종 못 본 것이 한이 돼서 몇 날 며칠을 술을 묵고…… ."

할머니의 죽음은 너무 갑작스러운 것이었다. 며칠간 이뇨대사가 잘 되지 않아 주사를 맞고 있었을 뿐 돌아가실 정도는 아니었다. 마침 아버지는 목포 집에 가 있었다. 할머니 임종 소식을 듣고 부랴부랴 귀향을 서둘렀다. 목포에서 우리 집을 오려면 배를 한 시간 타고 다시 버스로 삼십 분을 와야 하는데 하루에 세 번뿐인 뱃길은 이미 끊겨 있었다. 그렇다고 아침까지 기다릴 수도 없었다. 택시를 타고 다섯 시간이나 걸리는 길을 택할 수밖에 없었다. 도중에 차가 고장 나 아버지의 귀가는 한층 더 늦어졌다. 비포장도로에서 흔히 있을 수 있는 일이었다. 아버지는 빳빳하게 굳어버린 할머니 얼굴을 비비며 울었다. 꽁지 빠진 매마냥 쓸쓸하게 지내시던 할아버지까지 한 달 만에 돌아가시자 아버지는 얼이 빠져 버렸다.

"그란디 참 이상해야. 죽는다는 것을 미리 알았을끄나? 느닷없이 여행을 가자고 하드란 말이다."

어느 날, 학교에서 돌아오니 엄마가 재봉틀로 바느질을 하고 있었다. 우리 옷을 만들고 있는 줄 알았는데 엄마 옷이었다. 아버지가 천을 떠왔다고 했다. 평생 죽어라고 돈만 벌었는데 써보지도 못하고 잃은 게 억울하다며 여행이나 하면서 살자는 것이었다. 그렇게 해서 엄마, 아버지는 네 살짜리 막둥이 아들을 데리고 팔도를 한 바퀴 돌았다. 그러고 나서 몇 달 뒤 자리에 눕고 말았다. 내가 열한 살 때였다. 의사는 암이라는 사실을 숨기고 수

술을 권했다. 아버지는 엑스레이를 통해 암이라는 것을 알아차렸다. 아버지는 어차피 죽을병인데 자식들 고생은 시키지 않겠다며 수술을 거부했다.

아버지는 사 개월 동안은 정상적으로 활동을 했으나 두 달은 모르핀에 의지했다. 처음에는 하루 한두 병으로 이겨낼 수 있었던 통증의 간격이 점점 짧아졌다. 시간이 지나면서 하루에 모르핀 한 박스가 턱없이 부족했다. 마약의 일종인 모르핀은 하루에 한 박스 이상 팔지 않았다. 약국은 집에서 삼 킬로미터가 넘었다. 나는 학교에 다녀오면 책가방을 던지고 약 심부름을 갔다. 걷다가 뛰고, 뛰다가 걷고, 겨우 열한 살밖에 안 된 내가 한 시간 만에 칠 킬로미터 가까운 거리를 주파하는 것은 마라톤이나 다름없었다. 누가 시키지 않아도 나는 뛰었다. 조금이라도 빨리 아버지가 고통에서 해방되었으면 하는 바람이었다.

아버지가 누워 있는 동안에도 계절이 바뀌었다. 화단에 봉숭아, 글라디올러스, 같은 꽃들이 자취를 감추고 국화향기가 담장을 넘어가고 있었다. 마을에서 가꾸는 공동 화단에도 가을 꽃들이 한창이었다. 큰언니가 마을 화단에서 코스모스를 꺾어 아버지 침상 옆에 꽂았다. 아버지가 좋아하며 말했다.

"뭔 꽃인지 참 좋다!"

정신을 놓을 만한 상황은 아니었다. 정말 아버지가 몰라서 그러는 건지……. 큰언니와 나는 짐짓 놀란 표정으로 서로를 쳐다봤다. 그 꽃이 시들어가고 있을 때 나는 마을 화단으로 갔다. 그리고 코스모스를 꺾기 시작했다. 등 뒤에서 야단치는 소리가 들려왔다. 나는 금방 울음을 쏟아내고 말았다. 나는 울먹거리면서 더듬더듬 말했다.

"울. 아부지가…. 코스모스를… 좋, 다고…하셔서…….."

아버지가 암에 걸린 것을 잘 알고 있는 이장이 미안해하며 말했다.

"오, 그래? 울지 마라. 내가 몰라서 그랬다. 많이 꺾어 가그라, 아부지 빨리 나으시라고."

꽃을 꽂는 나를 보고 아버지는 희미하게 웃었다. 나는 아버지가 어서어서 일어나 예전처럼 집안을 호령해 주기를 간절히 바랐다. 겨우 변소에만 다녀오고 종일 누워 있는 게 측은했다. 나는 아버지를 위해 할 수 있는 게 뭐가 있을까 생각했다. 곧 다리를 주무르기 시작했다. 아버지는 가끔 다리 주물러 달라는 말을 했었다. 다리는 뼈하고 가죽만 남아 있었다. 가슴에서 왈칵 뭔가가 솟구쳐 올랐다. 금방 눈물이 맺혔다. 나는 아버지에게 들키지 않으려고 고개를 오른쪽으로 돌리고 다리를 주물렀다. 몸에서는 이미 진동이 일었다.

"암이 무섭기는 무섭드라. 시상에 사람이 극케도 꼬챙이같이 몰라불끄나. 좋다는 것은 다 해봤어도 아무 소용 없고. 차라리 묵고 싶은 것이나 실컷 묵게 할 것인디 으짜든지 살려볼 생각으로 몸에 안 좋은 것은 못 묵게 했는디……. 혼불은 니가 봤지야?"

어느 날 밤이었다. 변소엘 가는데 우리 지붕에서 아궁이불 같은 불이 튀어 올라 뒷집으로 넘어갔다. 너무 신기한 현상이었다. 나는 방에 들어와 호들갑을 떨었다. 엄마가 몹시 당황하며 눈을 깜박거렸다.

"내 혼이 나갔는 것이다!"

아버지가 담담하게 말했다. 겁이 덜컥 났다. 혼이 나간다는 말을 언젠가 들은 적이 있었다. 잠시 뒤 엄마가 아버지 몰래 나를 밖으로 불렀다.

"불이 어찌게 생겼드냐? 수탉 같이 생겼드냐, 대리미같이 생겼드냐?"

딱 꼬집어서 말할 수는 없었지만 굳이 말하라면 수탉에 가까워서 수탉 같다고 말했다. 엄마 얼굴에 수심이 가득했다.

"느그 아부지가 원최 이뻐하는 딸이라 너한테 보여줬는 것이다."

엄마는 혼불에 대해 자세히 말해 주었다. 사람이 죽기 전에 혼이 먼저 나가는데 그것이 바로 혼불이라고. 남자 것은 수탉 모양이고, 여자 것은 자루 달린 다리미 모양이라고. 내가 본 것이 아버지 혼불임에 틀림없다는 것이었다. 나는 벌벌 떨었다. 그 뒤로는 혼자 변소에 갈 수가 없었다. 지금도 그 현상을 어떻게 정의 내려야 할지 모르겠다. 다음 날, 엄마는 수의를 만들기 시작했다. 장례를 준비한다기보다는 미리 수의를 만들어 놓으면 수명이 연장된다는 것을 믿고 싶었던 것이다.

"그해는 유독 풍년이었어야. 나락 빌라고 사람까지 다 맞춰놓고 걍……."

누런 벼가 바다처럼 출렁이고 있었지만 아버지는 여전히 누워 있었다. 보통 때 같으면 분주하게 돌아다니며 추곡수매에 열을 올렸을 아버지, 몇 날 며칠에 걸쳐 화물선 가득 벼를 싣고 출항할 걸 생각하며 얼굴 가득 웃음을 머금었을 아버지는 변소에 갈 때 말고는 바깥바람 한번 보듬어 보지 못한 채 누워 있었다. 가끔 마루에 앉아 남의 논에 익어가는 벼를 바라보며 우리 논을 가늠했다. 머슴들에게 입으로 뭔가를 지시하고 그들의 입을 통해 듣는 것으로 대신했다.

"암이란 것이 다 그럴 꺼나? 꼭 애기 밴 사람같이 이것저것 묵고 싶다고 하더라. 그날도 소라가 묵고 싶다고 해서 아침 일찍 목포 가서 싱싱한 것으로 사다 해줬더니 하도 맛있게 묵길래 회복이 된 중 알았드만……."

그날 밤 엄마는 모처럼 맘 편하게 잠자리에 들었다. 그런데 새벽 세 시쯤 아버지는 엄마를 깨웠다.

"아무래도 내가 죽을 것 같네!"

놀란 엄마가 머슴을 보내 친척들을 불러들였다. 큰언니가 나를 깨웠다. 나는 부신 눈을 비비며 안방으로 건너갔다. 아버지 침상 옆에는 친척들이 빙 둘러앉아 있었다. 엄마는 박 순 끓인 물을 아버지 입에 떠먹이고 있었다. 혀가 굳는 것을 방지한다고 했다. 아버지는 뭐라 알아들을 수 없는 말을 하고 있었다. 엄마는 아버지 입에 귀를 대고 무슨 말을 했는지 확인하려 했다. 그렇게 한 시간쯤 지났던 것 같다. 아버지는 스르르 눈을 감았다. 엄마는 호흡이 멈췄다는 것을 확인하고 아버지 바지 속에 손을 넣었다. 엄마가 아버지 아랫도리를 만지는 게 몹시 민망했다. 엄마가 말했다.

"고환이 올라붙은 것 본께 돌아가셨다."

숨이 떨어지면 옷을 찢는다고 했다. 엄마는 옷을 찢으면서 통곡했다. 그러나 아버지는 몇 시간 뒤 다시 깨어나 어둔하게 말을 했다.

"무안군 목포! 무안군 목포!"

"아이고 시상에, 딸들 찾으시구만. 딸들한테 전보 쳤은께 첫 배 타고 올 것이요. 쪼깐만 기다리쇼잉."

목포 집에서 학교에 다니고 있는 언니들이 보고 싶었던 것이다. 나는 아버지가 굳이 목포라고 하지 않고 무안군 목포라고 하는 게 의아했다. 목포가 시로 편입되기 전에 무안군에 속했다는 것은 나중에 알았다. 아버지는 언니들이 도착한 것을 보고나서 다시 눈을 감았다. 엄마는 울면서 말했다.

"아들 학교 댕기기 좋으라고 학교 앞에 집까장 사놓고 그 아들 학교 문턱도 안 밟았는디 돌아가셨네. 조선 팔도 당신만 아들 있는 것같이 극케도 좋아하시드만 그 아들 못 믿어서 어찌게 가셨으까?"

아버지는 배움에 대한 한이 많았다. 아버지의 아버지, 그러니까 할아버지가 독립운동을 했다는 이유로 아버지는 일본 놈들에게 다니던 학교에서 쫓겨났다. 아버지는 늘 할아버지를 원망했다. 자식 앞날을 망쳤다는 것이었다. 아버지는 그 한을 자식들에게 풀었다. 아버지 목표는 오직 하나, 자식들을 잘 가르치겠다는 일념으로 살았다. 아들이고 딸이고 사각모를 쓰게 만들겠다고 입버릇처럼 말했었다. 큰딸은 큰딸이어서, 둘째는 착실해서, 셋째는 못생겨서, 넷째는 막내라서……. 내 밑으로 아들이 태어나자마자 목포에서 가장 좋다는 학교 앞에 집을 사놓고 아들이 학교 갈 날만 기다리고 있었다. 오 개월 뒤면 아들이 학교에 들어갈 텐데 그 짧은 시간을 견디지 못하고 세상을 떠난 것이다.

초상집 밤은 잔칫집 같았다. 낮에 땅을 치며 곡을 하던 사람들이 흥청망청했다. 숯불에 고기를 구워 먹으며 술을 마시고 웃고 떠들어대는 게 야속했다. 나는 속으로 자기 식구가 죽어도 저렇게 맛있게 먹고 떠들 수 있을까 생각했다. 어린 속이지만 먹고사는 것이 참으로 하잘것없어 보였다. 나는 사람들 틈에 끼어 상여에 달 꽃을 만들었다. 꽃을 만드는 동안은 문득문득 아버지를 잊을 수 있었다.

상여는 어깨에 메는 전통 방법으로 하지 않고 트럭에 실려졌다. 바쁜 농사철에 사람들 신세 지고 싶지 않다는 엄마의 뜻이었다. 꼭 필요한 인력만 트럭에 타야 되는 상황이어서 나는 집에 남았다. 상여가 떠나가는 것을 쳐다보며 나는 저고리에 눈물을 닦아냈다. 아버지가 상여 속에서 고개를 내밀고 나를 바라보고 있는 것 같았다. 저 멀리 산모퉁이 길에서 상여는 자취를 감추었지만 어야, 어야, 소리는 아련히 들려왔다.

나는 멍하니 상여가 사라진 곳을 바라보고 서 있었다. 가슴 속에 품고 있던 새 한 마리가 푸드득거리며 날아가 버린 것 같았다. 줄이 끊긴 연 하나가 높이높이 날아가 버린 것 같았다. 아버지는 투명한 가을 하늘에 그리움만 남긴 채 그렇게 떠나갔다.

"송장이 있을 때는 몰랐는디 사람 하나 묻어 불고 난께 극케도 집 안이 허전할끄나. 그래서 든 사람은 몰라도 난 사람은 안다고 한 것이드라. 인자 나도 갈 때가 됐는가 느그 아부지가 자꼬 꿈에 뵌다. 느그들 고생 안 시킬라고 수의는 다 해서 고리짝에 넣어 뒀어야. 거그 버선도 있을 것인께 잊어불지 말고 꼭 신겨라. 그것 신으먼 아부지 있는 데로 간단다."

엄마는 천주교 신자인데도 하나님보다 전해 내려오는 것을 더 믿는 것 같았다. 여태껏 잘 들어주던 나는 제발 미신 같은 거 믿지 말라고 한마디 했다. 엄마는 내 말이 노여웠는지 한동안 말을 하지 않았다. 곧 아이고! 탄식을 뱉어내더니 〈칠갑산〉을 부르기 시작했다. 가사가 아니면 무슨 노래인지 구별이 되지 않는 엄마의 노래가 무척 애절하게 들렸다. 눈에는 살짝 이슬이 맺혀 있었다. 나는 엄마를 끌어안으며 말했다.

"오메! 우리 모친 섭섭했어? 이년이 또 죽일 짓을 했구만. 기냥 이를 테면 그렇다는 얘기제 모친 미워서 그런 것 아니잖애!"

그리고는 '살리고, 살리고.' 장단을 맞췄다. 훗날 내가 누군가를 그리며 노래를 부를 때 내 딸 똑녀가 나처럼 장단을 맞춰 줄는지 모르겠다.

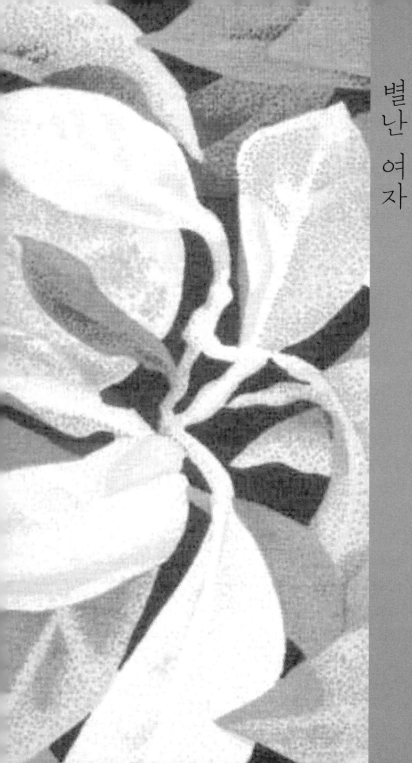

별난 여자

그녀의 특기는 사람 씹기! 정작 그녀는 그 사실을 알지 못했다. 어이없게도 사람 씹는 것을 가장 싫어한다고 말했다. 그녀는 엄마로부터 사람 씹는 기술을 물려받았다. 그녀의 엄마는 그녀가 뱃속에 있을 때부터 쉼 없이 누군가를 씹곤 했었다. 친구, 시가 식구, 동네 아줌마, 남편, 하물며 친정엄마까지 눈에 보이는 건 모두 다. 그런데 그녀의 메뉴는 그보다 훨씬 더 풍성했다. 그녀가 누군가를 씹을 때 사람들은 '자기 얘기잖아.' 했다. 그녀가 자기 자신을 잘 모른다는 의미이기도, 자신과 똑같은 사람을 가장 싫어한다는 의미이기도 했다.

그녀가 친정엄마를 닮았다는 것은 그녀가 늘어놓는 험담 속에서 알게 되었다. 그녀는 엄마의 특기가 사람 씹기라는 것은 알면서도 자신이 엄마를 닮았다는 것은 알지 못했다.

그녀는 모든 것을 자기방식으로만 해석했다. 검소하게 사는 사람은 수준이 낮다고 씹었고 그녀보다 문화생활을 하면 주제를 모른다고 씹었다. 자신이 재산을 까발리는 것은 사실을 말했을 뿐이고, 다른 사람이 그와 같이 하면 자랑이나 일삼는다고 씹었다. 다른 사람이 보석을 하면 허세라고 비아냥거리고 자신이 하는 것은 마땅한 것으로 합리화했다.

그녀의 말은 상황에 따라 달라지기 일쑤였다. 다른 사람이 외제 자동차를 살 때는 매국노라고 씹다가 본인이 살 때는 소비자의 권리에 대해 장황하게 늘어놓았다.

그녀는 틀림과 다름을 구별하지 못했다. 자신의 모든 행동을 모범답안으로 간주했다. 그녀와 성향이 다르면 잘못된 사람으로 몰아세우는 것이었다. 그녀가 정장을 할 때 편한 복장을 한다거나, 그녀가 청량음료를 마시는데 전통차를 마신다거나, 그녀가 양식을 먹는데 한식을 먹는다거나……. 그녀의 관심 분야에 무관심하면 무식한 사람, 그녀가 관심 없는 분야에 관심을 쏟으면 하릴없는 사람이라고 씹었다. 그녀가 뮤지컬이나 여행을 위해 지출하는 것은 지적가치를 향상시키는 것이라 말했고, 그림을 사거나 운동을 하는 데 지출하면 허영이라고 씹었다.

그녀는 자신에게 편리하거나 유리한 것들만 기억했다. 대접받는 것은 기억하지 못하고 대접한 것만 기억했다. 갚을 줄 모르는 사람이라고 씹었다. 좀처럼 자신의 잘못을 인정하는 일도 없었다. 다른 사람을 칭찬하는 일도 없었다. 그러다보니 그녀를 방어해 줄 만한 친구가 없었다. 필요에 따라 같이 다니는 사람들이 조금 있기는 했다.

그녀는 가까운 사람 중에 잘나가는 사람을 가장 잘 씹었다. 오독오독, 꼭꼭, 맛있게, 잘도 씹었다. 사람을 씹는 양과 속도에 순위를 매긴다면 그녀는 하루에도 몇 번씩 세계기록을 갈아치울 만큼 식욕이 왕성했다. 그런데 그것은 꼭 공기 같았다. 암만 씹어도 질리지 않았다. 금방금방 채워지곤 했다.

그녀가 가장 맛있게 씹어온 사람은 대학 동창 수민이었다. 수민의 남편은 굵직한 사건이 있을 때 화면을 장식하는 법관이었다. 수민의 남편이 지위가 올라갈수록 그녀가 수민을 씹는 강도는 더해 갔다. 원래 그녀의 남편과 수민의 남편은 대학 동기였으며 똑같이 사시에 합격한 유망주였다. 그러나 그녀의 남편은 결혼한 지 삼 년 만에 세상을 떠났다. 교만한 그녀의 성격이 더 꼬여갔다.

그녀는 아이들을 통해 대리만족을 하려고 했다. 그러나 그녀의 아이들은 공부에 취미가 없었다. 그녀는 늘 수민의 아이들과 비교를 했다. 아이들은 그런 엄마를 싫어했다. 언제부턴가 아이들은 그녀와 마주치는 것을 꺼려했다. 엄마라고 부르는 일도 없었다. 필요한 때 소리 없이 다가와 요구 사항만 말하고 휑하니 돌아섰다.

'남편도 없이 지들만 보고 살았는데……. 지들을 어떻게 키웠는데…….'

소외감을 느끼면 느낄수록 미운 사람이 늘어났다. 마음이 점점 허전해 지고 입은 구미가 당겼다. 암만 먹어도 포만감이 없었다. 그녀는 끊임없이 먹어댔다. 사람들은 씹는 대로 받아들이는 그녀의 밥통에 혀를 내둘렀다. 그녀의 몸이 점점 불어났다. 관리를 받은 것처럼 날씬하던 몸매가 다른 사람처럼 변해 갔다. 지방흡입술까지 시도해 봤지만 별 효과가 없었다.

언제부턴가 색다른 변화가 일어났다. 식욕은 왕성해지는데 입안이 깔깔해지는 것이었다. 하루, 이틀, 일주일, 이주일, 그리고 한 달……. 나을 기미가 보이지 않았다.

'봄이라서 그런가? 예전에는 계절도 타지 않았는데…… 이빨이 약해진 건가?'

그녀는 이리저리 입안을 들여다봤다. 겉으로 보이는 이상은 없었다. 치과 의사도 그녀의 이가 아주 건강하다고 말했다. 아닌 게 아니라 시간이 없어서 못 씹은 적은 있어도 이빨이 아파서 못 씹은 적은 없었다. 씹을수록 튼튼해진다고 느끼곤 했었다. 이빨은 문제가 없는데 무슨 일이 생긴 걸까? 한 달 전 정기검진 결과로는 흔한 위염조차 없다고 했었다. 그렇게 건강하던 위가 불과 한 달 사이에 망가질 리가 없었다.

그녀는 다시 병원을 찾았다. 위하수와 위궤양이 겹쳤다고 했다. 많은 양의 음식이 한꺼번에 들어와 위가 늘어졌고, 음식이 위에 머무는 시간이 많아 부패를 일으킨다는 것이었다. 탄수화물 과도 섭취로 인한 당뇨병까지 생겼다고 했다. 의사는 식이요법을 하지 않으면 위험하다고 했다. 그러나 왕성한 식욕을 감당하기 어려웠다. 억제를 하려 해도 맘대로 되지 않았다. 그녀는 소화제를 먹어가며 음식을 씹었다.

그즈음 따끈따끈한 뉴스가 귀에 들어왔다. 졸업 후 소식을 들은 적 없는 동창생 금영이 매스컴에 오르내렸다. 미용실에서 여성지를 보다가 금영의 기사를 보게 되었다. 그녀는 아픈 배를 움켜쥐었다.

'학교 다닐 땐 나보다 성적이 나빴는데 박사에다 교수라니! 이게 말이나 될 성싶은가! 요사이 신문지상을 도배하고 있는 모 여인처럼 부도덕한 짓을 한 건 아닐까? 그럴 거야. 분명히 뭔가가 있어. 그러지 않고서야 주제넘게 무슨 교수, 지보다 공부를 잘한

나도 이렇게 살고 있는데…….'

어디선가 꼭 그런 말을 들은 것 같았다.

'맞아, 그렇다고 했었지. 그렇담 빨리 씹어야지. 빨리 효과를 보려면 최대한 부풀려야 돼. 음식도 화학조미료를 넣어야 산뜻한 맛이 나거든.'

그녀는 거짓말을 지어내 반죽을 하기 시작했다. 벌써 입가에 침이 돌았다. 그만하면 다른 사람들의 입맛에도 손색이 없어 보였다. 그녀가 조리한 인간 메뉴는 동창회 모임에서 내놓았다. 대부분 금영의 기사를 보거나 전해들은 모양이었다. 일부 친구들은 필요에 의해서 하는 공부가 최고라고 말했다. 금영의 가정환경이 조금만 윤택했다면 좋은 대학에 진학하여 지금보다 훨씬 더 빨리 좋은 위치에 있었을지 모른다는 얘기도 나왔다. 학교를 빛낸 자랑스러운 인물이라고 추켜세우는 친구들도 있었다. 그녀의 속이 몹시 뒤틀렸다. 머리에서는 빨리빨리, 꼭꼭, 많이 씹으라고 명령했다.

'이거 신경질 나서 살 수가 있나. 하루아침에 신데렐라가 되어 나타나다니…….'

그녀는 입을 열었다.

"교수는 무슨 교수. 가짜 학위 하나 만들어서 그렇게 된 건데."

대부분의 동창들은 저 입에서 누굴 칭찬할 리가 없지, 하는 눈빛이었다. 서로를 쳐다보며 동의를 얻고 싶어하는 눈빛이었다. 그러나 몇몇 동창들은 아리송한 표정을 지었다. 그녀를 쳐다보는 눈들이 많아졌다.

"중등교사 자격증 따기도 어려운 세상인데 교수가 그렇게 쉬우면 아무나 교수 하게? 박사학위를 아무나 받는 줄 아니? 지가 학교를 다녔으면 같이 공부한 동문이 한 명이라도 있을 거 아냐. 한국인이 한 명도 없는 학교 나왔다고 박박 우기는 게 뭐겠어? 개 한마디로 신○○ 같은 애야. 떳떳하게 교수 됐으면 동창회 한 번 안 나왔겠어? 자랑하고 싶어서 안 나오고 배기겠냐구. 뭔가 꿀리는 게 있으니까 그러는 거지."

친구들 반응은 엇갈렸다.

"무슨 소리야, 학교 다닐 때 공부 잘했잖아, 가정환경 때문에 대학진학을 못했던 거지 실력이 없어서 못 간 건 아니었어. 얼마나 성실했는데……."

그러나 남 잘되는 걸 못 보는 사람이 있게 마련이었다. 그녀만큼은 아니지만 식성 좋기로 소문난 경애가 거들었다.

"공부 잘한다고 꼭 행실 좋은 건 아니더라. 얌전한 강아지 부뚜막에 먼저 오른다는 말은 괜히 나왔겠어? 근데 그 말 어디에서 들었어?"

"우리 사촌 오빠가 그 대학에 있어. 걔 밀어주는 사람이 워낙 실세라서 이사장이 꼼짝 못한대. 교수 협의회에서 퇴출시키라고 데모까지 한다더라. 이미 파다하게 소문났는데 아직 몰랐구나!"

"사촌 오빠면 믿을 만한 소식통이네 뭐."

"내가 비싼 밥 먹고 흰소리 하겠니?"

"어머나, 정말 뻔뻔하다. 그러고도 교수라고 목에 힘주고 다닐 거 아냐, 그런 인간들한테 애들을 맡겨야 되다니……."

한 친구가 거들자 그녀는 더 등등해졌다. 마침 학력 위조사건이 매일매일 터져 나오고 있었다. 보통 때 같으면 믿지 않을 친구들마저 고개를 끄덕였다. 그녀는 신바람이 났다. 거품을 물고 험담을 늘어놓았다. 그럴수록 속은 더 허전해졌다. 테이블 위에 있는 음식을 정신없이 주워 먹었다. 한참을 씹고 나니 배가 더부룩했다. 턱뼈도 아팠다. 그녀는 소화제를 털어 넣고 다시 사람을 씹기 시작했다. 씹기를 중단하면 지구상에 남아 있는 거대한 인간 메뉴는 어쩌란 말인가! 그녀는 씹고, 씹고, 또 씹었다. 끈질기게 피어나는 무궁화처럼……. 모처럼 그녀의 씹기 작전은 대성공이었다.

나이가 들어가면서 자식들 소식이 많이 들려왔다. 그녀는 친구의 자식들이 잘되는 것도 배가 아팠다. 수민의 딸이 아빠의 뒤를 이어 사시에 합격했다는 말은 가장 견디기 힘든 일이었다. 그녀는 혼자 말했다.

'흥, 지들 실력으로 사시 합격한 줄 알아? 지 아빠가 시험지 유출해서 합격한 거지. 면접한 사람들도 다 지네 아빠 친구들인 걸 뭐. 그 집 식구들 사람 홀리는 데는 일가견이 있다니까.'

날이면 날마다 험담을 했다. 사람을 씹을 시간이 많을수록 먹는 음식도 늘어났다. 몸무게도 점점 늘어났다. 그런데도 쉬지 않고 씹었다. 눈에 보이는 대로, 귀에 들리는 대로……. 없는 말을 지어내다 보니 앞뒤가 잘 맞지 않았다. 기억력도 예전 같지 않았다. 이름을 혼동하는 일이 잦아졌다. 서로 증인까지 세워 가며 싸움이 붙기도 했다. 몇 명 있는 친구들마저 그녀를 떠나 버렸다. 그녀가 회복하기 어려운 중병에 걸렸다는 소문이 퍼져 나갔다. 같이 흉을 볼 친구가 그녀 주변에 없었다.

그녀는 외로웠다. 그렇다고 씹기를 중단할 수는 없었다. 혼자서 씹기 시작했다. 화장을 하면서도 쉬지 않고 비난을 퍼부었다. 거울 속에 또 하나의 그녀가 그녀의 동작을 그대로 흉내 내고 있었다. 손을 올리면 거울 속 그녀도 손을 올리고 얼굴을 찡그리면 거울 속 그녀도 얼굴을 찡그렸다. 모처럼 웃음이 터져 나왔다.

'와, 이렇게 재미있는 놀이도 있구나. 혼자서도 이렇게 잘 씹을 수 있다니. 호호호.'

그러나 십 분 정도 하고 나니 재미가 없었다. 사람을 씹는 건 누군가와 함께해야 맛도 있고 재미도 있었다. 새로운 사람을 찾기로 마음먹었다.

'수천만의 사람들이 대한민국 땅에 살고 있어. 돈만 있으면 얼마든지 사람은 사귈 수 있다구.'

그녀는 문화센터를 찾아갔다. 생각한 것처럼 사람들이 왁자지껄했다.

'맘만 먹으면 저 여자들이 다 내 친구야. 저 많은 사람들이 다 친구가 될 수 있는 거라구.'

그러나 미모의 여자가 눈에 띄자 속이 뒤틀렸다.

'아니, 저게 왜 저렇게 이쁜 거야? 나도 예전에는 저렇게 날씬했는데. 용서할 수 없어. 씹어야지. 혼자서는 맛이 없으니까 다른 사람이랑 같이 씹어야지.'

수업이 끝나고 그녀는 옆에 앉은 두 여자와 커피숍으로 갔다. 그리고 한 여자를 도마에 올렸다. 그녀의 혀는 벌써 작두처럼 날을 새웠다.

"맨 앞에 잘난 척하고 앉아 있던 여자 있죠. 그 여자 얼굴 다

뜯어고쳤더라구. 뜯어고쳤는데 그 정도면 그전에는 어땠을까? 그 나이에 어디 가서 얼굴 팔 일 있어? 행실이 안 좋은 여자가 분명해, 안 그래요?"

현미라는 여자가 말했다.

"다른 사람한테 피해주는 것도 아니고 자기 돈 주고 성형한 건데 어때요. 나도 눈꺼풀이 자꾸 내려앉아서 쌍꺼풀 수술이나 할까, 생각 중인데……."

'무슨 저따위가 다 있어. 내 말에 감히…….'

불편한 심기를 누르고 있는데 현미가 그녀의 핸드백을 만지면서 말했다.

"내 앞에 앉아 있던 여자도 이 핸드백 들었던데 이거 백만 원쯤 하나요?"

'이런 촌닭, 혹시나 했더니 역시나잖아. 내가 사람을 잘못 짚었어. 이런 여자하고 놀면 내 수준이 떨어지지.'

그녀는 핸드백을 싹싹 털면서 쏘아붙였다.

"백만 원이라뇨? 진짜하고 가짜도 구별 못해요? 그 여자 건 짝퉁이니까 그쯤 되겠지만 이건 천만 원도 넘어요."

현미 얼굴이 붉어졌다. 핸드백이 그렇게까지 비싸다는 사실을 까마득하게 몰랐다. 금방 주눅이 들었다. 현미는 고개를 떨구고 기어들어가는 목소리로 중얼거렸다.

"내 눈에는 다 똑같아 보이는데 진짜하고 가짜하고 어떻게 다르지?"

어느 틈에 들었는지 그녀가 신경질적으로 말했다.

"명품이 없는 사람은 구별을 못하지만 있는 사람은 딱 보면 알게 되어 있어요. 어머, 여기 손자국 난 것 좀 봐."

순아라는 여자가 멀거니 그녀를 쳐다보며 속으로 말했다.

'어쩜 같은 말도 저렇게 본때 없이 할까. 더군다나 처음 본 사람인데……. 상대할 여자 아니네.'

잠시 뒤 순아는 급한 일이 있는데 잊어버리고 있었다며 가버렸다. 일주일 후 강좌를 마치고 나서 그녀가 순아에게 점심이나 먹자고 말했다. 순아는 핑계 아닌 핑계를 대며 종종걸음을 쳤다.

'흥, 사람이 너 하나뿐인 줄 알아? 여기만 해도 삼십 명이나 되는데.'

그녀는 다른 여자에게 말을 걸어 점심을 먹었다. 그 여자도 한 주가 지나자 그녀를 피했다. 몇 번 그런 일이 있고 나서 그녀는 이상한 여자로 소문이 났다. 아무도 말을 섞으려고 하지 않았다. 그녀는 화가 났다.

'여기는 내가 놀 곳이 아니야. 역시 물이 좋은 곳에서 놀아야 해. 이런 후진 곳에 나온 내가 잘못이지. 수강료가 싸면 별 볼일 없는 사람들만 모인다니까.'

그녀는 보름 만에 문화센터를 그만두었다. 그리고 와인 스쿨에 등록을 했다. 등록금이 웬만한 사람 한 달 봉급을 초과했다. 제법 여유 있는 사람들이 모여들었다.

'역시 물이 달라. 수질이 좋아야 좋은 물고기가 사는 법이거든. 여긴 내 수준에 맞는 사람들이 많을 거야.'

그곳에는 유명인사 부인들이 몇 있었다.

'저게 그 유명한 박 회장 부인이란 말이야? 얼굴은 호박같이 생긴 게 어디가 복이 든 거야. 저 여잔 국회의원 부인이잖아!'

그녀는 혼잣말을 중얼거리며 여자들이 많이 있는 곳으로 고개를 돌렸다. 그녀와 같은 핸드백을 든 여자들이 몇 명 있었다.

'어머, 에르메스! 저 여자도! 하나, 둘, 셋! 이 비싼 게 어느 틈에 이렇게 흔해진 거야. 돈 가치가 떨어지니까 별 볼일 없는 것들이 명품을 들고 다니네. 저 여자 털 코트 좀 봐. 세이블 아냐? 그 비싼 걸……. 아, 짜증나!'

그녀는 또 배가 아팠다. 그녀는 그날도 강의를 마친 뒤 몇 명의 여자들을 앞세우고 레스토랑으로 갔다. 그들에게 명문가 부인을 씹고 예쁜 여자도 씹었다. 그렇게 삼 주가 흐르고 나서 한 여자와 싸움이 벌어졌다. 어느 틈에 그녀는 그곳에서도 미운 오리 새끼가 되어 버렸다. 그녀는 분통이 터졌다. 많은 여자들이 그녀의 입에 걸려들었지만 장단을 맞춰 줄 사람이 없었다. 씹을 거리만 차곡차곡 쌓여갔다. 그녀는 혼자서라도 씹어야 했다.

그녀는 음식을 한 접시 들고 거울 앞으로 갔다. 그리고 거울 속 그녀에게 말했다.

"그 여자는 요부야. 강사나 유혹하는 요부, 그치?"

거울 속 그녀는 대답이 없었다. 그녀는 화가 났다. 자신도 모르게 화장품 용기를 거울에 던졌다. 아차, 하는 순간 손목에서 피가 흘러내렸다. 그녀는 와인 스쿨 여자 때문이라며 온갖 욕을 다했다. 응급차에 실려 가면서도, 병원에서 치료를 받으면서도…….

병원 사람들은 인간 공해라며 불만을 토했다. 그녀의 인간 메뉴에 병원 사람들이 추가되었다. 의사가 돌팔이라고 씹고, 간호사가 의사 꽁무니만 따라다닌다고 씹고, 환자들 수준이 형편없다고 씹었다. 응급실에 사람이 들어올 때마다 이 사람 저 사람 돌아가며 씹었다. 환자들은 그녀를 퇴원시키라고 항의했다.

그녀는 어쩔 수 없이 집으로 돌아왔다. TV를 켰다. 듣고 싶지 않은 뉴스가 흘러나왔다. 수민의 남편이 검찰총장 물망에 올랐다는 것이었다. 그녀는 사람들을 동원해 인터넷에 루머를 퍼트렸다. 그런 노력에도 불구하고 수민의 남편은 검찰총장에 내정되었다. 그녀는 잠을 이룰 수가 없었다. 천장을 쳐다보고 누워 수민의 남편을 씹었다. 밤을 꼬박 새우며 열심히 씹었다. 졸음이 쏟아지고 눈이 벌겋게 변했다. 그런데도 씹는 것을 중단하지 않았다.

그녀가 수민의 남편을 씹을 때마다 앞에 있는 음식 양은 줄어들었다. 아무리 씹어도 혼자서 씹는 건 재미가 없었다. 날이 밝으면 누군가를 찾아가기로 마음먹었다. 그런데 새벽부터 눈이 뻑뻑하고, 시리고, 아팠다. 쓰리고 아파서 눈을 뜰 수가 없었다. 억지로 눈을 뜨면 물을 쏟아 부은 것처럼 눈물이 쏟아져 나왔다. 스트레스로 인한 안구 건조증이었다. 금방 망막 궤양으로 발전했다.

그녀는 병원을 찾아갔다. 두 눈에 안대가 붙여졌다. 아무것도 볼 수가 없었다. 입원 치료가 불가피한 상황이었다. 그녀는 이를 갈았다. 못된 인간들 때문에 병이 난 것 같아 참을 수가 없었다. 그녀는 쉬지 않고 입을 놀렸다. 이빨을 갈며 사람들을 씹었다. 다른 병실에 있는 환자들까지도 잠을 잘 수가 없었다. 환자들이 몰려와 그녀의 입을 틀어막았다. 그녀는 몸부림을 쳤다. 뭔가를 씹고 싶어 죽을 지경이었다. 사람도, 음식도. 그러나 영양제만

244

놓아줄 뿐 입을 풀어주지 않았다. 그녀는 몸부림을 쳤다. 기력이 점점 떨어졌다. 그런데도 험담을 멈추지 않았다. 손가락으로 글 씨를 쓰는 것으로 험담을 이어갔다.

한참 시간이 흐른 후 간호사가 입을 풀어주었다. 잇몸에서 피 가 나고 이빨이 흔들거렸다. 정신이 극도로 혼미해 갔다. 모든 상황을 받아들이기 어려웠다.

'씹을수록 튼튼해진다고 했는데 그렇게 쉽게 망가지지는 않을 거야. 이 환경만 벗어나면 금방 회복될 거야.'

그러나 점점 침샘이 마르고 혀가 갈라졌다. 목젖도 부어올랐 다. 이빨과 잇몸이 순식간에 망가졌다. 그녀는 치과로 옮겨졌다. 어느 틈에 턱뼈까지 마모되어 임플란트도 할 수가 없었다. 불과 몇 개월 전에 전천후 이빨이라며 탄복했던 의사가 고개를 저었 다. 퇴화가 그렇게 빠른 환자는 처음 본다는 것이었다. 염산을 들이붓지 않고는 있을 수 없는 일이라고 했다. 잇몸이 내려앉고 이빨이 하나씩 빠져나갔다. 불쾌한 냄새가 났다. 그런데도 그녀 는 씹고 싶었다. 그녀는 혼자 말했다.

'계속 씹었어야 했는데 오랫동안 씹지 않아서 퇴화한 거야. 절 대 희망을 버리면 안 돼. 기적이란 게 있는 법이니까. 그래, 씹을 수록 튼튼해진다고 했어.'

그러나 씹는 게 몹시 힘들었다. 그녀는 죽을힘을 다해 씹었다. 소화제를 대폭 늘렸다. 소화제는 더 이상 효과가 없었다. 혈액순 환도 되지 않았다. 손발이 저리고, 아프고, 발가락에 괴사가 일 어났다. 시력도 조금씩 떨어졌다. 병은 점점 악화되어 간경화로 까지 번졌다. 그녀는 큰아들에게 전화를 했다. 엄마가 죽게 생겼다며 빨리 오라고 말했다. 그러나 아들은 제 아이 생일이라서 함께 있어야 한다며 내일 오겠다고 했다. 그녀는 노여웠다.

'나쁜 놈! 지 새끼만 소중하고 에미는 안중에도 없단 말이지.'

다음 날 아들이 찾아왔다. 그는 먼 산을 바라보며 용건이 뭐냐고 재촉했다. 아들이 미웠다. 그녀는 자신도 모르게 말했다.

"예펜네 치마폭에 빠져서 에미는 안중에도 없겠지."

말은 아들의 귀에 그대로 전달되었다. 아들이 버럭 화를 냈다. 예상하지 못한 상황이었다. 그녀는 깜짝 놀랐다. 너무 놀라 정신이 혼미해졌다. 무슨 말을 해서 화가 났는지 기억나지 않았다.

'쟤가 뭣 때문에 저렇게 화를 낸 거지? 며느리 때문인가? 맞아, 며느리가 날 모함한 거야. 여우같은 년, 니가 내 아들을 빼앗아 가다니, 그 넓은 집에서 호의호식하고 사는 게 다 내 덕인 줄 모르고……'

그녀는 본격적으로 며느리를 씹기 시작했다.

"니가 은규 엄마 때문에 그렇게 된 것 같은데 여태 말은 안 했다만 집안 단속 잘해야 한다. 너만 출근하면 매일 칠보단장을 하고 나간다더라. 아무래도 남자가 생긴 게야. 내 말 그냥 넘겨서는 안 돼! 같은 동에 사는 여자가 그러던데 어제도 어떤 남자하고 레스토랑에서 호호거리는 게 보통 좋아하는 사이가 아니더래."

"내가 이혼하기를 바라는 거야? 그게 엄마야? 은규 엄만 어제 하루 종일 나랑 같이 있었어."

그녀는 골이 났다. 어떻게 해서든 며느리를 모략하여 아들과 정을 끊어야 했다. 그녀는 또 다른 카드를 꺼내 들었다.

"애, 너 암만 벌어도 통장관리 잘 못하면 쪽박 차기 십상이다.

은규 엄마 친정으로 얼마를 빼돌린 줄 아니? 내 친구가 니 장모하고 잘 아는 사인데 은규 엄마가 생활비 다 댄다지 않니. 너 뼛골 빠지게 번 돈으로 처가 좋은 일만 시켰지 뭐냐."

"아무리 생각해도 엄만 망령든 거야. 그렇지 않고서야 이 지경에서까지 사람을 모략할 수 있어? 다른 사람도 아닌 아들 신세까지 망치려는 의도가 뭐야? 엄만 죽을 때까지 사람 모략하는 거 못 고칠 거야. 스스로 무덤을 파는 거라고."

그녀는 정말 화가 났다. 아들의 따귀라도 때려주고 싶었다. 그녀는 며느리를 씹어 봤자 이빨이 안 들어간다는 것을 알았다. 그녀는 다른 메뉴를 훑어 봤다. 씹을 사람은 많았지만 어떤 것이 맛이 있는지 기억나지 않았다. 다 맛있었던 것 같은데 아들이 동조해주지 않으니 별 맛이 없었다.

'내가 왜 이러지? 혼자서는 재미없으니까 사람이 있을 때 씹어야 하는데…….'

그녀는 생각나는 대로 씹었다. 아들이 간병인에게 말했다.

"더 이상 가망이 없는 것 같아요. 먹고 싶은 음식이나 실컷 먹게 해주세요. 어차피 갈 사람인데 한 가지 소원은 들어줘야 하지 않겠어요?"

곧 그녀가 원하는 대로 음식들이 들어왔다. 그녀는 손에 잡히는 대로 야금야금 음식을 씹고 며느리를 씹었다. 이빨을 복원하려면 음식도 잘 씹어야 된다고 생각했다.

아들이 진저리를 치며 나갔다. 그녀는 서러웠다. 눈물이 펑펑 쏟아졌다. 그러는 중에도 씹는 것을 멈추지 않았다. 세상 사람들이 잘못 되었다고, 그녀는 한 번도 남에게 피해 준 적이 없다

고, 다만 그녀의 올이 곧아서 잘못된 것을 넘어가지 못할 뿐이라
고…….

그녀는 소화제를 한 주먹씩 먹어가며 음식을 씹고 사람을 씹었
다. 음식이 비어져 나오면 손으로 밀어 넣으면서 씹었다. 죽을힘
을 다해 씹었다. 그러나 예전처럼 꼭꼭 씹어지지 않았다. 위에서
도 거부반응이 일어났다. 밤에 먹은 음식은 전혀 소화가 되지 않
았다. 구토가 일기 시작했다. 시간이 흐를수록 구토 횟수가 늘어
났다. 곧 삼키기도 전에 토해냈다.

간병인의 불만이 늘어났다. 말로, 이빨로, 끊임없이 씹고 구토
까지 하는 걸 당해낼 재간이 없었다. 간병인은 간병을 그만두겠
다고 말했다. 그녀의 아들은 난감했다. 수고비를 두 배 올려주는
것으로 간병인을 붙잡았다. 두 배로 올려주자 처음에는 좋아했
다. 그러나 일주일 후에는 세 배를 요구했다. 곧 혼자서는 감당
할 수 없다며 간병인을 한 명 더 들여 주라고 했다. 요구를 들어
주지 않는다고, 음식을 주지 않는다고, 머리채를 끌고 손을 물어
뜯는다는 것이었다.

아들들은 혀를 내둘렀다. 점점 발길이 뜸해졌다. 어쩌다 한
번 들르면 눈도장만 찍고 휭하니 나가 버렸다. 그녀는 열불이 났
다. 눈에 넣어도 아프지 않을 것 같던 아들들이 그렇게 변하다
니……. 마침내 그녀는 아들들까지 씹기 시작했다. 큰아들에게는
작은아들을, 작은아들에게는 큰아들을 씹었다. 끙끙 앓으면서도
씹었다.

그녀는 정신병동으로 옮겨졌다. 그녀는 세상 사람들이 다 미
쳤다고 소리쳤다. 의사도, 간호사도, 환자들도……. 미치지 않은

것은 그녀뿐이라고. 심지어 의사와 간호사가 목을 조였다고도 하고 음식에 독약을 넣었다고도 했다.

그녀의 기력은 하루가 다르게 쇠약해졌다. 일반 영양제로는 생명을 유지할 수가 없었다. 마지막 단계에서나 사용하는 영양제를 투여했다. 피가 점점 응고되어 혈관을 찾기도 어려웠다. 목의 혈관을 통해 주사액을 주입했으나 금방 비어져 나왔다. 뇌혈관도 심장혈관도 막혀 들어갔다. 그런데도 쉬지 않고 사람을 씹고 음식을 요구했다. 그러나 아무도 음식을 주지 않았다.

그녀의 간이 녹아들고 간성혼수가 거듭되었다. 헛것이 보이는 일도 잦아졌다. 스스로 무덤을 팔 거라던 아들의 목소리와 함께 쌩 소리가 나면서 수많은 이빨들이 몰려왔다. 그동안 그녀에게 씹혔던 모든 사람들의 것이었다. 틀니를 한 할머니 이빨도 있었고, 송곳니가 날카로운 중년부인 이빨도 있었고, 막 살갗을 비집고 나온 젖니도 있었다. 그녀 엄마와 남매들의 이빨도 있었고 두 아들의 이빨도 있었다. 온몸에 식은땀이 흘러내렸다.

그녀는 이빨을 물리치기 위해 팔을 들어 올렸다. 팔은 허공에서 잠시 맴돌다 힘없이 떨어졌다. 거대한 이빨들이 그녀를 공격해왔다. 서로 먼저 물어뜯으려고 아우성을 쳤다. 이빨 부딪치는 소리가 시끄럽게 들려왔다. 딱딱딱, 딱딱딱! 그녀는 귀를 막으려고 손을 끌어당겼다. 안간힘을 써보았지만 귀를 막을 힘이 없었다. 이빨 부딪치는 소리만 점점 더 크게 들려왔다.

이빨들이 입속으로 들어왔다. 곧 흔적도 없이 이빨을 해치우고 잇몸을 파기 시작했다. 그녀는 괴성을 질렀다. 이빨들은 아랑곳하지 않았다. 이빨인지 핏덩인지 구별하기 어려운 것들이 계속

공격을 해왔다.

그녀는 간병인에게 이빨 좀 치워달라고 애원했다. 간병인들은 주변만 두리번거릴 뿐 대꾸를 하지 않았다. 아무리 보아도 위협을 느낄 만한 것들은 없었다. 간병인들은 저승사자가 온 것이라고 쑥덕거렸다. 그녀는 여전히 희한한 몸짓을 하며 소리를 질렀다. 그녀는 온힘을 다해 소리를 질렀지만 듣는 사람에게는 작고 가련한 것이었다.

간병인이 의사를 찾아갔다. 의사는 으레 거치는 과정이라며 가족들에게 알려 장례 준비를 서두르라고 말했다. 그러나 그녀의 아들들은 숨이 끊어진 다음에 연락하라는 말만 되풀이했다. 그녀의 발악은 세 시간쯤 지속되다가 심장 박동과 함께 멈추었다. 이빨들의 아우성은 아직도 그녀 귀에 고스란히 들려왔다. 그녀의 눈꺼풀이 스르르 내려앉았다. 눈물이 귓불에 흘러내렸다. 곧 깔딱거리던 숨이 완전히 멈췄다. 그러나 심장이 멈춘 뒤에도 그녀는 뭔가 씹고 있는 것처럼 입을 오물거렸다. TV에서는 수민의 남편이 신임 장관의 각오를 말하고 있었다. 생생하게 들려오는 뉴스를 들으며 그녀는 귀를 막을 수 없음을 한탄했다.

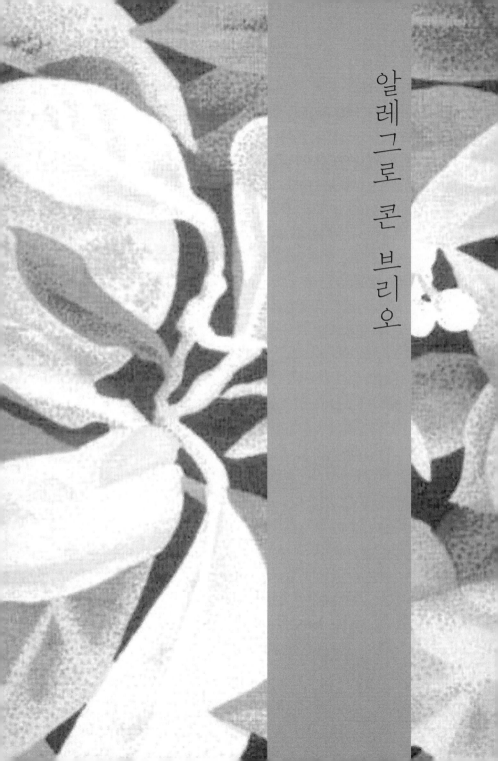

알레그로 콘 브리오

덩굴장미가 담장을 휘감고 있다. 여자는 꽃이 떨어져 나간 라일
락 꽃대를 바라보며 지난봄을 뒤돌아본다. 조금은 향기롭다고 생
각했던, 그러나 향기로운 기억이 될 수 없는 지난봄을! 여자는 수
염이 떨어져 나간 고양이처럼 맥없이 화장대 앞에 앉는다. 삼 일
동안 문밖출입도 하지 않았는데 몸이 노곤하고 가슴은 먹먹하다.
얼굴도 까맣고 수척하다. 아무 생각 없이 늘어져 자고 싶다. 거
울 속 해쓱한 얼굴이 그녀를 바라본다. 여자는 억지로 웃어 보인
다. 거울 속 여자 웃음이 쓸쓸하다. 여자는 길게 팔을 뻗어 오디
오를 켠다. 웅장한 선율이 흘러나온다. 여자는 중얼거린다.

"베토벤 교향곡 제 3번, E플랫 메이저, 작품번호 55번 에로이
카 중에서 제 1악장 알레그로 콘 브리오를 헤르바르트 본 카라얀
이 지휘하는 베를린 필하모닉 오케스트라 연주로 보내드리겠습
니다."

잊어버렸다고 생각했던 그것들이 구김 없이 튀어나왔다. 여자
는 작곡을 전공했고, 한때 클래식 음악 담당 아나운서를 했다.
음악이 나가는 동안 카라얀을 흉내 내는 것으로 분위기를 띄우곤
했었다. 삼십 년을 훌쩍 넘긴, 아득한 전설 속 이야기다. 여자는

아이펜슬을 들고 자리에서 일어선다. 삼십 년 전으로 돌아가 지휘를 한다. 에로이카가 작렬한 한숨을 토해낸다.

고메(GOURMET)는 한정식 레스토랑이다. 원래 상호는 옥련정이었으나 문민정부가 들어서면서 이름과 스타일이 바뀌었다. 고메 주인은 프랑스 유학까지 다녀온 엘리트였다. 지금은 환갑을 바라보고 있는데 이십대에 그녀 소유 요정을 차렸고 삼십대 초반에 빌딩을 소유했을 정도다. 고메에는 구시대 정부요인들이 끊임없이 들락거렸다. 어느 날 고메 주인이 여자에게 말했다.

"내일 가평 가지 않을래? 정원을 손질할 생각인데 그쪽 분야에 일가견을 갖고 있는 사람이 있어. 그분 정원이 아주 독특하더라구. 참고로 하면 좋을 것 같아서 다시 한 번 보려구. 너도 전원주택 지을 거라고 했잖아. 시행착오 겪지 않으려면 많이 보고 계획을 세우는 게 좋을 거야."

"나야 기분 전환할 수 있어서 좋은데 불청객이 되지 않을까?"

"아냐. 그런 사람 있지? 누구든 오랫동안 만나온 사람처럼 행동하는. 주로 미국에 거주하는 무기중개상인데 신분에 대해서는 모른 척하는 게 좋아."

마침 여자는 일 년 전 남편을 잃고 실의에 빠져 있었다. 여자는 바람이나 쐬일 겸 따라나섰다. 그들이 남자 집에 도착한 시각은 정오였다. 남자는 손수 점심을 준비하고 있었다. 원래는 고메 주인이 근처 레스토랑에서 식사를 대접하기로 약속이 되어 있었다. 두 사람은 몹시 당황스러웠다. 몸 둘 바를 몰라 하며 그를 돕겠다고 나섰다. 남자는 정중히 뿌리쳤다. 평소 고메 주인에게 특별대우를 받은 것에 대한 보답이라는 것이었다.

식단은 간단했다. 채소에 발사믹 식초와 올리브 오일을 넣은 전채요리와 양고기 바비큐를 메인디시로 내놓았다. 중동을 들락 거리며 그곳 딜러에게 익힌 솜씨라고 했다. 양고기 바비큐는 여 자가 아주 좋아하는 요리였다. 전문 레스토랑을 수소문하여 찾아 다닐 정도였다. 양고기는 매우 부드럽고 누린내가 나지 않았다. 매콤달콤한 소스가 잃어버린 입맛을 돋우었다. 여자는 이렇게 맛 있는 양고기는 처음 먹어 본다며 감탄을 쏟아냈다. 여자는 여느 때보다 밝고 수다스러워 보였다. 남자는 여자의 수다를 즐기는 눈치였다.

정원은 오백 평이 조금 넘었다. 정원 한쪽에 희귀식물을 기르 는 작은 온실이 있었다. 남자는 아무나 희귀식물을 들여올 수 없 다는 것으로 신분을 과시했다.

남자의 집을 다녀온 일 년 뒤, 여자에게 시련이 닥쳐왔다. 선물 옵션 투자에 실패하여 거의 모든 재산을 날려버린 것이다. 여자 는 세상을 다 잃은 것 같은 무기력증에 빠졌다. 맥없이 누워 있다 가 배가 고프면 끼니를 때우고 가끔 메일을 체크하는 정도였다. 메일은 받기만 할 뿐 좀처럼 답장을 보내는 일이 없었다. 발이 땅 에 닿는지 허공에 닿는지 분간이 어려울 만큼 힘이 들었다. 그때 남자로부터 메일을 받았다.

〈오랜만에 인사드립니다. 그동안 별고 없으신지요. 저는 여전 히 미국에 생활하면서 중동을 주로 다닙니다.〉

메일 주소는 고메 친구를 통해 알게 되었다고 했다. 그가 고메 친구에게 이메일 주소를 받아갔다는 것은 여자도 알고 있었다.

여자는 남자가 독신이라던 친구 말을 생각했다. 여자는 아주 짤막하게 답을 보냈다.

〈변함없이 활기차게 활동하고 계시는군요. 저는 너무 힘든 일을 겪고 있어서 은둔생활이나 다름없이 지내고 있습니다. 계획하고 계신 모든 일들이 아름답게 열매 맺기를 소망합니다.〉

남자는 절반은 성공했다고 믿었다. 여자의 글이 자신에 대한 우회적 관심으로 보여졌다. 남자는 속마음을 자제하며 답을 보냈다.

〈한국에 나가면 식사라도 한 번 대접하고 싶습니다. 다음 주에 출국할 예정인데 전화 한 번 주십시오.〉

글 마지막에 전화번화가 적혀 있었다. 여자는 용기를 내지 못했다. 단둘이 식사하는 게 내키지 않았다. 만나자는 대로 만나고 사주는 대로 얻어먹는 여자로 보여질 것 같아 망설여졌다. 그렇다고 아주 싫은 것은 아니었다. 한참 고민을 하다가 딸아이에게 털어놓았다.

"엄마도 정말 답답하다. 식사를 하고 안 하고를 떠나서 답장은 해주는 게 예의지."

"그런가? 그치?"

"아빠도 이젠 그만 떠나보내야 되는 거 아냐? 엄마도 곧 환갑인데 인생이 육칠 십에 끝나는 게 아니잖아. 언제까지 아빠 생각만 하고 살 거야? 엄마가 빨리 자리를 잡는 게 아빠 영혼을 위로해주는 거 아닐까?"

여자는 자리에서 일어나 컴퓨터를 열었다. 마음은 여전히 갈등이 일었다. 다른 남자를 만나는 게 세상을 떠난 남편에게 배반행위처럼 느껴졌다. 여자는 인터넷 뉴스를 읽는 것으로 한 시간을 소모했다. 그리고는 망설임 끝에 메일을 열고 답을 썼다.

〈저는 일생을 통해 가장 힘든 고비를 넘기고 있습니다. 기회가 되면 말씀드리지요.〉

여자는 끝내 전화번호를 알려주지 않았다. 남자는 여자의 사정을 이미 알고 있었다. 그러나 모르는 척 글을 보냈다.

〈제가 알면 안 되는 일인가요? 밝고 명랑하셨는데……. 꼭 한 번 뵙고 싶습니다.〉

여자는 남자의 친절이 싫지 않았다. 그러나 뭐라 말을 해야 할지 망설여졌다. 여자는 마음을 다잡고 컴퓨터 앞에 앉았지만 손이 움직여지지 않았다. 어디서부터 시작해야 할지 엄두가 나지 않는 거였다. 이틀 동안 컴퓨터를 열었다 닫았다 하다가 글을 보냈다. 최근에 겪은 상실감에 대해. 여자는 금방 후회했다. 속마음을 너무 깊이 드러낸 것 같았다. 경제적 도움이라도 바라는 것처럼 느끼지 않을까, 걱정이 되었다.

남자는 위로의 글을 보내왔다. 십칠 년 별거 끝에 이혼했다는 사실도 털어놓았다. 그날 이후 남자는 거의 매일 메일을 보내왔다. 한때 화가가 꿈이었다는 그는 직접 그린 그림을 첨부해 보냈다. 노란 물양귀비 꽃이 이색적이었다. 꽃과 이파리만 부각시켜 구름 위에 올려놓은 양귀비는 두께를 느낄 수 없을 만큼 투명했다. 입김만 불어도 둥둥 떠다닐 것 같았다. 그가 무척 감성적인 사람이라는 것을 알 수 있었다. 여자는 실실 웃으면서 컴퓨터 배경화면을 바꿨다. 셀 수 없이 그림을 쳐다보며 새로운 세상을 그려보곤 했다. 곧 자신을 나무랐다.

'남편 떠난 지 몇 년이나 됐다고…….'

그러면서도 여자는 변화되어 갔다. 은둔생활에서 벗어나 산책을 하고 오선지에 습작을 하는 등 예전으로 되돌아갔다.

남자는 그가 가장 많은 시간을 보내고 있는 워싱턴 생활을 소상하게 전해왔다. 워싱턴은 여자의 결혼생활 삼십 년 동안 가장 안정된 시간을 보낸 곳이었다. 가장 많은 추억을 간직한 곳이기도 했다. 더 이상 바람이 없다고 여겼을 만큼 행복한 여정을 보냈었다. 아이들은 여자 품을 맴돌았고 남편은 가장으로서 소홀함이 없었다. 그 모든 것들을 축복이라 여기며 살았었다. 때때로 귀족인 된 듯한 착각에 빠지기도 했었다.

여자는 워싱턴 소리만 들어도 가슴이 저려왔다. 남자가 포토맥 강변을 드라이브 했다거나, 어느 골프장을 다녀왔다거나, 케네디 센터나 울프트랩에서 공연을 봤다거나, 하면 그곳 풍경이 환영처럼 떠올랐다.

남자가 삼 년 전에 이사했다는 집은 예전에 여자가 살았던 도로상에 있었다. 예상하지 못한 일이었다. 지나간 흔적은 샘이 되어 가슴을 적셨다. 가든파티를 하며 행복했던 그때가 몹시 그리웠다. 돌아갈 수만 있다면 그 시절로 돌아가고 싶었다. 눈물이 볼을 타고 흘러내렸다.

여자는 블로그를 열고 남편이 세상을 떠나기 전 워싱턴 현지에서 올린 포스트를 클릭했다.

그리움은 파편이 되어 튀어 다닌다.
나도 가끔 그리움을 찾아 튀어 다닌다.
내가 워싱턴 근교에 살았던 게 삼십대 후반부터 사십대 초반,

오늘 추억 여행은 최소한 사십대 초반에 머물 것이다.

지금 나는 그때 흔적을 밟는 것만으로도 너무 행복하다.

훗날 이곳을 다시 찾을 때 지금 내 모습을

또 그리워하게 될 테니까.

오늘, 여기 워싱턴에서,

순전히 나만의 시간을 위해 따돌리기 작전을 한다.

이 사람에게는 저 사람과,

저 사람에게는 이 사람과 약속이 있다며…….

411을 통해 옐로우 캡 전화번호를 확인하고 전화를 한다.

전화를 받는 여자 목소리가 새털처럼 사뿐하다.

주소, 행선지, 목적지, 이름을 묻고는 곧 차를 보내왔다.

*

워터게이트 호텔 옆에 차를 세운다.

낯익은 거리는 푸근하고 편안하다.

그리고 들뜬다.

포토맥 강변을 향해 걸음을 옮긴다.

여행객 차림의 동양 여자가 당돌해 보이는지

쳐다보는 눈들이 많다.

인사를 건네는 그들에게 답례를 하며

보무당당하게 거리를 활보한다.

워터게이트호텔 옆 야외 주차장은

십오 년의 세월도 비켜갔나 보다.

어쩜 한 치의 변화도 없이 그대로인지…….

그래서 더 반가웠지만 말이다.

겨우 삼 년 남짓 지났는데, 사진 속 여자 모습이 무척 싱그러웠다. 여자는 사진을 쳐다보고 또 쳐다보며 눈물을 흘렸다. 플루메리아 백 송이가 배달된 것은 다음 날이었다. 고급스러운 종이 상자에 담겨 있었다. 플루메리아는 여자가 가장 좋아하는 꽃이었다. 남자는 플루메리아에 대한 여자의 열정이 남다르다는 것을 이 년 전 가평에서 얘기를 하던 중 알게 되었다. 여자는 한동안 아무 말도 하지 못했다. 한국에서는 흔히 볼 수 있는 꽃이 아니었다. 외국에서 보내오기에는 세균검사 등 번거로운 절차가 너무 많았다. 한국 어느 농원에 특별히 주문했다는 것은 잠시 뒤 알았다. 남자가 꽃이 배달되기를 기다렸다가 전화를 한 것이다.

"선생님 살고 계신 곳이 커비 로드에 있는 맥아더 드라이브 아닌가요?"

"맞아요. 이 근처에 사셨나?"

"네, 맨 끝집이요. 사이프러스가 쭉 서 있는 게 낯익어서 자세히 보니까 맥아더 드라이브 표지가 보이더라구요. 너무 놀랐어요. 선생님 살고 계신 곳은 원래 벽돌집이었거든요. 삼 년 전에 가보니까 너무 크고 좋은 집이 들어서 있길래 저런 집에는 어떤 사람들이 살까, 했는데……. 이런 걸 코인시던스(Coincidence-우연)라고 하나 보죠? 정말 믿어지지 않아요."

"아, 그래요? 이거 보통 인연이 아니네요. 집하고 차를 보면 사는 정도를 알 수 있잖아요. 검소하네, 어쩌네, 해도 그 두 가지에 가장 많이 투자를 하더라구요. 세금 따박따박 내고 부자가 존경받는 나라니까 세금 추적 받을 일도 없고. 나는 이렇게 잘산다, 그런 거 아닐까요? 나도 그렇구. 그런데 조금 잘못 생각한 것 같아요. 일하는 사람이 있다고는 하지만 큰 집에서 딸아이하고 둘이 살기에는 좀 적적해요."

남자는 한동안 외로움을 피력했다. 부인의 강요에 의해 이혼을 했다는 말에는 비참함이 묻어나왔다.

"잘잘못이 누구에게 있던 이혼을 강요당할 때 열패감은 표현하기 어려워요. 여자들은 흉이라도 볼 수 있지만 친구한테도 말을 못하는 게 남자예요. 한국사회가 그렇잖아요. 미국에서 아무리 오래 살아도 몸에 배인 풍습은 버리기 어렵거든요."

전화는 한 시간도 넘게 계속되었다. 그날 남자가 보내온 메일은 조금 노골적이었다.

〈매일 지고 뜨는 태양을 보는 것도 어제와 오늘 느낌이 다르더군요. 늙어가는 것에 대한 아쉬움이겠지요. 얼마 전, 유명인들의 늙어가는 과정이 담긴 사진을 보면서 인생이 너무 허무하다는 생각을 했습니다. 한 시대의 상징처럼 여겨졌던 그들이 살덩어리로 변신해 있는 것에. 훗날 내 모습이라는 생각이 들어서 서글펐습니다. 더 늙기 전에 좋은 사람 만나 여생을 같이 하고 싶습니다.〉

남자가 하고 싶은 말의 의미를 여자는 잘 알았다. 성급하다는 생각이 들었지만 기분은 나쁘지 않았다. 시간이 한가하면 남자가 떠올랐고 미소가 지어졌다. 가는 곳마다 전화기를 들고 다니고 수없이 들여다봤다. 혼자만 세상에 내팽개쳐진 것 같은 통증도 줄어들었다. 가끔 노래를 흥얼거리기도 했다. 그러나 섣불리 사랑이라고 말할 만한 것은 아니었다.

서로 메일을 주고받은 지 세 달쯤 지났다. 남자가 만나자는 연락을 해왔다. 여자는 망설였다. 늘 전화를 기다려 왔는데 마음이 내키지 않았다. 싫은 것도 아니고, 곁에서 보고 싶은 것도 아닌, 표현하기 어려운 감정이었다. 남자가 이혼을 했다는 것도 꺼림칙했다. 여자는 편치 않은 심정을 고메 친구에게 털어놓았다.

"이혼한 남자는 왠지 달갑지 않아. 가정이 깨진 거 보면 주로 남자한테 문제가 있잖아."

"사별이 아니었어? 오랫동안 레스토랑을 들락거렸지만 가정사에 대해서는 말한 적이 없었어. 사생활은 서로 얘기하지 않으니까. 자세한 내막은 모르겠지만 배포가 큰 사람이라는 생각은 들더라. 하루 이틀 생각하고 운을 뗐겠니? 처음 봤을 때부터 이미 공을 들여왔을 거 아냐. 지난번에 너에 대해 슬쩍 묻더라구. 사별했다는 얘기를 했었어. 일단 만나보고, 주변 사람들 하나하나 만나면서 검증해봐. 어떤 상황에 처해 있는지, 어떤 생각을 갖고 있는지, 만나 봐야 알 거 아냐. 정 아니다 싶으면 마는 거고. 처음부터 벽을 둘 필요는 없다는 얘기야. 그런데 요새 건강이 좀 안 좋은 것 같아."

여자는 약속장소로 나갔다. 남자는 예전에 본 것과 많이 달랐다. 작고 단단하던 얼굴이 탄성을 잃은 풍선처럼 부풀어 있었다. 우연히 마주쳤다면 몰라봤을 만큼 생소했다. 심장수술 후유증이란 것은 나중에 알았다. 남자 눈에 비친 여자도 생경한 모양이었다.

"많이 마르셨네요. 그때는 보기 좋았는데……."

남자의 걸음걸이는 지나치게 느렸다. 일부러 천천히 걷는 것처럼 하고 있었지만 최선을 다해 걷고 있다는 것을 여자는 알았다. 그의 정원을 보고 돌아오던 날, 지나치게 건강하다고 생각했었으니까.

'나야 워낙 큰 재산을 잃어서 그렇다지만 이 년도 되지 않았는데 저렇게 변할 수 있는 거구나.'

여자는 생각했다. 남자는 지나치게 친절했다. 이거 먹어라, 저거 먹어라, 접시에 음식을 날라 주는 것이 민망할 정도였다. 그럴 정도로 친숙한 사이는 아니었다. 남자가 겁도 없이 용감한 것은 성격이었다. 여자는 몹시 거북스러웠다. 여자는 남자가 접시에 놓아준 음식을 먹지 않았다.

찻집에서 남자가 말했다.

"결혼 전에 사랑하는 사람이 있었어요. 여자 집에서 얼마나 반대를 했는지 몰라요. 살림을 차리면 포기를 할 것 같아서 동거를 했는데 어느 날 데려가 버린 거예요. 그동안에 애가 생긴 것도, 여자를 미국으로 보낸 것도 나중에 알았지요. 둘 사이를 떼어 놓으려고 숨겼으니까. 그때만 해도 재력만 있으면 다 해결되는 세상이었어요. 워낙 등등한 집안이라 해볼 수가 있었나, 말단 장교가. 지금이야 어느 나라를 갔는지 금방 추적할 수 있고 맘만 먹으면 쫓아갈 수도 있지만 그때는……."

남자 눈에 눈물이 맺혔다. 남자가 너무 감성적이라는 것에 여자는 놀랐다.

"애가 세 살이 되어서야 친정엄마가 찾아왔더라구요. 친정 오빠에게 애를 입양시켰는데 오빠가 사업에 실패하고 풍비박산이 난 모양이에요. 아버지 재산은 말할 것도 없고 처가 재산까지 털어먹었을 정도로. 오빠는 자살을 하고, 애를 키울 수 없게 되니까 찾아온 거예요. 그냥 넘길 수 없잖아요. 사랑하는 사람이 낳은 내 아이니까. 애가 대학교 들어갈 때쯤 집사람이 알게 됐는데 그때 집을 나간 거예요. 자살소동도 벌이고⋯⋯."

"지금도 보고 싶으시겠네요. 그렇게 사랑하는 사이였으면⋯⋯."

"한 번 만나 봤는데 아니더라구요. 너무 많은 시간이 흐른 다음에 옛사람을 만나면 있는 정도 떼게 되는 것 같아요. 젊을 때 모습만 기억하고 있으니까요. 나 늙었다는 생각은 안 하고⋯⋯. 여자도 이미 가정을 갖고 있으니까 합해야 될 이유도 없고. 그냥 서먹서먹하게 앉아 있다 헤어졌어요."

여자는 잘 모르겠다는 뜻으로 머리를 갸우뚱했다. 남자는 어색한 듯 허허, 웃었다. 남자는 화제를 바꿨다.

"학사장교로 군대생활을 시작했는데 선배 장교가 정보부로 끌어줬어요. 그때 정보부는 날아가는 새도 떨어뜨린다는 말이 있었잖아요. 신분증 하나 들이대면 모두들 벌벌 떨었지. 사관학교 출신들 틈에서 살아남기 위해서는 끈이 필요했지요. 나름대로 줄을 잘 섰다고 생각했는데 시해사건이 벌어지는 통에⋯⋯. 해외 파견 중이라 사건에 연루되지는 않았지만 새 정권이 들어서면서 숙청을 당한 것이지요. 이미 권력 맛을 본 뒤라 마땅히 갈 곳이 있어야지. 무기중개상이 좋겠다는 생각이 들어서 미국으로 건너갔어요. 무관으로 있을 때 국무성 직원들하고 돈독하게 지냈거든요. 각 나라 무관들과 친분을 잘 쌓아둔 것도 유리했고. 이미 이빨 빠진 호랑이라지만 한국에 줄 댈 사람이 많았어요. 나한테 잘 맞는 일인 것 같아요. 이거 함부로 얘기하면 안 되는데. 비밀입니다."

여자는 소리 없이 웃기만 했다. 평범하지 않다는 것을 드러내어 마음을 끌어들일 심산이란 걸 여자는 알았다. 남자는 여자가 매력을 느낄 만한 것들을 충분히 과시했다고 여긴 모양이었다. 여자에 대한 소감을 얘기하는 것으로 은근한 마음을 드러냈다.

"참 따뜻한 사람 같아요. 미세스 정이 그러던데 사물을 보는 눈도 뛰어나고, 버릴 것이 없는 사람이라고 하던 걸요."

"친구 얘기만으로 그렇게 단정하시는 건 무리가 아닐까요? 저를 잘 아시는 것처럼 말씀하시는 거."

"꼭 옆에서 겪어 봐야 아나요. 나이가 이쯤 되면 금방 알 수 있어요."

남자는 마치 여자를 칭찬해야 할 특별한 의무를 부여받은 것 같았다.

"젊어서는 아주 예뻤을 것 같은데 결혼 전에 좋아하는 남자들 많지 않았어요?"

"남자 몇 명 따라다니지 않았다면 거짓말이겠지만 예쁘다는 생각은 안 해봤어요."

남자는 그래요? 하면서 웃었다. 그는 여전히 칭찬을 늘어놓다가 물었다.

"서로 취향도 비슷하고 여러 가지로 잘 맞을 것 같은데 남은 일생을 같이 할 생각은 없으시오?"

당혹스러운 말이었다. 여자 얼굴이 붉어졌다. 조금이나마 갖고 있던 호감이 사그라져 버렸다.

'나를 너무 쉽게 본 거 아냐? 나오는 게 아니었어.'

여자는 조금 불쾌했다. 그러나 내색하지 않고 또박또박하게 말했다.

"그럴 만한 여건이 아니잖아요. 친구 권유도 있고 해서 나왔는데 신중하지 못했다는 생각이 들어요. 이혼한 지 얼마 되지 않으신데 재결합할 가능성도 있으시고."

"그럴 가능성은 전혀 없어요. 그럴 것 같으면 진작 합쳤지. 둘째 딸아이가 지금 많이 아파요. 다리를 절단하는 사고를 당했는데도 이혼을 강행했는걸요."

"만나는 건 그렇구요, 언제든 전화하시면 말벗은 되어 드릴게요."

"그렇게 한가한 사람 아니에요. 하루하루 시간 가는 거 생각하면 한시가 바빠요, 난."

여자의 마음을 유도하려는 심리전이었다. 시간이 지나면 여자의 마음이 변할 것이라 믿었던 것이다. 그날 남자가 여자에게 보내온 문자는 예전과 달랐다.

〈잘 도착하셨소? 건강관리 잘하시오.〉

남자는 뭐든 마음먹은 대로 할 수 있다는 생각을 갖고 있는 것 같았다. 남자의 지나친 관심과 자신감이 여자의 마음을 오히려 멀어지게 했다. 혼자 사는 여자는 마음대로 할 수 있다는 생각을 갖고 있는 건 아닌지, 싶기도 했다. 거리 간격을 두고 생각해 보기로 마음먹었다.

삼일 뒤 미국에 들어간 남자가 전화를 걸어왔다.

"애들 엄마하고 합칠 생각은 없어요. 사랑하는 사람하고 살아야 되는 거 아닌가?"

"일방적으로 말씀하지 마세요. 잘 알지도 못하면서 사랑 운운하는 건 좀 그렇잖아요. 쉽게 그런 말씀하시는 거 달갑지가 않아요."

"싫어할수록 나는 좋아. 쥐도 새도 모르게 납치해 버릴 테니까. 방에 가둬 놓고 옷하고 음식하고 화장품만 넣어줄 거요."

남자에게 진지한 구석이라곤 없었다. 웃자고 한 말일지라도 여자는 좀 화가 났다. 여자가 무슨 말인가를 하려고 했지만 남자는 말을 그만둘 기세가 아니었다.

"책임 못질 말은 안 하는 사람이에요. 주변에 여자가 없어서 이러는 것도 아니구. 심지어 딸 같은 애들까지 구애를 해오는데……."

해서는 안 될 말이었다. 질투심을 유발하려는 속셈인 것 같았다. 그동안 얼마나 많은 여자들을 농락했는지 알 것 같았다. 그의 조건 앞에 고개 숙인 여자들이 많은 모양이었다. 여자는 불편한 심기를 드러냈다.

"그럼 그런 분들이나 만나세요. 저는 여자들 과시나 하는 남자들 질색이에요."

여자가 말을 잘랐다. 그러고 보니 남자의 직장 말고 아는 것이 없었다. 잠시나마 그에게 마음을 가졌던 것이 부끄러웠다. 앞으로는 전화조차 받지 말아야지 생각했다. 그날 밤 모르는 전화번호가 액정화면에 떴다. 국내전화 번호보다 길게 나열된 숫자가 국제전화임을 알 수 있었으나 남자의 전화번호와는 달랐다.

여자는 고개를 갸웃거리며 전화를 받았다. 뜻밖의 목소리가 흘러나왔다.

"실례인 줄 알면서도 전화를 드렸습니다. 저희 가족에게는 중요한 일이라서요."

남자의 딸이라는 걸 알 수 있었다. 불륜이라도 저지른 것처럼 가슴이 떨려왔다. 여자는 침착하게 대답했다.

"염려하지 마시고 편하게 말씀하세요."

"부모님이 원래의 위치로 돌아오시는 게 제 마지막 소원입니다. 두 분이 이혼을 하신 건 이복오빠 문제만이 아니었습니다. 오랫동안 쌓인 분노가 폭발을 했던 거지요. 아빠에게 여자는 필요에 따라 언제든 바꿔치기하는 물건 같은 것이었으니까요. 물론 선생님에 대한 감정이 단순하지 않다는 것은 잘 압니다. 그렇지만 다른 여자들도 그렇게 시작하지 않았겠어요? 지금도 다른 여자가 있다는 건 모르실 거예요. 아빠의 치부가 드러나는 게 두려워서 끌려다니는 것에 불과하지만요. 집착이 워낙 심해서 행선지까지 알려주지 않으면 안 되나 봐요. 작년에 심장수술 받으신 것도 그 여자 때문이라는 거 아빠 다이어리 보고 알았어요. 그 여자 사귀면서 어떤 유부녀와 깊은 관계에 빠진 모양이에요. 그걸 미끼로 협박이나 하는 그런 여자예요."

남자의 딸은 울먹였다.

"……."

"아빠 메일을 보게 되었습니다. 급하게 나가시면서 로그아웃을 못하신 거죠. 하시는 일이 시간을 다투는 경우가 많거든요. 종종 있는 일이에요. 엄마에 대한 피해의식 때문에 메일을 확인해 보는 습관이 있어요. 메일로 말씀드릴 생각도 해봤지만 직접 목소리 들으면서 얘기하고 싶었습니다. 전화번호는 진작부터 알고 있었어요. 샤워하러 들어가시면 휴대폰은 방치되어 있으니까요. 사정 얘기를 들으시면 이해해주실 것 같아서 전화 드렸습니다. 성품이 곧은 분이란 걸 메일을 통해 알고 있었습니다. 선생님이 헤픈 분이라고 생각했으면 이런 전화 드리지 않았을 것입니다. 그런 사람이라면 잠시 즐기다 염증을 낼 게 뻔하니까요."

"아주 잠시 흔들린 건 사실이지만 염려할 정도는 아닙니다. 제 이상과 거리가 먼 분이란 거 한 번 만나보고 알았으니까요. 저는 남자의 경제력보다 지적 품위를 우선으로 여기는 사람입니다. 다시 만날 생각 전혀 없습니다. 신경 쓰게 해드려서 죄송합니다."

여자는 주섬주섬 옷을 갈아입었다. 고귀하게 간직해온 자존심이 망치질을 당한 것 같았다. 구둣발에 밟히고 오물까지 뒤집어쓴 기분이었다. 여자는 지하주차장으로 내려갔다. 승용차 지붕에 먼지가 뿌옇게 쌓여 있었다. 너무 오랫동안 방치해 두었다는 것을 깨달았다. 여자는 조금 난폭하게 차를 몰았다. 교통신호나 속력 같은 건 단지 법규일 뿐이었다. 수도 없이 차선을 바꾸고 급브레이크를 밟았다. 눈물이 튀어나왔다. 남자에 대한 미련은 아니었다. 상처 받은 자존심이었다. 여자가 백운호수에 당도했을 때 남자로부터 전화가 걸려왔다. 여자는 받지 않았다. 또 다른 전화도 받지 않았다.

다음 날 아침, 여자는 남자의 딸아이가 보내온 메일을 받았다. 메일 속에는 캡처로 잡은 첨부파일이 들어 있었다. 블루제이라는 닉네임을 가진 화가의 블로그였다. 여자는 너무 놀랐다. 남자의 안부에 대한 화가의 답이 너무 노골적이었다. 여자는 가슴이 울렁거렸다.

'내가 왜 이러는 거지? 이럴 이유가 없는데……. 내 남자로 생각해 본 적도 없고…….'

화가는 궁중용어를 써가며 남자가 놓고 간 사진에 감탄을 쏟아내고 있었다.

〈그대는 감히 미술계의 거장이옵니다. 그대가 계신 하늘을 바라보며 오늘도 그대 안부를 묻사옵니다. 그대 모습 그리워서 임 마중 나갔다가 오시지 않아 다시 들어왔나이다.〉

여자는 미간을 찌푸렸다.

'비밀 설정을 하거나 메일을 이용할 일이지.'

연인관계를 드러내어 다른 사람의 접근을 막아보겠다는 의도된 계산 같았다. 여자는 얼굴을 부여잡았다. 괜한 수치심이 몰려왔다. 화가의 행동이 여자들을 대변하는 것처럼 보여질 것 같아 더 자존심이 상했다. 한편으로는 남편에게 첩이 있는 걸 알게 된 것처럼 질투가 났다.

'나이 먹은 사람들이 유치하기는…….'

알 수 없는 감정들로 뒤범벅이 되어 버렸다. 감정의 파고가 큰 것에 여자는 놀랐다. 갖고 싶지 않지만 놓치고 싶지 않은 속물근성이 그녀를 지배하고 있다는 것에……. 여자는 하루 종일 일손을 놓고 뒤척거렸다. 남자에게서 전화와 문자가 수없이 들어왔다. 여자는 죽은 듯이 누워 있었다.

그날 밤 이메일을 보내는 것으로 대신했다.

우연히 여류화가의 블로그에 들어갔다가
충격적인 사실을 알게 되었습니다.
두 분은 이미 가까운 사이지만
그분에 대한 매력이 상실되었고
뿌리치기 어려운 상황이 된 게 아닐까,

생각이 들었습니다.

설마 사생활 침해는 아니겠지요.

자물쇠가 채워져 있지 않았으니까요.

복잡하게 얽혀 있는 곳에 끼어들 생각 없습니다.

지난번에 말씀드렸지만 제 자신, 아이들,

그리고 언젠가 만나게 될 반려자에게

떳떳한 사람으로 남고 싶습니다.

따님께서 장애를 갖고 있다고 하셨지요?

자식으로 인한 고통은 그 어떤 것과 비교할 수 없고

어떤 말로도 위로가 되지 않는다는 거 잘 압니다.

그러나 시련을 통해 가족이 화합하는 결과를 얻기도 하지요.

두 분 사이에 벌어진 세세한 것들은 알지 못하지만

이번 일을 계기로 서로의 마음을 보듬고

아름다운 노후를 보내셨으면 합니다.

따님께서 가장 소망하는 일이 아닐는지요.

훗날 스쳐간 인연을 추억하실 때

빙그레 미소가 떠오르는 그런 사람으로 남고 싶습니다.

고매하고 깨끗한 사람으로 기억될 수 있다면 좋겠습니다.

부디 건강하시고 평안한 삶 누리시길 빕니다.

화가와의 관계를 딸아이가 말해주었다는 것은 쓰지 못했다. 남
자로부터 이메일이 날아들었다. 화가하고는 마음을 정리한 지 오

래 되었다고, 다만 그럴 만한 사정이 있을 뿐이라고……. 여자는 그에게 연락을 하거나 만날 마음이 없었다. 그러나 가슴 한구석이 허전했다. 사랑의 문턱에도 다가가지 않은 것 같은데 뭔가를 놓쳐버린 것 같았다. 외롭고 쓸쓸한 기운이 방 안을 메웠다.

여자는 다시 자리에 앉아 화장을 하기 시작한다. 에로이카는 알레그로 콘 브리오로 되돌아와 경쾌한 선율을 토해낸다. 여자는 생각한다. 그녀의 사랑도 알레그로 콘 브리오처럼 빠르게 왔다가 빠르게 지나간 거라고. 여자는 스스로에게 질문해본다. 그를 정말 사랑했던 것일까, 외로움이 가져온 그림자였을까? 그의 능력을 사랑했던 건 아니었을까? 세상적으로 드러나 보이는 남자를 만나 과시하고 싶은 허황된 것은 아니었을까? 남자에 대한 사랑이 아니라 남편의 빈자리를 메우고 싶은 욕망 같은 것이었으리라. 여자는 옷을 입으면서 중얼거린다.

"삼 일이나 시간을 허비하다니, 한낱 바람둥이에 불과한 남자에게……. 하찮은 남자에게 에너지를 소진하는 일 따위는 하지 않을 거야. 그런 남자 손아귀에서 놀아날 관리종목이 아니잖아. 난 때가 되면 생고무처럼 탕탕 튀어오를 블루칩이야, 불루칩! 블루~칩!"

여자는 거울 속 그녀를 향해 생긋 웃는다.

'이제부터 내 스스로를 가장 사랑하는 사람이 될 거야. 아무도 나를 대신해 줄 수 없는 거니까!'

여자는 컴퓨터 전원을 켜고 바탕화면으로 사용해온 양귀비꽃을 내린다. 안방에 모셔두었던 플루메리아도 종량제 봉지에 털어

넣는다. 금방 후련해진다. 입가에 엷은 미소가 피어오른다. 여자는 처음으로 작곡을 하는 일에 포부를 느낀다. 여자는 되뇌인다. 아픔은 결코 나쁘지만은 않은 거라고, 작품으로 변신할 수 있는 아픔은 축복이라고, 그러므로 그녀가 겪은 모든 것들은 결코 밑지는 장사가 아니라고……. 여자는 거울을 보며 웃는다. 거울 속여자가 따라 웃는다. 여자가 크게 웃는다. 거울 속 여자도 크게웃는다. 약속시간까지는 제법 많은 시간이 남아 있다.

'서점에 가서 신간서적이나 훑어 봐야지.'

여자가 핸드백을 들어 올린다. 전화벨이 울린다. 여자는 액정화면에 뜬 이름을 확인하고 장난스럽게 전화를 받는다.

"Who's this?"

"어머나, 전화 잘, 못… 아이, 씨! 난 또…….''

웃음소리가 또르르르 싱그럽게 굴러간다.

"무슨 좋은 일 있어?"

"좋은 일이 생길 것 같은 불길한 예감이야. 까르르르~"

"어떻든 웃음소리가 밝아서 좋다. 얼마 전에 워커힐에 갔었니?"

"어떻게 알아?"

"경휘 오빠가 널 봤대."

"그런데 왜 아는 체를 안 했데?"

"긴가민가했었대. 거리 간격도 좀 있고 해서 식 끝난 다음에만나려고 했는데 잠깐 얘기하는 동안에 가버렸더래. 낼 모레 사이에 시간 있어?"

"Of course!"

"영어 그만하고… 경휘 오빠 한번 만나보지 않을래?"

"느닷없이 왜?"

"내가 영국에 있을 때 올케언니가 돌아가셨대. 어제 둘째 언니 만나서 니 얘기했거든, 좋은 사람 있으면 중매하라고. 언니가 손바닥을 치면서 경휘 오빠 얘길 하는 거야. 오빠가 혼자 된 거 알았으면 진작 소개해 줬을 텐데."

"정말? 돌아가신 분한테는 안 됐지만 나는 좋아. 서로를 잘 아는 사람끼리 만나야겠더라. 막연하게 아는 사람 통해서 만나니까 진지한 구석이 없더라구. 도무지 아는 게 있어야지."

"오빠도 대외적으로 활동하는 사람이니까 너처럼 활달하고 센스 있는 여자가 잘 맞을 거야. 뜸들이다가 널 놓쳤다고 얼마나 억울해 했었니?"

"이렇게 만나는 게 더 극적이지 않니? 이런 걸 쓰리쿠션이라고 하는 거야. 인생 경험 실컷 해본 뒤라야 진지한 사랑을 할 수 있지 않겠어?"

여자는 오디오 볼륨을 가장 크게 고정시킨다. 그리고 현관을 향해 걸어간다. 구두 세 켤레가 가지런히 놓여 있다. 여자는 굽이 있는 빨간색 구두를 신는다. 그리고 알레그로 콘 브리오에 맞춰 경쾌하게 현관을 나선다. 또각또각, 발자국 소리가 경쾌하다. 여자는 플루메리아가 들어있는 봉지를 쓰레기 수거함에 집어넣는다. 봉지가 퍽 소리를 내며 바닥에 떨어진다.

"잘 가! 난 행복하게 살 권리가 있어. 알레그로 콘 브리오처럼 경쾌하게, 불과 같은 열정으로 씩씩하게……. 내 인생은 내 스스로 연출하는 거야."

여자가 혼잣말을 한다. 잿빛 구름에 눌려 있던 태양이 찬연한 빛을 쏟아낸다. 햇살처럼 싱그러운 미소가 찬란하게 퍼져 나간다. 여자의 뒷모습이 여느 때보다 흥겨워 보인다. 여자는 외출에서 돌아와 오선지를 채울 것이다. 극적인 쓰리쿠션을!

생채기 같은 묵은 찌끼를 훌훌 털어버리고

지난 오 년의 세월이
앞서 지나간 오십오 년보다 더 버거웠다.
풀 수도 끊을 수도 없는 질긴 끈들이
쉼 없이 압박을 해오는 것이었다.
그러나 글을 쓰는 동안은 평온했다.
천직이라도 되는 양 행복했다.
잘 쓰고 못 쓰고의 이야기가 아니다.
갈망하지만 글을 읽지 못한 문맹의 촌로가
글씨를 터득하면서 느낀 행복 같은 것이었다.

소설은 자신을 비우고, 버리고, 채우는 작업이다.
소망하는 것들을 제작하는 마술램프이기도 하다.
그러나 소설은 소설이며, 단지 소설일 뿐이다.
내게 소설은 교통사고처럼 우연한 것이었다.
난수표처럼 얽혀버린 역한 것들을 토해내기 위해,
숨구멍을 조여 오는 통증을 견뎌내기 위해 글을 썼다.

소설을 통해 희로애락을 담고 로망을 담았다.
유년시절, 들판을 휘젓고 다니며 키운 감성과
그때의 풍요로움이 없었다면,
행복이라 여겼던 젊은 날의 추억이 없었다면,
뜻하지 않은 아픔과 여행에서 얻은 경험이 없었다면,
소설과 나는 전혀 상관없는 것이 되었으리라!
그래서 지나간 모든 것들에 감사하지 않을 수 없다.
잠시 후에나, 또 다른 미래에 있을 수 있는 한숨도
더 나은 모습의 나를 창조하게 되기를 소망하며.
훗날 나는 말할 것이다, 기꺼이!
극복한 것들은 다 아름다운 것들이었다고.

장편 『가슴에 핀 꽃』 출간 당시 여성지 인터뷰에서
환갑까지 세 권의 소설을 채우겠다고 했었다.
발 빠른 세월이 팔 년의 시간을 건너가
환갑이라는 여행길에 데려다 놓았다.

그 약속을 지킨 것에 마음이 가볍다.
그리고 처음 시도해본 일인칭 소설이
독자에게 어떤 모양으로 다가갈지 궁금하다.

고마운 사람이 많은 것도 축복일 것이다.
매일 전화로 안부를 묻는 95세의 노모,
늘 버팀목이 되어준 동생 승룡과 그의 아내,
몸을 사리지 않고 돌봐준 명엽 언니와 형부,
감싸고 보듬으며 든든하게 나를 지켜준 진혁, 보라, 상규!
누구 하나 소중하지 않고 고맙지 않은 사람이 없다.
핏줄인 양 함께해준 인연에도 감사하고 싶다.
박경혜, 무슨 말을 해야 할까?
해영아, 그 눈물 기억할게.
존경하는 구효서 선생님!
흔쾌히 추천사를 써주셔서 고맙습니다.
늘 시간을 쪼개 쓰신 분인데…….

그리고 다차원북스 황인원 대표님!
미천한 글 받아주신 것 머리 숙여 감사드립니다.
멋진 표지디자인을 해준 지윤 님께도 고마움을 전합니다.

살아 있다는 증거일까?
참 많은 것들이 그립다.
몽골 대초원을 달리며 진한 허브의 향기를 맡고 싶고
게르(Ger)에 툭툭 떨어지는 빗방울 소리를 들으며
명상도 하고 싶다.
발아래 구름이 머무는 네팔의 반디푸르 아침도 그립고,
라마가 한가하게 풀을 뜯던 마추픽추 농장도 그립다.
바오밥나무가 있는 마다가스카르에도 가보고 싶다.
바오밥나무 그늘에 앉아 앞날을 설계하며
생채기 같은 묵은 찌끼를 훌훌 털어버리고 싶다.

2014년 2월 이춘해

미인은
과속하지
  않는다

지은이 | 이춘해
펴낸이 | 황인원
펴낸곳 | 다차원북스

신고번호 | 제313-2011-248호

초판 1쇄 인쇄 | 2014년 03월 03일
초판 2쇄 발행 | 2014년 05월 07일

우편번호 | 121-897
주소 | 서울특별시 마포구 독막로 10 성지빌딩 510호
전화 | (02)333-0471(代)
팩시밀리 | (02)334-0471
E-mail | dachawon@daum.net

ISBN 978-89-97659-36-4 03810

값 · 12,000원

이 도서의 국립중앙도서관 출판시도서목록(CIP)은
서지정보유통지원시스템 홈페이지(http://seoji.nl.go.kr)와
국가자료공동목록시스템(http://www.nl.go.kr/kolisnet)에서 이용하실 수 있습니다.
(CIP제어번호: CIP2014005501)